光文社文庫

長編推理小説

ひまつぶしの殺人

新装版

赤川次郎

KOBUNSHA

JN031808

光 文 社

目次

第一章　早川家《はやかわ》の秋　5
第二章　予期された出来事
——ホテルＶＩＰ——　79
第三章　秋の夜は四度《よたび》狙《ねら》わる　158
第四章　かくも遠き無罪　252
第五章　愛とダイヤモンド　331

解説　天祢《あまね》涼《りょう》　403

第一章　早川《はやかわ》家の秋

1

「水は低いほうへと流れていくもんだよ」

階段を降り切ったところで、ちょうど母がそう言うのを聞いて、圭介《けいすけ》はまた母さんの朝の訓示が始まったな、とニンマリした。

「おはよう」

と、食堂へ入っていくと、珍しいことに、家族全員が顔を揃えている。

「こいつは驚いた！　今日は雪だぜ」

「何言ってるのさ。せっかく一家団欒のひとときなんだよ。水をさしちゃいけない」

と母の香代子《かよこ》がたしなめて、「ハムエッグでいいね」

いいも悪いも、もうテーブルに出して置いてあるのだ。圭介は、テーブルの中央で湯気を立てているコーヒーポットを取って、アメリカンコーヒーを特大のモーニングカップになみなみと注いだ。

「弁護士先生は、今日はどんな大悪党を弁護なさるの？」

冷やかすように訊《き》くのは圭介の妹、美香《みか》である。パジャマの上に男物のセーターと、なんともチグハグなスタイルだが、二十四歳の若さと整った美貌で、それがむしろ小粋《こいき》に映ってしまう。美人は得である。

「今日の被告は夫を毒殺した若妻でね」

と圭介はフランスパンを力をこめてちぎった。固い皮がバラバラになってテーブルに散る。

「まあ、可哀そうに！」

と美香が首を振ってみせた。

「どっちが？」

「決まってるじゃない、奥さんのほうが、よ」

と言って、少し冷めたコーヒーをソロソロと飲み始める。猫舌なのである。

「何かよほど事情があったんだね」

母の香代子が口を挟《はさ》んだ。

「殺された亭主ってのが、ゲイでしてね。結婚して五年たつのに、奥さんに手も出さない。

またそれが近所にも知れわたって、奥さんは昼間は買い物にも行けなかったらしいですよ」

「離婚すればよかったのに！」

と美香は腹立たしげにカップを置いた。

「それが亭主は大会社の社長の息子、奥さんの実家はその会社の下請け企業の経営者でね。離婚して取引停止にでもなったら、潰れちまう。――で、離婚はできない、夫は男の愛人を堂々と家へ連れて来る、てな具合で、思い余って、砒素《ひそ》を亭主のコーヒーへ……」

「やれやれ」

香代子がため息をついた。「昔は亭主に苦労させられるといやあ、酒とバクチと女しかなかったけど、今は変わったもんだねえ」

「砒素で殺すなんて生温《なまぬる》いわ」

美香がクロワッサンをギュッとねじ切って、

「私なら、亭主のナニをチョン切ってやるわ」

「理由はどうあれ、殺人は殺人だよ」

断固たる口調で口を出したのは、末弟の正実《まさみ》である。「厳罰に処すべきだ！」

もうとっくに食べ終わって、皿は猫もなめようがないほどきれいになっている。きちんと背広を着込み、ノリのきいたワイシャツが白く目にまぶしいようだ。本人のほうもノリがきいているのか、ピンと背筋をのばして、椅子に腰かけても背もたれにもたれようともしない。

美香が反論して、

「だいたい、そういう亭主のほうを死刑にするべきなのよ。あんた、奥さんに同情しないの？」

「姉さん、法は法だからね。個人的な感情を混じえていたら、社会正義は守れない」

「石頭！」

と美香がゆで卵の殻をカップの縁で叩き割った。

「おれに言わせれば、その女は馬鹿だ」

「何が馬鹿なのよ、兄さん」

美香がキッとなって、長兄の克巳《かつみ》を見た。黙々と冷たいミルクを飲んでいた克巳は、軽く口を拭うと、

「どうせ殺すなら、捕まらないように殺せばいい。捕まる奴は馬鹿だ」

「それじゃ何か？　兄さんは、捕まりさえしなきゃ人を殺してもいいって言うのか？」

と正実がかみついた。

「そうとも。おれたちは誰だって知らないうちに人を殺しているんだ。正実、おまえだってそうだ」

「僕が？」

「たとえば、おまえが通りかかった人に道を訊いたとする。そいつがおまえと別れた後、車にはねられて死んだら、どうだ？　おまえが呼び止めたばっかりにそいつは死んだんだ。間接的な殺人じゃないか」

「そ、それは話が違うじゃないか！　インチキだ！」

正実が声を荒げる。すぐカッとなる性質《たち》なのである。

「ま、まあまあ……喧嘩はよそうよ」

圭介は慌てて割って入った。「弁護ったって、僕が弁護するわけじゃないんだ。まだ駆け出しだからね、先生の隣りに座ってるだけなのさ」

「だけど――」

と不満そうな正実を抑えて、圭介は、

「ところで、さっきの母さんの話、何だったの？」

と話題を変えた。

「何のことだい？」

と面食らった顔の香代子へ、

「ほら、『水が流れて』どうとかこうとか言ってたじゃないの」

母の代わりに、美香が、

「これよ」

と新聞を差し出す。「石油王の帰国！」

「石油王？」

と新聞の見出しを眺める。

〈石油王帰国！——世界有数のダイヤ・コレクションを携え〉という見出しに、空港ロビーらしい所で、報道陣に取り囲まれた、色黒な初老の男の写真が出ている。

「橘源一郎《たちばなげんいちろう》よ。ねえ、なかなかのロマンスグレーだと思わない？」

美香がいやに熱心に圭介のほうへ身を乗り出す。「ロールス・ロイスを三台持ってるのよ！　それに身の囲りの世話をする女性を五人連れて来てるんですって」

「何の世話か、分かるもんか」

と圭介は新聞をテーブルへ置いた。

橘源一郎のことは、もちろん圭介だって知っていた。〈幻の石油王〉〈謎に包まれたその過去〉〈邸宅はさながらハレムのごとく……〉といった記事が、女性週刊誌を賑わしたのはもう五年も前のことだろうか。

中東の某国に忽然《こつぜん》と現われ、大油田を開発して一挙に大富豪にのし上がった「タチバナ」とは何者なのか、日本のマスコミ界は、その貪欲なまでの取材力を結集して調査したが、ついにはっきりとした輪郭はつかめずじまいであった。

分かったことといえば、橘源一郎という日本人で――これも偽名でないという保証はない――年齢は五十代の後半であるということ。独身で、その大邸宅にほとんど籠もりきりであること。財力にものを言わせて、世界じゅうからダイヤモンドを蒐集《しゅうしゅう》していること……。

「ダイヤのコレクションは、いったいいくらぐらいの値打ちか、見当もつけられないようよ。凄《すご》いわあ！」

美香がお祈りでもするように、両手を合わせて叫んだ。

「やれやれ……」

圭介はチラリと腕時計を見た。まだ大丈夫だな。「でも、どうして石油の話が水の話になったのさ？」

「私が言ったのはね」

と香代子は皿に残った卵をパンでこすり取りながら、「水が低いほうへ流れるように、お金も貧しい者のほうへと流れていくべきだってことさ」

「現実はその逆だな」

と克巳が冷ややかに言った。「金は高みへと集まるんだよ。ニュートンには申し訳ないが」

香代子は天井を指さして、

「このマンションだって、水は屋上のタンクにいったん貯めこまれてるよ。だけどね、それは下の各部屋へ水を供給するためなんだ」

「どういう意味なの、母さん？」

圭介は、まだよく話が呑み込めなかった。「奴がどこかに寄付でもするのかい？」

「まさか！　あの手の成金《なりきん》がそんなことをするもんか」

と、克巳が吐《は》き捨てるように言って、ミルクを飲みほした。

「べつにどうって話じゃないよ」

と香代子は手を振って、「ただ一部の金持ちばかりが恵まれて、ウチのような貧乏人には不公平なことだって意味さ」

「ウチはそんなに貧乏かい？」

「今でこそ、みんなが立派な大人になって働いてくれるから、こんなマンション住まいもできるけど、お父さんが亡くなってからの何年かは……。ま、こんな話はよそう」

圭介の顔に、どことなく不安の影が射した。

「そんな成金って奴は、まったく鼻持ちならん」

克巳は初めて表情に嫌悪の様子を見せた。めったに感情を顔に出さない性質《たち》なのだ。

「そんな奴は生きている値打ちがない。さっさと死刑にして、財産は貧しい施設にでも分配すべきだ」

「兄さん！」

また正実がカッとして、「兄さんはアナキストなのか！」

「よせよ、アナキストの何たるかも分からんくせに」

「しかし、社会秩序は守られるべきだ！　たとえ不公平はあっても、私有財産の保護は社会の根幹で……」

「正実」

香代子が遮《さえぎ》って、「もう時間じゃないの」

「は、はい」

正実はそそくさと席を立つ。「行って来ます」

「気を付けてね」

食堂を出ようとする正実へ、克巳が言った。

「偉大な犯罪者たちによろしくな」

正実はキッと振り返って何か言いかけたが、言っても無駄と諦めたのか、そのまま足早に出て行った。

やがて玄関のドアが開く音がしたかと思うと、ドタドタッと何かが倒れる音。

「――またやったな」

と克巳は苦笑い。ドアが閉まると、ほとんど走るような足音が廊下を遠ざかって、たちまち消えてしまう。

「ちゃんと靴をはき終えてから玄関を出ればつまずいて転ぶこともないのにね」

と香代子がため息をつく。「いつも言ってるんだけど」

「よくまあ、あんなに忙しくしていられるわね」

と美香がのんびりサラダを突つく。

「仕方ないさ。刑事ってのは、そういう商売なんだ」

圭介は取りなすように言った。

「まあ、あの子には向いてるんだろうねえ」

「融通のきかんコチコチ、正義感の固まりだからな。まったく苛々《いらいら》するよ」

「まあそう言うもんじゃないよ、克巳。あれはあれでいいところもあるんだから」

「正義感っていえば、圭介兄さんだって、そうでしょう?」

美香がほこ先を圭介のほうへ向けた。長兄の克巳はただ「お兄さん」、圭介のことは「圭介兄さん」と呼んでいるのだ。

「何が?」

「弁護士も刑事も、正義のために戦ってるわけよね」

「馬鹿らしい!」

克巳が頭を振った。「ペリイ・メイスンじゃあるまいし、弁護士と刑事なんて、ティシュペーパーと百科事典みたいなもんだ。同じ紙でも、その存在理由はまったく違う」

「あんなこと言ってるわよ、圭介兄さん。黙っていいの?」

圭介は答えずに、笑ってコーヒーを飲んだ。

「でも、そういえば圭介は医者になりたがってたわねえ」

香代子が言った。「まさか弁護士になるなんて、思ってもみなかったよ」

「ほんと。どうしてお医者さんにならなかったの?」

圭介は肩をすくめた。——呑気なこと言って! いったい誰のせいで医者への道を諦めたと思ってるんだ。

「――さて、そろそろ出かけるよ」

「出勤時間の決まってる人って大変ね」

美香が同情に堪《た》えない、といった口調で、「私だったらノイローゼになっちゃう」

「大部分の人間はそうなんだぞ」

美香はインテリア・デザイナーで、オフィスも持っているが、めったに朝から出ることはない。注文のあったとき、その相手の家を直接訪ねていくことが多いのである。

「私は怠け者なのよ。――そのうち、大金持ちと結婚して、遊んで暮らすの」

「石油成金みたいな？」

「そう！」

美香は力強く肯《うなず》いた。「素敵じゃないの、あのダイヤのコレクション！　あれをくれたら、あの橘って人と結婚してもいいわ」

「馬鹿らしい！」

と克巳が呟く。

「お兄さんて、ニヒリストなのね」

「金持ちってのを知ってるだけさ。連中がいかにケチで、非情で、恥知らずな奴らか、ね」

「あら、あの人はとっても優雅な紳士だそうよ」

「優雅な紳士か……」

「じゃ、出かけるよ」

圭介は席を立った。背広を着て書類の入ったアタッシェケースを手に玄関へ出ようとしたとき、廊下の電話が鳴った。ちょうど手近だ。

「はい、早川です」

「古美術協会の中谷《なかたに》ですが……」

渋い、ドスの利《き》いた声がする。

「母ですね？　ちょっとお待ちを」

圭介は受話器を手にしたまま、「母さん、電話だよ」と食堂のほうへ声をかけた。香代子が、ヨッコラショという感じで現われる。

「中谷さん」

「ああ、ありがとう」

「じゃ行ってくる」

「行っといで」

圭介は手早く靴をはいて、玄関を出た。ドアを閉じかけて、わずかに隙間を残したところで手を止める。

「……そう、大変な掘出し物だよ」

香代子の声が洩れ聞こえてくる。「ぜひ、協会のメンバー全員に集まってもらっておくれ。一人も欠けないように、いいね？——詳しいことはその時に」

「やあ、早川さん」

急に声をかけられ、圭介はギクリとして、ドアを閉じた。

「おはようございます」

隣りの部屋に住む、角田《つのだ》という自動車のセールスマンである。

「お、おはようございます」

圭介は笑顔を作った。

「ご一緒にどうです？　車で送りますよ」

「それはどうも」

角田は三十代の半ば。並みの月給では、とてもこんなマンションには住めないが、セールスにかけては凄腕《すごうで》で、歩合給を加えると、重役クラスを凌《しの》ぐ収入と言われている。きちんと背広にネクタイは当然だが、不思議なことに、あまり上等でない背広を着ているのだ。

エレベーターで地下の駐車場へ降りる途中、圭介はそのことを訊いてみた。

「角田さんなら、英国製のスーツぐらい着てもよさそうなのに」

角田は微笑《ほほえ》んだ。職業柄ソツのない、というか、人に警戒心を起こさせない、抵抗のない笑顔である。

「早川さん、私が車を売って回る相手は、決して金持ちばかりじゃありません。いや、むしろ長期分割にしても何とか買いたいという方がほとんどです。そんな家へ、フィンテックスのスーツ、ア・テストーニの靴、ディオールのネクタイでお邪魔したら反感を持たれるばかりですよ」

「なるほど」

持てないというのと、持たないというのはだいぶ違うんだな、と圭介は感心した。

駐車場に着くと、圭介は目を丸くした。

「角田さん、この車は……」

「新型のポルシェですよ。いかがです?」

「でも――」

角田はドアを開けながら、圭介の思いを察して、

「もちろんセールスに回るのは自社の車です。でも、通勤にまで、それに縛られることはない」

「はあ」

超モダンなシートに夢見心地で身を委ねる。

「それにね」

角田は車をスタートさせながら言った。「私はウチの車のデザインが気に入らないんです」

2

「——ここでいいわ。ありがとう」

克巳が車を路肩へ寄せて停めると、美香は車を降りた。

「じゃ」

克巳は軽く肯き返した。妹の姿が、地下への連絡通路に消えると、ゆっくり車を走らせる。

新宿駅西口広場。すでに十一時を回っている。普通の勤め人なら、仕事の手を休めて、昼はまだかな、と腕時計をチラリと眺めるところだ。克巳は立ち並ぶ超高層ビルの谷間を、ゆっくり走らせた。それもはなはだ奇妙なことだが、クネクネと曲がり、ときには、右へ、左へ折れながら、けっきょく同じ所をまた走っているのである。しかも、その奇妙な儀式は二度、三度とくり返された……。

早川克巳は三十六歳である。背はさほど高いほうではないが、胸の厚い、がっしりした体つきであった。よく陽焼けした顔は、やや顎が張って、いかつく、無愛想な感じである。しかし、ただ逞しいだけの男でないのは、細い目にきざす、どことなく陰を帯びた冷たさを見ればよく分かる。

克巳は、少年時代、大変な腕白坊主だった。それがガラリと内向的な性格に変わったのは、やはり父の死以来のことだった。克巳は十三歳で、まだ正実は香代子の胎内に宿ったばかりのときであった。

香代子の夫、早川哲郎《はやかわてつお》は大型タンカーの船長として、人望もあり、収入もよかった。ただ仕事柄、家にいるのは一年のうち、合計してもひと月ほどだったので、今では克巳でさえはっきりとその顔を思い出せない。弟や妹はなおさらのことだ。突然の死はインド洋上で訪れた。貨物船が炎上し、沈没したのだ。生存者はごくわずかだった。香代子が生存者の収容された地へ飛んで行ったが、夫の姿はなく、船とともに海底へ消えたことが分かった。しかし、後になって、この事故が、実は荷主が保険金目当てに起こした計画的なものであったことが明らかになり、事態は一変した。計画に加わった船員が、船長も仲間だったと供述したことで、早川家への世間の風向きは冷たくなり、会社も遺族への補償金の支払いを拒んだのだ。香代子は生まれたばかりの正実を含め四人の子供をかかえて、世間の風当たりに対抗した。

奇妙なことに、証言をした船員はその後、どこへともなく姿を消し、十年近くたったある日、突然に父の名誉は回復した。船員の証言は、自分の罪を軽くしたいがためのデッチ上げだったと分かったのである。それにしても、なぜそれが分かったのか、船員はどこへ消えたのか、すべては曖昧《あいまい》なままに終わって、何か裏に大物が動いているらしいという噂だけがしばらく残っていた。

さまざまな職業を転々として、四人の子供を育てた香代子は、十年たって、補償金を払いたいと訪れて来た会社の役員を叩き出した。

克巳は、そんな激しい浮沈の中で、母に最も近く、その苦労を見て成長してきた……。

今、克巳はフリーのルポ・ライターということになっている。半月も家でぶらぶらしているかと思うと、急に旅行へ出て、ひと月以上帰らないこともある。香代子も呆れて、

「そんな妙な商売があるのかね」

と首を振るばかりだった。

ひまな時間が多いわりにはいい収入があり、末弟の正実などは、やっかみ半分、もっと

まともな職を捜せと、いつも意見している。

克巳はそんなときは、ただ笑うだけだった……。

タクシーでも待っているように、歩道の縁に立っている男に気づいて、克巳はわずかに車のスピードを落とした。この辺にはいくらも見かける若いビジネスマン風の、アタッシエケースを提《さ》げた男だ。

その男は克巳の車には目もくれず、あたりを眺め回している。克巳の車が目の前を通り過ぎるとき、男はハンカチを取り出して口を拭った。克巳は再び車のスピードを上げると、超高層ビルの谷間をもう一度巡った後、同じ場所へ戻ってきた。

男はまだ立っている。克巳は車を歩道へ寄せた。車が停まらないうちに、男は素早く乗り込んで来て、助手席へ腰を落とす。車はそのままビルの谷間を抜けて、今度は戻ろうとしなかった。

「場所は？」

と克巳が訊いた。

「赤坂だ。赤坂見附の交叉点に出てくれ。後は説明する」

アタッシェケースを膝に載せて、男が答えた。

男は腕時計を見て、「ちょっと急いでくれ。ウチの社長は五分刻みのスケジュールだからな」

「大丈夫。間に合うさ」

克巳はぶっきらぼうに請けあって、「五分で話がすむのか？」

「すまないと昼食を食べそこなうからね。社長は昼食はいつも決まった店で取ることにしているんだ」

克巳は苦笑した。殺人の相談をした後で、よく昼食が喉を通るもんだ……。


「おはよう」

オフィスへ入ると、美香はにこやかに微笑んで言った。

「おはようございます」

受付のデスクから顔を上げたのは河野《こうの》恭子《きようこ》――〈インテリア・美香〉のただ一人の社員だ。といっても、美香よりずっと年上で、たぶん三十代の初めだろう、細身で、きびきびした動きが美しい、秘書タイプの女性である。きつい顔立ちながら、なかなか目立つ容貌には、ほとんど化粧っ気がない。

「何か電話はあって？」

美香は奥のモダンなデスクに軽く腰をかけて、タバコに火をつけた。濃紺のワンピースに象牙のブローチ。シックな装いである。とても二十四歳には見えない。あまり若く見せるのは、インテリア・デザインを依頼しに来る客に、かえって不安を与えることになる。

「とてもよくお似合いですわ、お嬢さん」

河野恭子がため息をついた。いつも美香のことを「お嬢さん」と呼んでいる。

「ありがとう、恭子さん」

「あ——電話ですが、川崎の倉本《くらもと》様、府中の伊藤《いとう》様から、請求書を送ってほしいと言って来られました。お二人とも、すっかり出来栄えに満足しているとお伝えするように、おっしゃってましたわ」

「そう。伊藤さんのほうは私に下心があるのよ。一度夕食にご招待って言ってなかった？」

「ええ、ぜひお招きしたい、と……」

「ほら、ごらんなさい。ほかには？」

「お一人、青山の花岡《はなおか》様のご紹介で、金子《かねこ》様という方がぜひデザインをお願いしたい、と……」

「そう」

肯いて、美香はしばし視線を宙に遊ばせていたが、やがて恭子のほうへ笑顔を向けて、

「私ね、恭子さん、ちょっと旅行に出ようかと思ってるの」

「まあ、どちらのほうへ？」

「まだ決めてないんだけど」

「いい季節ですものね」

「そうね。――その日程次第では、その金子っていう方にも、ちょっと待っていただくことになるかもしれないわ」

「分かりました」

美香はタバコをデスクの灰皿でもみ消すと、

「出かけて来ます」

「どちらですか？」

「美術館。やっぱり日ごろいい物を見ておかないとね」

「本当ですわね」

「じゃ、よろしくね」

「はい。行ってらっしゃい」

美香が出て行くと、河野恭子は窓際に立って、舗道を見下ろした。しばらくすると、建物から美香が足早に出て来て、タクシーを拾った。

河野恭子はデスクへ戻ると、プッシュホンのボタンを押した。

「もしもし、池尾《いけお》法律事務所ですか？　早川圭介さんをお願いします。……あ、早川さんですか？　私です。——ええ、美香さん、さっきおみえになって、またすぐ出かけられました。美術館へ行くとかおっしゃって。——で、実は、近々旅行に出るかもしれないとお話になっていたものですから。え？——いいえ、どこへとはうかがっていません。旅行なさるという話はご存じでした？　——そうですか。——ええ、ちょっと気になりまして。お知らせしておいたほうが、と思ったものですから。——いいえ」

圭介は受話器を置いた。

「旅行か……」

美香が旅行に出る。今朝、そんなことはひと言だって口にしていなかった。

「怪しいな」

と呟いて圭介は考えこんだ。

「おい、早川！」

呼ばれて、我に返る。

「は、はい、先生」

「出かけるぞ。資料は揃ってるんだろうな」

「その鞄の中です」

「持って来い」

寸づまりの風船みたいな、池尾弁護士がさっさと先に立って部屋を出ると、圭介は慌てて鞄をひっかかえて後を追った。

そうだ、あの河野恭子に、まだ今月分の手当を払ってなかったっけ……。

タクシーを降りると、美香は少し裏通りを歩いて、けばけばしい装飾のホテルへ入っていった。いわゆるラブ・ホテルである。

フロントのタキシードの男がチラリと目を上げた。

「いらっしゃいませ」

「こんにちは。――いつもの部屋を」

「はい」

「それから青いスーツケースをちょうだい」

タキシードの男が背後のカーテンの奥へ姿を消して、少したって水色の中型のスーツケースを運んできた。

「ありがとう」

美香は鍵を受け取ると、スーツケースを提げてエレベーターに乗った。——五階で降りる。五〇一号室のドアを鍵で開けた。

ピンクの壁紙、金ピカの光沢のベッドカバー。天井にはめ込まれたベッドと同じくらいの大きな鏡。悪趣味ここに極まるという感じだ。浴室へ行き、湯舟に湯を入れ始める。そして部屋へ戻って靴を脱ぎ、ワンピースを脱いでベッドの上へ放り投げる。

ナイトテーブルの電話から外線を回して、ベッドに腰を降ろす。

「——もしもし。社会部の島野《しまの》さん、お願いします」

待つことしばし……。

「あ、島野さん？　私、誰だか分かる？」

美香はちょっと舌足らずな甘え声を出した。

「——当たった！　ねえ、ちょっとお願いがあるの。お昼休みに、会ってくれない？　一生のお願い。命にかかわる大事なの。——本当なのよ！——ありがとう！　大好きよ、島野さんって。じゃ一時にね。——チャオ」

電話を切ってチラリと時計を見る。ゆっくりしてはいられない。美香は下着を脱いで全裸になると、浴室へ入っていった。等身大の鏡に、みごとに引き締まった裸体が映る。

――まだまだ衰えには遠い、若々しさ。それも、乳房がそれほど大きくないので、やや未成熟な印象を与え、いっそう若々しく見せているのだ。

入浴は十分で済んだ。ホテルのバスタオルを体に巻いて部屋へ戻ってくると、ハンドバッグからキーホルダーを取り出し、小さな鍵を選《よ》って、水色のスーツケースを開けた。中から新しい下着を出して、まだほてった体につける。

鏡の前に座って、すっかり化粧を落とした顔にじっと見入った。極力普段から化粧を薄くしているので、素顔のままでも、肌は少女のようにみずみずしい。

「これでよし――と」

ブラシで髪を充分にすいてから、鏡の前を離れると、美香はスーツケースの中から、洗いたてのセーラー服を取り出した。

――鏡の中に、うら若い女子高校生が微笑んでいる。紺と白の対照がまぶしいようなセーラー服、胸もとの絹のスカーフ、白いソックス、黒い靴、黒革の学生鞄……。

「さて、と」

少女は呟いた。「石田《いしだ》裕子《ひろこ》の出来上がりだわ！」

「何もかも、おしまいだ……」

正実は、そっと自分のデスクを見回した。分厚い調書、山積みのファイル、字のかすれるボールペン、どこかの雀荘の名入りの灰皿――殉職した先輩が「入社祝い」だと、正実にくれたものだ――、がらくたと、使い古しの山、また山……。

いつの日か、「鬼刑事」とうたわれ、早川の名を聞いただけで、ヤクザたちが震え上がる、そんな日を正実は夢見ていた。

正実は少年時代、決して腕白坊主ではなかった。むしろ虚弱で、引込み思案の、おとなしい少年だった。いじめられ、泣き泣き家へ駆け戻るのはいつものことで、一時は、いじめっ子を避けるために、学校へ行くのに三十分も遠回りをして通ったこともある。

そんな少年時代の中で、正実は、力の横暴に対する激しい憎しみを心に植えつけられた。驚いて腰を抜かさんばかりだった母の反対を押し切って、刑事になったのも、戦闘的ともいうべき正義への情熱ゆえであった。

とはいえ、新米刑事の仕事は、悪と戦うイメージとはほど遠く、聞き込みに足を棒にしたり、古い書類の山の中で埃だらけになったり、労多くして報い――給料少なき日々。それでも、未来の鬼刑事を目指して、正実は必死に励んできたのである。

ところが……

「何もかも、おしまいだ……」

とデスクに両ひじをついて、意気消沈しているのは、いったいどうしたわけなのか。

「おい、早川、不景気な顔《ツラ》してるな」

「あ、堀田《ほった》さん、お帰りなさい」

直接早川を指導してくれている、堀田刑事である。四十歳になったばかりで、ヤクザと話をしていると、どっちがいったいヤクザなのかと迷ってしまうほど口は悪いが、気のいい、頼りになる先輩だった。

「例の証人はどうでした?」

「へっ、てんで話にもならねえ。日付もはっきりしない、時間も、たぶん夕方ごろだってだけだ。——無駄骨さ」

正実がタバコを出すと、堀田はしごく当然といった様子で一本抜いて、正実のライターで火をつけた。正実はタバコを喫わない。だからタバコもライターも、堀田のために持って歩いているようなものだ。

「何かあったのか?」

と堀田が訊いた。

「はあ……」

「何だ、言ってみろよ」

正実は一つため息をついて、椅子から立ち上がると、かしこまって頭を下げた。

「堀田さん、短い間でしたが、いろいろお世話になりました」

「何だよ、やぶから棒に」

堀田が目を丸くする。「何トカ組の幹部を一人で逮捕に行け、とでも命令されたのか？」

「それなら大喜びで行きます！」

正実は熱っぽく答えた。「死んでも本望です！」

「おい、命は大切にしろよ。おまえはだいたい、なんでも真面目に取りすぎるからいけねえ。何だってんだ、いったい？」

「はあ、実は——」

「座って話せよ」

「はい。実は朝から噂が流れていまして」

「どんな噂だ？」

「ウチの課から誰かが、事務職へ回されるらしいんです」

「ふーん。妙な話だな。で、おまえ、てっきり自分が回されると——」

「いえ、もう分かっているんです。世田谷の主婦殺しの件でさっき出かけようとしたら、課長が、その件は道田《みちた》君へ引き継げ、と」

「それだけじゃありません。未提出の報告書は今日じゅうにまとめておけ、ということで……」

「なるほど」

「そいつあ、どうやら本物だな」

「そうなんです。——堀田さん、僕はどんなヘマをやったんでしょう?」

「さてね……」

堀田は頭をかいた。

「僕は僕なりに一生懸命やったつもりなんです。確かに運動神経は人一倍鈍いし、方向音痴だし、忘れっぽいし、足は遅いし、虫歯はあるし、すぐ風邪をひくし、サバを食べるとジンマシンが出るし……」

これを聞いたら、どんな女だって正実に寄りつかないに違いない。正実の欠点は実際のところ、己れに厳しいあまり、短所ばかりを取り立てて自己嫌悪に陥ることであった。

「早川！」

課長の声が飛んで来て、正実は、

「は、はい！」

と、はじかれるように立ち上がった。

「ちょっと話がある。来い」

「はい」

力ない足取りで、課長室へと向かいながら、正実は死刑囚の気持ちが分かるような気がして、初めて犯人に同情する気になった。


香代子は銀座Sホテルの前でタクシーを降りると、足取りも軽やかにロビーへと入っていった。ドアボーイがにっこり笑いかけて、

「早川さん、こんにちは」

「あら、市川《いちかわ》君、もう風邪はいいの？」

「ええ、もうすっかり」

「よかったわね」

広々としたロビーへ入ると、フロントへ軽く手を振ってみせる。

早川香代子はこのホテルの一階に、小さな古美術の店を持っていた。たまたま知人が譲りたがっていた権利を買い取ったのである。

毎日十二時から六時までが営業時間で、せいぜい八畳間ほどの広さの店に、香代子は一人で時を過ごす。客はせいぜい日に四、五人というところだ。ときおり外人客がやって来

ると、慌ててフロントへ飛んで行って、応援を頼むのである。

背が低くて小太りで、貫禄があるとしか賞《ほ》めようのない身体つき。五十代も半ばを越えたとはとても思えない顔——色つやばかりでなく、造りもどこか無邪気さが残っていて、くりくりした大きな目は、いつも微笑を湛《たた》えている。

香代子は店へ行く前に、コーヒーハウスへ足を向けた。いつもの昼食をとるのだ。

「いらっしゃいませ」

わざわざマスターが挨拶をする。

「あら、おはよう。いつものね」

「かしこまりました」

「奥様はお元気?」

「おかげさまで」

香代子は笑顔で肯いた。——冷たいジュース、オープンサンド、といった昼食をとっていると、通りかかった人が軽く声をかけていく。なにしろ早川香代子といえば、このホテルでは有名な存在で、少なくとも主だった従業員で、香代子の顔を知らない者はまずいない。

温厚で人好きのする性格。それに、いつも空っぽの店に、一人所在なげにしているせいだろうか、ホテルの従業員たちは、よく休憩時間など、香代子の店へ来て愚痴《ぐち》をこぼして行くのだった。香代子も親身になって話に耳を傾ける。それも聞き流すのではなく、ちゃんと後々まで気にかけているのだ。

紅茶を運んで来た新入りのウェイトレスに気安く声をかけ、何か心配ごとがあったら、いつでも店へおいで、と話しているところへ、エレベーター係のボーイが急ぎ足でやって来た。

「早川さん、お客さんが店の前でお待ちですよ」

「あらそう。ありがとう」

といっこうに急ぐ気配もなく、若いウェイトレスへ、

「――いいかい、あんたのように可愛い子は気をつけなくちゃいけないよ。デイトに誘われても、すぐOKしないこと。ほかの女の子やら、できれば年上の女性の意見を訊くのがいいね」

「あの……お店のほうが……」

ウェイトレスのほうが、気が気でない様子。

「いいのいいの。客なんて、待たせとくのよ」

香代子は手を振って、悠々、紅茶を飲みほしながら、さらにPTA的な教訓を二、三た

れてから、やっと腰を上げた。

レジで伝票にサインすると、受け取るマスターがなにやら楽しげに笑っている。

「私の顔に何かついてる？」

と香代子は訊いた。

「いいえ。ただね、今の新しいウェイトレス……」

とマスターは、気をもたせるように間を置いて、「あの子、十九ですが、もう結婚してるんですよ」

こんなことでギャフンとする香代子ではない。

「ああ、やっぱりね」

と、さもありなんといった様子で、「お客の無駄口をあれだけじっと聞いていられるんだから、そうじゃないかと思ったわ」

店の前に、二人の男が所在なげに突っ立っていた。ヒョロリとした長身と、背の低い、小太りの寸づまりという、漫才のできそうな取り合わせである。

「お待たせしました」

香代子はそう言って、ハンドバッグから鍵を出し、店を開けた。凸凹《でこぼこ》の二人を中へ入れる。

「さ、座っとくれ」

ガラリ、と香代子の口調が変わる。店の一隅の接客用の応接セットに、二人の客は落ち着かない様子で腰を下ろした。

「何の話です？」

ノッポのほうが口を開いた。低い、ドスの利いた声は、「古美術協会」の中谷である。

「電話の口ぶりじゃ、ずいぶん大仕事のような感じでしたね」

「そうさ、ちょっと大物だよ、こいつは」

香代子は二人に向かい合って座ると、「例の石油成金——橘源一郎のダイヤを、いただこうと思ってるんだよ」

3

「社長がお会いになります」

馬鹿丁寧になでつけられた頭から、磨き上げられた靴の先まで、一分《いちぶ》の隙もない秘書が留守番電話のような、無表情な声で言った。

克巳はソファから立ち上がると、秘書の後について社長室へ入っていった。深い絨毯を敷きつめた広々とした部屋の正面に、馬鹿でかい直方体のデスク、そしてその向こう側から、そろそろ五十歳に手の届こうかと見える、色の浅黒い男が克巳を見ていた。

克巳は素早く部屋の中を一瞥《いちべつ》した。脇に若い女性が執務している。克巳が入っていくと、銀ぶちのメガネの奥から好奇心を湛《たた》えた目つきでチラリと彼を見た。——小柄で、なかなか愛らしい、男好きのする娘である。

客に笑顔をふりまいてお茶を淹《い》れる以外は能のない秘書に違いない。克巳の好みのタイプだ。入っていったとき、自分を見たので、克巳は安心していた。もし彼女が婦人警官なら、決して彼を見たりしないはずだ。

克巳は社長のデスクの前に立った。国宮拓三《くにみやたくぞう》。それが今度の依頼人の名前である。

「私が国宮だ」

はっきりとした事務的な口調で言って、立ち上がると、傍らの応接セットを手で示して、

「まあ、掛けてくれ」

とゆっくりデスクを回って来る。「ちょっと外してくれ。個人的な用だ」

国宮が、克巳を案内してきた男の秘書に言った。秘書が一礼して姿を消すと、銀ぶちメガネの娘も小走りに奥のドアから出て行った。

「昼食時間まで五分しかない」

国宮がソファへ腰を下ろして、「女は五分前から休み時間と決まっているらしくてな。飲み物も出せなくて申し訳ない」

「けっこう」

克巳は国宮と向かい合ってソファに座った。「女秘書はその五分間で女性に戻るんだ」

「まったくだ」

国宮は笑った。陽焼けはゴルフのせいだろう。鼻の下にたくわえた口ひげが、日本人には珍しく、様《さま》になっている。

「で、仕事の話だが……」

と国宮は上着のポケットから、新聞の切り抜きを取り出して、間のテーブルに広げた。

「君に殺してほしいのは、この男だ」

克巳はめったなことで、表情を変えない。しかし、このときはさすがに眉を上げた。

「知っているだろう、君も」

国宮に言われるまでもない。石油成金、橘源一郎のことを話題にしたのは、つい今朝ではないか。国宮は続けて、

「条件はすべて君の言うとおりでいい。やり方や場所も君に任せる。ただ、言うまでもないが私が立ち回る場所やその近くは避けてほしい」

「待ってくれ」

と克巳は国宮を抑えて、「残念ながら、この仕事は引き受けられない」

「なぜかね？」

「誤解があったようだな。私は一匹狼ではあるが、素人は殺《や》らない。あくまで標的は組織を裏切ったり、密告した奴だけだ」

「承知のうえの話だ」

「すると……？」

「橘はかつてウチの組織の人間だったのだ」

国宮の顔に苦々しい表情が現われた。「奴は組織の金を持って姿をくらました。むろん橘というのも偽名だ。――私が直接奴の面倒をみていたので、私も危うく命を落とすところだったよ。今や奴は幻の大富豪で、組織のことなど眼中にあるまい。しかし、私は忘れん。何十年たとうと、借りは返してもらう」

「道理で過去が謎に包まれているわけだ」

克巳は肯いた。「しかし、今は奴も堅気だし、話を聞くと、あなたの個人的な報復らしい。――少し考えさせてくれ」

「それはいいが、あまり長くは――」

「待たせはしない」

「分かった」

克巳は立ち上がった。

「金に糸目はつけない。ぜひ引き受けてくれ」

国宮が一緒にドアのほうへ歩きながら言った。「それに奴を殺せば、警察の手助けをすることにもなる」

「何かやっているのか？」

「もうずいぶん昔のことだが、奴は保険金目当てに船を沈めた。おまけにその罪を死んだ船長へおっかぶせたんだ。偽証と分かったときには、もう奴は姿を消していたがね。まったく巧く立ち回る奴なのさ」

克巳はじっと国宮の顔を見つめた。

「いつごろの話だ？」

「さあ……。もう二十年ぐらいになるかな」

「貨物船が沈んだ事件か？」

「そうだ。――憶《おぼ》えているのか？」

「姿を消した田村という船員が、橘なのか？」

「そうだ。よく知っているな」

克巳の顔から、やや血の気がひいていた。

「じゃ、いい返事を待っているよ」

と国宮がドアのノブへ手を掛ける。克巳がその手を押えた。

「今、返事をしよう。——この件を引き受けた」

廊下へ出たところで、十二時のベルが鳴って、廊下はたちまちエレベーターを待つ男女社員で埋まった。克巳は壁に退って、エレベーターが空《す》くのを待つことにした。

興奮がやっと鎮まりかけていた。田村。忘れようにも忘れられない名である。父を死なせ、一家をどん底へ叩きこんだ男だ。

その田村が、あの石油成金だとは、何という運命の皮肉だろう。

「おれが皮肉の総仕上げをしてやる」

克巳は呟いた。

「あら、さっきは——」

傍らの声に振り向くと、見憶えのない娘が微笑みかけている。戸惑っていると、娘は手にしたバッグから銀ぶちの眼鏡を出してかけてみせた。

「やあ、さっきの……」

「お茶も差し上げなくて、ごめんなさい」

「いやいっこうに」

克巳はふっと思い立って、「どうです？　昼を一緒に」

「あら、でも……」

「構わんでしょう」

娘は肯いた。

「じゃ、お言葉に甘えて」

克巳は娘を促して、やっと空き始めたエレベーターへ乗り込んだ。

島野は、「A新聞社ビル」の地下にある喫茶室へ飛び込むと、せっかちに店内を見回した。

「島野さぁん、ここよ、ここよ」

奥の一角から白い手が上がった。

「やあ！」

店中に響きわたるような大声をあげて、島野は、セーラー服の石田裕子のほうへ駆けつけた。――大げさでなく、「駆けつけ」たのである。なにしろ記者などという職業は、四六時中走り回っていなくてはならないので、それが癖になってしまっている。

「待ったわよお」

裕子がすねた顔で、「忘れちゃってたんでしょ」

「違うよ、忘れるもんか！　飛び出そうと思ったら急にデスクに呼ばれて……あ、ホットね」

とウェイトレスへ声をかける。「いや、本当にごめんよ。ま、そうすねないで」

「いやっ！　すねちゃう」

と裕子は島野をにらんで、それからくすっと笑った。

「いいわ、許してあげる。私が呼び出したんですものね」

「やれやれ、ホッとした。埋め合わせはするからさ」

「いつもそう言ってて、ちっとも実行してくれないじゃない」

「分かってくれよ。夜も昼もない商売なんだ」

島野文夫《ふみお》は三十歳の中堅記者。まだ独身で、仕事に酒に猛烈なバイタリティを傾けていた。なにしろ、何をするにもだいたい常人の倍のスピードで片づける。歩くのも、タバコを喫うのも、食事をとるのも……。

一メートル八〇近い長身にがっしりした体軀は、大学時代にラグビーで鍛えただけに、少しも鈍重な感じを与えない。

「裕子ちゃん、学校は？」

「自主的休講」

「サボリか」

「早く言えばね」

「不良少女め！」

と島野は笑った。裕子に初めて会ったのは一年ほど前、裕子が、学校の課題で、「新聞記事のできるまで」を取材に来たときだった。いつもなら忙しくて、そんな女学生の相手などしていられない島野だったが、たまたま約束が一つつぶれて、ポッカリ時間が空いたのである。

一目見て、島野は裕子にほれ込んでしまった。その潑溂とした若々しさ、一瞬、息を呑むほどの、端整な顔立ち、つややかな白い頰にときおり浮かぶ無心な微笑み。——およそ女学生というイメージを代表するあらゆるものが、裕子にはあった。大人っぽさと子供っぽさ、大胆さと恥じらい、エネルギッシュな行動力と、すぐ物思いに沈んでしまう深刻さの、奇妙で魅力的な調和。

島野は女にもスピーディなほうであった。ホステスなどと気が合うと、閉店を待たずに強引に引っ張り出してタクシーへ押し込んでしまう。彼のあり余るエネルギーは徹夜に近い日が続いた後でも、充分女を満足させた。しかし、そんな島野が、この裕子にだけは、手も触れなかった。

新聞記者という、現代的かつ散文的な職業にありながら、彼の中には、美しき姫君を守る騎士の精神が生きのびているのである。

「ところで、何の用なんだい?」

裕子がチョコレート・パフェを、城を攻撃するように掘り崩していくのを眺めながら、島野は訊いた。

「調べてほしいことがあるの」

「どんなこと?」

裕子は教科書の入った革鞄を開けると、新聞の切り抜きを取り出した。

「これよ」

「何だ……。これはウチの新聞じゃないな。M新聞だ」

島野は活字を見て言った。

「こんなところで愛社精神発揮したって、仕方ないわよ」

と裕子は皮肉った。

「ああ、これは例の石油成金の橘源一郎の記事じゃないか。奴のことが知りたいのかい？」

「そうなの。私ね、今、学校新聞の社会欄を担当してんのよ」

「学校新聞に社会欄があるのかい？」

「学校の中のことだけ書いたって、誰も読みゃしないわ。そのままクズカゴへ直行よ」

「そりゃそうだろうね」

「で、女の子って大金持ちに興味があるのよね。そこで私が橘さんのことを取材することになったのよ」

「橘サン？　気安いんだね」

「そう！　それくらい身近に寄って話が聞きたいの」

島野はウーンと唸って、

「そいつは難しいぜ。ウチの凄腕だって、どうしても近づけないって頭を抱えてるくらいだからね」

「あら、何も紹介してくれとか、連れてってくれっていうんじゃないのよ。橘さんの行動予定っていうか、どこに泊まっているか、どんな所へ行っているか、それさえ分かれば、後は自分でやるわ」

「うん……。それぐらいは分かるだろうけど」

と、彼にしては曖昧《あいまい》な口調で、「しかし、君、どうやって彼に近づくつもり？」

「なんとかなるわよ。求めよ、さらば下されん！」

「与えられん、だよ。——分かった、なんとか担当の奴に当たって聞き出してみよう」

「サンキュー！　わあ、助かっちゃった！　島野さん、大好きよ」

島野は柄にもなく照れて赤くなった。

「で、どうやって連絡すればいいんだい？」

「明日電話するわ」

「いいだろう……。じゃ、十一時ごろにしてくれるかな」

と島野は手帳をめくりながら、「ちょうど会議をやってる」

「あら、それじゃまずいんじゃないの？」

「いや、下らん会議でね。抜け出す口実がほしかったんだ。君、僕の『耳』ですって名乗ってくれないか。そうすれば会議中でも呼び出してくれる」

「耳？」

「情報提供者って意味さ」

「あ、そうか」

「ねえ……裕子ちゃん」

「なあに？」

「その……僕のほうから連絡しちゃいけないかな……君の家へ」

裕子はちょっと目を伏せ、それから上目づかいに島野を見た。

「ごめんなさい。パパやママがうるさいもんだから……。本当に、ごめんね」

「いやいや、いいさ」

島野はやたら手を振り回した。「分かってるよ。いいんだ」

「そのうち、きっと……ね」

「ああ」

島野はニヤッと笑ってみせると、運ばれて来たコーヒーを一気に飲みほした。「——相変わらずまずいな、ここのコーヒーは」

「私、そろそろ行くわ」

「そうかい？　じゃ、明日、電話を待ってるよ」

「ありがとう」

裕子は傍らの革鞄を手に取った。

「そのうち、ドライブでもどうだい？」

「素敵ね！」

「きっと休みを取るからね」

「あてにしないで待ってるわ。じゃあね」

「さよなら」

立ち上がった裕子は、いったん出口のほうへ行きかけて、ヒョイと振り向くと、また戻ってきた。

「ねえ、ほっぺたでいいのね？」

「え？――いや、『耳』と言わなきゃ分からないよ」

「違うのよ」

裕子は身をかがめると、島野の頰に軽くキスをした。

「バイバイ！」

裕子の姿が消えても、たっぷり三分間、島野は身動き一つしなかった。それから、いきなり飛び上がって、

「ウオーッ！」

と大声をあげた。ウェイトレスが、コップの盆を取り落として、派手なガラスの割れる音がしたが、まるで耳に入らない様子で、島野は喫茶室を飛び出していった。

「君にはしばらく特別な任務についてもらう」

「はあ……」

やはり、そうだったのか。――正実は力なくうなだれた。「特別な任務」なんて聞こえはいいが、要するに閑職へ回されるのだ。

「何だ、早川、どうした？　元気がないな」

「は、いいえ」

「体の具合でも悪いのか？」

ちょっと渋い舞台役者を思わせる大森《おおもり》課長は、しょげ切った正実の顔を覗き込んだ。

「いえ……べつに、どこも」

「それならいいが」

大森課長は手もとの書類に目を落として、「その間、君の担当している事件は道田に引き継いでもらう。今日は早々に整理をして、帰宅していい」

正実は目を丸くした。帰宅しろ、だって？　まだやっと昼なのに？　それじゃ……

「あ、あの、課長」

と正実はどもった。

「何だ？」

「い、いったい、僕のどこが悪かったんでしょうか？」

「悪い？　何がだ？」

「ク、クビになることに、異を唱えるつもりは毛頭ありません。自分の無能はよく承知しております」

「おい、早川――」

「し、しかし、何か具体的な失敗があったんでしょうか？　ぜひ聞かせていただきたいんです。決して課長を恨んだりしません。ただ、今後の生き方にきっと何かプラスになるだろうと――」

「早川、ちょっと待て」

大森課長は正実の言葉を遮《さえぎ》って、「おまえ、何か勘違いしとるんじゃないか？　誰がおまえをクビにすると言った？」

「しかし、今、もう帰っていいと……」

「仕度をしてもらうからだ。S湖へしばらく出かけるんだからな」

「S湖？」

「湖畔に『ホテルVIP』があってな、そこへ今度の日曜から、あの石油王、橘源一郎が泊まることになっとる」

「橘?」

どこかで聞いた名前だな、と正実は思った。

「おまえも、もちろん知っとると思うが」

大森課長は続けた。自分の知っていることは部下も知っていると思うのが上役というものなのだ。

「橘は途方もないダイヤモンドのコレクションを持っている。ホテルVIPにはしばらく滞在するらしいが、その間に、ホテル側のたっての希望で当のダイヤを展示するのだそうだ。まあ、ホテルにしてみれば、格好の客寄せになるわけだな。そこで……そのダイヤの警護を依頼して来たわけだ。もちろん本来なら我々の出る幕ではないんだが、ホテルVIPの持ち主は、国会議員の中村健吉《なかむらけんきち》。――分かるだろう?」

「何が、でしょう?」

大森課長はため息をついた。

「前の警視総監の名前ぐらい憶えとけ!」

「あ、そうか!」

と思わず口に出たのは、今朝、朝食の席で、橘の話が出たことを、やっと思い出したからだった。

「分かったな。そこで内々にこちらから人間を送れと言って来た。まったく忙しいのに、やり切れんよ」

正実が事情を呑み込んだものと思った大森課長は話を進めた。「したがって、この任務は公式には記録されない。おまえは休暇を取ってホテルＶＩＰへ行き、そこでアルバイトをすることになる」

「アルバイト？」

「手当はしたがってホテル側から出る」

「いくらですか？」

「おれが知るか。向こうで聞け」

「はあ。——それでは、休暇扱いということでしたが、こっちのボーナス、そのほかに影響はないんでしょうか？」

真面目さがこういう点にも及んで、きわめて厳密なのが正実らしいところである。

「休暇の件はおれが巧く処理する」

「分かりました」

「警備員としては、ホテル側のガードマンが七、八人。おまえは警視庁代表として指揮に当たる。いいな」

「はい。――指揮？」

正実は間を置いて訊き返した。「何の指揮ですか？」

「決まってるじゃないか。誰もおまえにオーケストラが指揮できるとは思わん。ダイヤ展示会場の警護の指揮だ」

「あの……誰の命令で動けばいいんで？」

「おまえが命令するんだ。おまえが責任者だ」

正実の顔からみるみる血の気がひいた。ただでさえのびた背筋が、そっくり返るほどのび切って、顎はガクガクと小刻みに震え、目はカッと見開いた。凄絶なまでの緊張ぶりだ。真っ青になった早川を見て大森課長がびっくりした。

「おい、早川、大丈夫か？」

「だ、だ、大丈夫であります！」

と、今度は顔に赤みがさしてきたと思うとゆでダコみたいに真っ赤になってしまう。

「必要な指示、そのほかはこの封筒に入っている」

と手渡された大判の封筒を震える手で受け取ると、ひしと胸に押しいただく。

「では、頼んだぞ」

「い、いって参ります！」

しゃっちょこばった歩き方で課長室を出て行く早川を、大森課長はなんとなく気遣わしげに見送った。——数分して、今度は堀田刑事が入って来た。

「あの、課長、早川の奴、いったいどうしちまったんです？」

大森課長の説明を聞いても、まだ不安そうに、「大丈夫ですか、あいつ？」

「なに、ただじっと見張っとりゃいい仕事だ。頭を使う仕事はだめでも、番犬の代わりにはなるさ」

上役の本音は、こんなところである。

「さぞかし警備は厳重でしょうなあ」

小太りなほうがため息とともに言った。

「なに、厳重なほど盗みがいがあるってもんだ」

ノッポのほうはいたって呑気《のんき》である。

「まだ思いついたばかりでね、何も調べはついちゃいないんだよ」

香代子は、新しく手に入れた小さな仏像を眺めながら言った。「しかしね、ああいう成金って奴は本当に気に食わない。人を泣かせなきゃ、ああはいかないもんだよ」

「今、奴はどこに？」

「うん、Ｔホテルらしいね。ただ、ダイヤのほうは当然、住居が定まるまで銀行の大金庫にでも預けてあるだろよ」

「銀行を襲うか……」

ノッポが真面目な顔で、「機関銃とバズーカがあれば――」

「おい！」

デブのほうが青くなった。「手荒なことはしないって――」

「冗談だよ。馬鹿め！」

香代子は二人の部下のやりとりをニヤニヤしながら見ていた。一見、いささか頼りなげに見える二人だが、どちらも稀《まれ》に見るその道のプロなのである。

ノッポのほうは小判丈吉《こばんじようきち》。アダ名ではない。れっきとした本名である。元サーカスにいて、空中ブランコや軽業の名手だった。そろそろ四十に手の届こうというところだが、その身の軽さで、どんな大邸宅にも楽々忍び込む。

「昔なら忍者だな」

とよく笑って言うが、「小判」という姓とは裏腹に、金とはさっぱり縁のない生活にいや気がさして、この道へ入った。仲間うちでは、ただ「丈」と呼ばれている。

小柄で太ったほうは、土方章一《ひじかたしよういち》といった。やはり四十歳になるやならずや、という年齢だが、心配性のせいか、頭のほうは少々はげ上がっている。

ひどく小心なように見えるが、その実、ただ慎重で、苦労性なだけなのである。いったん金庫の前に身をかがめれば、その丸い童顔には、アジのヒモノを前にした猫のような表情(?)が浮かぶ。実際、喉でも鳴らしかねない恍惚の表情なのだ。そのずんぐりした太い指先には、常人の倍もの神経が通っているのではないかと思えるほど、彼の金庫破りの腕は素晴らしい。むろん、金庫に限らない。ドアの鍵、窓、警報装置といった類いも、大好物である。

土方はかつて時計屋だった。それがたまたまトランクの鍵を失《な》くして困っている、開けてもらえないか、と頼まれ、生来の人のよさから、趣味で練習していた錠前外しが人の役に立てばと、見る間にトランクの鍵を開けてしまった。そこへ警察がドヤドヤと踏み込んできて、彼はデパートから売上金を奪った強盗の共犯にされてしまったのである。強盗のほうが、少しでも自分の罪を軽くしようと、主犯は土方だと証言したので、口下手な土方の抗弁は役に立たぬまま有罪になってしまった。

三年後、仮釈放された彼を待っていたのは、失業と、流浪の生活で、ほかにどうすることもできぬまま、この道に入ったのである。

「いつものとおり、私が詳しい下調べをして、お膳立てを整えるからね」

香代子は二人に言った。「ただ、いつもの美術品と違って、物が物だけに、売りさばくのは厄介だろう」

「小さくカットすればいいすよ」

と丈吉が言う。

「そんなことをすれば、値はグンと下がる」

元時計屋らしく、宝石には少々知識のある土方が口を出した。

「まあ、それは私がなんとか考えるよ。いいかい、二人ともしばらくは、いつでも仕事にかかれるように、コンディションを整えておいとくれ」

二人がコックリと肯く。香代子はフム、と顎に手を当てて、

「そうだねえ……奴《やっこ》さんがうまく旅行でもしてくれりゃ大助かりなんだけど。どこか湖畔のホテルにでも泊まって、さ……」

4

何か起こらずにはすみそうもない……。

圭介は、嫌な予感に悩まされていた。朝食の席で、母の顔に浮かんでいた表情は、今までにも何度か見た憶えがある。心中、ひそかに何かを期している表情だ。そして、あの出がけの電話。古美術協会の中谷というのは、おそらく母の手下に違いない。

圭介は顔を上げて、裁判の進行状況を見た。裁判ってものは、「弁護士プレストン」や「ペリイ・メイスン」のように歯切れよく進行するものではない。お定まりの手続き、判で押したような警官の証言の数々が、本当にうんざりするほど続くのである。

圭介は、いつの日か、被告席に母が、兄が、妹が、座ることのないように祈った……。

圭介が家族の秘密を知ったのは、大学一年の夏休みが最初であった。友人と待ち合わせていた喫茶店へ、仕事で出張しているはずの兄、克巳が入って来たのである。声をかけようとした圭介は、克巳の顔を見て息を呑んだ。――いつもの、いささか皮肉っぽい笑みを絶やさない柔和な顔が、まるで別人のように、冷たい仮面と変わっていた。身辺には何か近づき難い雰囲気を漂わせて、真夏だというのに、グレイの背広に身を包んでいるのだった。

克巳は圭介に気づかぬまま、いちばん奥の席についた。そして十五分もしたころだろうか、えらく太った赤ら顔の男が、額の汗をせわしなく拭きながら入ってくると、克巳と向かい合った席に座った。圭介の席からは、ちょうど奥まった克巳たちの席がよく見える。

じっと見ていると、話をしているのはもっぱら太った男のほうで、克巳は聞いているのかいないのか、無表情な顔をぴくとも動かさずに座っていた。そのうち、ズンという低い音がして、太った男が話をやめた。ほかの客は誰も気づかなかったほどの目立たない変化だったが、じっと目をこらしている圭介には、太った男が急にぐったりと眠りこけるのが分かった。テーブルの下で克巳の手が何か光る物を背広の内側へしまい込む。克巳はそのまま太った男を残して席を立ち、支払いをすませて店を出て行ってしまった。

いったい何が起こったのか、圭介に分かったのは、数分して、ウェイトレスが太った男を起こそうとしたときだった。ウェイトレスの悲鳴が店の中に響きわたったのだ。

店の中が大混乱に陥っているうちに、圭介はフラフラと外へ出た。――信じられなかった。目の前で見たことが、信じられなかった。

「兄貴が、あの男を殺したんだ！」

テーブルの下の消音器をつけた拳銃で、一発で男を射殺し、平然と店を出て行ったのだ。圭介は周囲の現実のすべてが引っくり返ってしまったようなショックを受けた。父親のいなくなった後、父代わりに頼って来た兄が、人殺しだったのだ。

しかも、最もショックだったのは、克巳が恨みや怒りで相手を殺したのではなく、どう見ても練達の手腕で、ビジネスライクに人殺しをしたことであった。

帰宅した圭介は必死に平静を装った。克巳は三日後に帰って来た。大阪みやげをぶら下げて……。

母へ知らせるべきか否か、圭介は悩んだ。いや、その前に克巳と直接、腹を割って話し合うべきではないか。いったん母の耳に入れれば、曲がったことの嫌いな母のことだ、決して目をつぶってはいまい。

そうこう思い悩んでいるある日、昼ごろ起き出して来た圭介は、母が居間で小さな彫像らしきものを包装しているのを見かけた。古美術の売買が商売なのだから、べつに珍しい光景ではなかったが、それにしては、圭介が部屋へ入っていったとき、母が一瞬ギクリとした様子を見せたのが、ちょっと気にかかった。それに、チラリと見たその像が、ちょうどそのころ都内のデパートで開かれていた古代遺跡展のポスターに出ていたのとそっくりに思えたのだ。どうせ複製なのだろう。圭介はさほど気にもしなかった。

ところがその翌日、ある新聞がとんでもない記事をスクープした。問題の像が盗まれていたというのである。そして犯人と展示会の主催者との間で秘《ひそ》かな取引きが行なわれ主催者側は一千万で像を犯人から買い戻した。その間、会場には急遽《きゅうきょ》本国から取り寄せられた複製が飾られていたのであった。

初め報道を否定していた主催者も、ついに盗難の事実を認めた。記事を見た圭介は愕然《がくぜん》とした。それによれば、彼があの彫像を見たときまだ、像は犯人の手にあり、その複製は、本国にそれ一つしかないというのである。では、あれは本物だったのだ！

犯人はついに捕まらなかった……。

圭介は、もう誰も信じられなかった。母は泥棒、兄は人殺しなのだ。打ち明け、相談すべき相手とていない。こうなると、もう開き直るほかはなかった。くよくよと考えるのはきっぱりとやめ、すべては自分の胸に収めておくことにしたのである。たとえ泥棒でも、人殺しでも、圭介は母も兄も大好きだったし、妹や弟のこともあった。それに、母と兄の会話などを注意して聞いてみても、二人は互いの秘密については、まるで知らない様子なのだ。自分さえ黙っていれば、一家の平和は得られる……。

そう決心すると同時に、圭介は医学部から法学部へ移籍した。いつの日か、母か兄を弁護する日が来るかもしれない！

――順調に大学を卒業し、弁護士事務所に勤めて何年かが過ぎた。

女子大を出た美香が、自分のオフィスを持ってインテリア・デザインをやる、と言い出したとき、圭介は怪しい、と直感した。いくら才能があっても、大学出たての娘が独立してやって行けるはずがない。

美香は友人たちと資金を出し合ってやるから大丈夫、と母を巧《うま》く安心させたが、圭介はだまされなかった。密かに調べてみて、やはり美香一人でオフィスを借りたことを知った。それだけの資金をどこから？――美香の美貌をもってすれば、ちょっとしたパトロンを作ることぐらい、朝飯前であろう。

だが、それはまあ、犯罪というには当たらない。少し美香に意見してやろうと思った圭介だったが、果たして誰がパトロンなのか、それを調べ出してからにしようと思い直した。そして、素行調査の探偵よろしく、美香を尾行してみたのだが……。

三日後には、圭介は家で頭を抱え込んでいた。美香は、詐欺師だったのである。分かっただけで、少なくとも四つの名前を使い分け、女子高校生から、生活に疲れた人妻（！）までを演じていた。むろんそれぞれの彼女に対し、鼻の下を長くする男たちがいるわけで、美香は決して尻尾をつかまれないよう巧みに立ち回って、男たちからいろいろなものを貢がせているのである。それは金銭とは限らない。そこが美香の頭のいいところであろう。微妙な企業秘密を聞き出して、競争会社に売りつけたり、株の売買の裏情報を教わって、堅実に利益を上げたりするので、相手の男も美香に溺《おぼ》れて身を滅ぼすといったことにはならないのだ。――こういったことは、また後から調べて、徐々に分かって来たのである。

圭介は美香のことも、けっきょく黙っていることにした。詐欺といっても、はっきり犯罪を形成するかどうか微妙な一線上で、美香は巧みに綱渡りをしているので、下手に暴き立てても始まらない、と考えたのである。

その代わり、彼女がオフィスに雇った女事務員、河野恭子に毎月手当を渡して、美香の行動を報告させることにした。恭子には、妹の交際相手に異常な嫉妬心を燃やす兄、と思わせてある。

それにしても、まったく、何てことだろう！

母は泥棒、兄は殺し屋、妹は詐欺師。こんな一家ってあるだろうか？

「信じられないよ！」

圭介は思わず呟いた。加えて——何たることか——一人真面目を通していた、弟の正実が、警官になると言い出したのだから、圭介の心中、察するに余りあり、といったところだ。

当然、圭介は猛反対したが、頑固で一徹な正実は、ついに意志を通してしまった。それからしばらく、圭介は正実が母や兄に手錠をかける夢にうなされ続けたものだ。しかし、慣れとは恐ろしいもので、互いの無知のうえに、家庭の平和は保たれていた。

圭介も、このところ、あまりよけいな取越し苦労はしないことにしていた。捕まるようなヘマはすまい、という家族への信頼（？）が、彼を安心させていた。良心の問題としては、少々胸が痛まぬでもなかったが、一家の平和が、彼にとっては最優先なのである。

この平和の日々に投げられた一石が、あの石油成金の一件だ。母は食指を動かしているようだった。――圭介はおもしろくなかった。どうにも、嫌な予感がして、落ち着かなかった……。


セーラー服姿でホテルへ戻ると、美香はフロントへ、

「鍵を」

と声をかけた。

「お待ちですよ」

とフロントの男。

「あら」

美香は「五〇一」へ急いだ。ドアを開けると、ソファで書類を眺めていた男が立ち上がった。

「やあ、石田裕子君のお帰りか」

「早いのね」

「ちょうどこの近くを回ってるんでね」

「時間、いいの？」

「セールスマンのいいところは、時間を適当にごまかせることさ」

早川家の隣人、自動車セールスの角田である。

「ところで、何の用だい？」

「仕事の話よ」

美香は革鞄を放り出した。「ちょっと大物なんだけど、やってみたいの」

「橘源一郎か」

美香は目を丸くして、

「どうして分かった？」

「君の考えることぐらい、分かるさ。相棒じゃないか」

と角田がニヤリと笑う。

「今、記者の島野さんに会って来たの。橘源一郎の行動予定を調べてくれるわ」

「どうやって近づく？」

「それはこれからゆっくり考えるわ。——ちょっとぐらい、大丈夫？」

「君のためなら無理するさ」

「じゃ——」

美香はセーラー服を脱ぎ始めた。角田がその手を押えて、

「いいよ。——僕が脱がせる」

二人は抱き合い、接吻したまま、ベッドへもつれ込んだ。


「もう行っちゃうの？」

鏡の前でネクタイをしめる克巳へ、ベッドから声がかかった。

「夕食は家で取ることにしてるんでね」

「可愛い奥さんが待ってるの？」

「僕は独身《ひとり》さ」

克巳は上着を着ながら、ベッドのほうへ戻った。乱れたシーツの上に、よく引き締まった全裸を横たえているのは、国宮の秘書嬢である。昼食を一緒にしながら、ちょっと誘いをかけると、さっさと乗って来た。

「あなた、素敵よ」

沙織《さおり》というその秘書嬢は、手をのばして、ベッドに腰を下ろした克巳の頰を探った。

「——また会える？」

「どうかな」

「社長さんのお仕事をするんでしょ？」

「個人的な、ね」

「興信所の人か何か？」

「ま、そんなとこかな」

「やっぱり！　私、最初からそうじゃないかと思ってたの。奥さんの素行調査でしょ」

「分かってんだ」

「職業上の秘密だ」

と一人合点して、「このところ、あなたみたいな人を、何人か頼んでるのよ」

「何人か？」

「そう。ときどき、それらしい人と電話で話してるの。こっちはちゃんと聞いちゃってるんだから！」

克巳は黙って、ちょっと考え込んだ。——何人か、だって？　この女の早とちりだろうか？　いや、そういう事にかけては、女はけっこうよく見ているものだ。少なくとも、自分と同じような印象を与える男——つまり、ビジネスマンとはやや異質な男が、国宮と接触している。まあ、依頼人が確実を期して、二人の殺し屋にべつべつに頼むことも、ないとはいえない。しかし、三人、四人、となると話は別だ。金銭的にも大変な無駄だし、自分の秘密を知る人間を、ふやす危険を犯すことになる。すると、その「何人か」の男というのは、いったい何者なのか……。

「ねえ、ちょっと君に頼みがあるんだ」

「なあに？」

「僕以外に社長が仕事を頼んでる相手から社長へ連絡してきたら、それとなく聞き耳を立てて、分かったことだけでも、教えてくれないかな」

「いいわよ」

「すまないね。なに、同業者のライバル意識でね。この世界も競争が激しいから」

「いいけど……その代わり」

「何だい？」

「また会ってくれる？」

「いいとも」

克巳は沙織の開きかけた唇に接吻した。

「何だって！」

「ええ？　本当？」

「まさか！」

期せずして、夕食の席は、一瞬当惑と混乱の場と化した。正実は啞然《あぜん》としている全員の顔を、得意満面、ゆっくりと眺め回して、

「本当なんだな、それが」

「それじゃ、おまえ……」

香代子が、まじまじと正実の顔を覗き込んで、「あの橘源一郎の宝石の護衛を？」

「それも、僕が警備の責任者なんだ！」

と正実は顔を紅潮させている。

「じゃ、橘っていう奴も、そのS湖のホテルに泊まってるんだな？」

と克巳が言った。

「ああ。当分はそこで骨休めをするらしいよ」

「そうなの……」

美香がゆっくりと肯《うなず》く。

何も言わなかったのは、圭介だけだった。――何てことだ！　こんなことがあっていいんだろうか？　よりによって母が狙う宝石の警備を正実が任されるとは！

一同の心中など知るはずもない正実は、ただただ得意げにそっくり返って、今にも椅子ごと後ろへひっくり返らんばかり。可哀そうに、と圭介は思った。母親が何を考えてるか

知ったら、腰を抜かすに違いない。

「なあ、正実」

圭介は一つ咳払いして、「おまえ、その仕事断わったほうがいいと思うな」

正実は耳を疑う様子で、

「何と言ったの、圭介兄さん？」

「いや、つまり、その任務はだな、辞退したほうがいいと思うんだ。いや――」

正実が卒倒するかと思って、圭介は慌てて続けた。

「つまりだな、おまえは何てったってまだ若い。そんな仕事は荷が重すぎるよ」

「そ、それじゃ、圭介兄さんは、僕にはそんな仕事はできないって言うのか！」

と正実がいきり立って、食ってかかった。

「いや、そう言うわけじゃ……」

「僕はこの任務を任されたんだ！　僕は警官なんだよ。命令されれば、命を捨ててでもそれに従う。それが当然なんだ！」

「し、しかしな、正実。ダイヤは大変な値打ち物なんだぞ。強盗団が機関銃や手投げ弾で襲って来るかもしれん。おまえ、まだ死にたくないだろう？」

「そうなったって、僕は一歩も退かないぞ！　たった一人になっても戦うんだ！」

「死んでもいいのか！　お母さんのことも考えろ！」

二人のやりとりに呆れ顔で、美香が口を出した。

「圭介兄さんたら、どうしたっていうのよ？　なにもギャングが来ると決まってるわけじゃないでしょ」

「ま、まあ……そりゃそうだが、万一――」

「私は素直に喜んでやりたいね」

香代子が優しく言った。「正実にとっても、名誉なことじゃないかね。あんたの能力が認められたってことだし」

「ありがとう、お母さん！」

正実は母親に抱きつきかねない勢いで、言った。――畜生！　圭介は内心歯ぎしりしながら、正実が母の本心を知ったらどうするだろう、と思った。

「で、いつ発つんだね？」

「明日。橘氏は三日後に来るらしいんだけどね、僕は先に行って、展示会場の下見や防犯設備を見て回らなくちゃ」

「それは大変だねえ」

香代子はしきりに肯いてみせる。

いつもは正実のことを皮肉ってばかりいる美香まで、妙に素直に励ましている。圭介は、はなはだおもしろくなかった。

「――S湖か。ちょうどいい季節だねえ」

香代子は漬け物をつまみながら言った。「いい機会だし、私も行こうかね」

圭介は、はしを持つ手を止めた。

「行くって――どこへ？」

「そのホテルじゃないか。何ってったっけ、正実？」

「ホテルVIP」

「いい名前ねえ」

と美香。

「気取った連中ばかりいるんだろう」

と克巳はそっけない。

「い、いや、母さん、それはいけないよ」

圭介は慌てて言った。

「どうしてだね？」

「頑張ってね」

「だって、正実は重要な任務で行くんだよ。母さんが行ったら邪魔になるじゃないか！」

「そんなことないよ」

と正実が反対する。「公私混同するようなことは、僕は決してないからね」

「しかしだな——万一、強盗たちが母さんを人質にでも取ったらどうする？　おまえは義務と肉親の愛情の板ばさみで苦労するんだぞ」

美香が首を振りながら、

「圭介兄さんったら、急に想像力豊かになっちゃったのね」

「弁護士より漫画家にでもなりゃいいんだ」

正実までが慣れない皮肉を言う。

人の気も知らないで！　圭介は怒りを押し殺した。警備の責任者が泥棒の手引きをするのだから、こんな妙な話はない。

「私も明後日あたり行くことにするよ」

と香代子が宣言する。

「じゃあ、僕が明日着いたら部屋を取っといてあげるよ」

正実が親孝行なところを見せる。——泥棒の部屋を予約しようというのだ！

「そうねえ、お母さんも少し休みを取るべきだわ」

圭介は美香の言葉を聞きながら、ため息をついた。おれも休みを取るはめになりそうだ。

正実が母に手錠をかけるなんて、そんな事態だけは防がねばならない！

おれがいつもいちばん苦労するんだから……。圭介はお茶漬けをやけ気味にかっ込んだ。

第二章　予期された出来事
——ホテルVIP——

1

目がさめても、しばらくの間、ベッドの中でモゾモゾと寝返りをうち、のびをし、髪をかき上げる。——眠るでもなく、起きるでもない、この十分間が最高に気持ちいい。

「ウーン」

いささか動物的な唸り声とともに思いっきり手足をのばしてから、岐子《みちこ》はベッドに起き上がった。毛布がするりと落ちて、若々しい乳房が露《あら》わになる。しばらく肩で息をつき、頭を振ってすっきりさせると、薄暗い中で、枕元のデジタル時計を取り上げた。

「六時六分？　まだこんな時間？」

と眉をひそめる。こんなに早く起きるはずがないのである。しばらく文字盤の「６０６」を見つめていたが、

「ああ、なんだ」

と呟いて、時計を逆さにする。九時九分なのである。これなら分かる。寝るときに、つい逆さに置いてしまったらしい。

「起きるかな……」

床に降り立つと、岐子は深呼吸した。分厚いカーテンが朝の光を遮って、ホテルの部屋はまだ払暁《ふつぎょう》のほの暗さ。その中に、艶やかに光るみごとな裸体が立った。といっても、ベッドにまだ男が眠っているというわけではない。裸で寝るのが岐子の趣味なのである。シャネルの五番がないだけ、モンローより大胆とも言えるだろう。

バスルームへ入って、明かりをつけると、シャワーの栓をひねる。冷たい水が全身を滝のように流れ落ちて、岐子はキュッと身を縮めた。やや寝て、ややほてった肌が爽やかに洗い流されていく。それから今度は熱い湯を浴びる。この快感！　この気分を味わうために裸で寝ているようなものだ。

体を拭ってバスタオルを巻きつけ、部屋へ戻ると、重いカーテンを開けた。すっかり明けた朝の光が、ホテルのシングルルームに溢れた。

十二階の窓からは、駐車場を挟んで向かい合った、コの字形の反対側の棟が見える。玄関の車寄せがちょうど見下ろせて、どんな客がやって来たか一目で分かるのである。

その建物に遮られていない、視界の半分は、朝日を受けてキラキラと輝く湖面の、まぶしい碧さである。

「いいお天気だわ……」

窓を開け放つと、湖からの涼しい風が、まだ濡れた髪をパラパラと踊らせる。——うっとりしていると、ふとキラリと光が目を射た。

「また……」

岐子は枕元へ戻ると、電話を取って、ダイヤルを回した。「——ああ、フロントですか。受付の福地《ふくち》さんを呼んでください」

と頼んでおいて、受話器をそのまま放り出して、服を着始めた。鮮やかなオレンジのパンタロンに、白い薄手のセーター。着ている間に、放り出した受話器から、

「もしもし……もしもし……」

と声が聞こえていたが、そのまま放っておく。服を着終えて、悠々と受話器を取り上げ、

「もしもし、福地さん？　受付はちゃんと真面目にやってくれなきゃ、駄目じゃないの」

問答無用、と電話を切る。福地はフロントの責任者。ポケットに折りたたんだ望遠鏡を忍ばせていて、岐子の部屋の窓が開くと、こっそりそれを取り出して、岐子の色っぽい姿を眺めているのだ。さっきのキラリと光ったのは、そのレンズの光、というわけである。

岐子はドレッサーの前に腰を下ろし、ブラシで、長い髪をとかし始めた……。

浅里《あさり》岐子。二十二歳。今春大学を出るも、就職難はご多分に洩れず、本人の努力は、早々に新聞の求人欄より個人的素人職業斡旋人——すなわちコネへと向かい、叔父、中村健吉《けんきち》が持つこのホテルVIPに転がり込む。ただし、簿記、珠算などの知識いっさい皆無、といって、ホテル側としても、オーナーの姪にウェイトレスをやらせるわけにもいかず、このシングルルームをあてがって、なんとも曖昧な給料を払っていた。ときおり、ホテルの重要な客があると、叔父に言われて接待に出ることもあった。

すらりとのびた足、引き締まったウエスト、年齢の割りには熟した豊かな乳房……。だが顔立ちは、端整な美貌というより、丸顔の愛くるしさが魅力で、ちょっと潤んだ大きな目に特徴がある。

簡単な化粧を終えると、バッグを手に部屋を出る。お腹が空いて死にそうだ！

岐子はほの暗い廊下をエレベーターへ急いだ。チェックアウトが十時半なので、そろそろ退出する客が、大きなトランクを提げて部屋を出て来ていた。

出て行く客に用はない。岐子の関心があるのは、やって来る客のほうである。怪しい客、挙動の不審な客、妙な荷物を持った客……。それに目を配るのが、岐子の本業だ。自称「ホテルVIP専属探偵・浅里岐子」——名刺もちゃんと持っている。もっとも自分で勝手に作ったのだが。

エレベーターへ乗り込んで、コーヒーハウスのある一階のボタンを押すと、男が一人、飛び込んで来て、勢いあまって岐子にぶつかってしまった。

「あ、ど、どうも失礼！」

男は慌てふためいて、「だ、大丈夫ですか？　おけがは？」

「いえ、何ともありませんわ」

「そ、そうですか。いや、本当に、すみませんでした。どうも」

その間にエレベーターは降り始めていた。

「あの、何階にご用ですの？」

と岐子が訊くと、男はキョトンとして、

「は？」

「一階でよろしいんですか？」

「あ、ああ、そうです！　一階で……どうもすみません」

やたらによく謝る男である。えらく落着きがなくて、おどおどしている。岐子は、ちょっと気になった。

男は湖畔のホテルに来ているのに、まるでオフィスへ出て来たような、紺の上下、地味なネクタイ。顔を見ると、えらく若そうである。ただ、落着きのなさをカヴァーしようというのか、鼻の下に黒々とした口ひげを生やしているのが、かえってコッケイな印象を与える。

付けひげ？——岐子はふと思った。なんとなく、取ってつけたようなひげなのだ。それにメガネ。黒ブチのメガネをかけているのだが、レンズはまるで度が入っていない。怪しいな。岐子は男の手にある鍵のルームナンバーを素早く見た。「一二〇七」——よし、後で当たってみよう。

「——なるほどね」

コーヒーハウスで、岐子の話を聞いた、支配人の夏木《なつき》は、あまり気がなさそうに肯いた。

「私、絶対に怪しいと思うんですけど」

「まあ、注意してくれたまえ」

「それだけじゃ……」

と岐子は不満顔で、「何か手を打つべきですわ」

大柄な肥満体に、窮屈そうに蝶ネクタイをしめた夏木は、やれやれといった顔で、

「いったいどうしようっていうんだね？」

「あのお客の部屋を調べさせてください」

夏木はアングリと口を開けた。岐子は急いで付け加えた。

「絶対にお客さんに後で気づかれるようなへまはしません。荷物を調べてみるだけです」

「いっそ、そのお客を殺させてくれとでも言ったらどうかね？」

「支配人……」

「いいか、たとえそのお客の口ひげが付けひげであったとして、なぜそれが悪い？　顔を知られたくないタレントかもしれん。女に追い回されているプレイボーイかもしれないじゃないか。付けひげが好きなだけかもしれん。付けひげが違法ってわけじゃあるまい」

「それはそうですけど……」

「いいかね、お客の部屋へ忍び込むなんて真似は、それこそ違法行為だ！　万一客に知れて訴えられでもしたら、このホテルはぶっ潰れちまう。分かったかね？」

「分かりました」

岐子は憮然として答えた。

「君に頼みたい仕事が一つある」

「何でしょう？」

夏木支配人は、ゆっくりかんで含めるように言った。

「給料は払う。――だから何もしないでくれ、いいかい、いいでくれ！」

夏木が席を立って行ってしまうのを、岐子は少々唖然として見送った。コーヒーのお替わりを注ぎに来たボーイへ、

「支配人たら、どうしちゃったの？」

「苛々してるんですよ。なにしろ今日、例の石油王が到着することになってますからね」

「橘源一郎が？　今日来るの？」

「ええ、情報が流れていますよ。そろそろ着くころです」

岐子はゆっくりコーヒーを飲んだ。――ホテルＶＩＰが、まさにその名にふさわしい客を迎えるのだ。夏木支配人が緊張するのも当然かもしれない。一足先に到着した橘源一郎のダイヤ・コレクションは、すでに二階の〈富士の間〉で展示の準備を終えている。明後日からの一般公開を前に、明日は各界の有名人を招いての特別公開だ。まだ新しいこのホテルの名を上げる絶好の機会である。支配人としては、著名な招待客の目の前で、客とホテル側がトラブルを演じているのを見られたくないのだろう。

しかし、岐子に言わせれば、こういうときだからこそ、怪しい客から目を離さないようにすべきなのだ。

朝食を終えてロビーへ出る。三階分の高さまで吹き抜けにした、広々とした空間に、豪華なシャンデリア、青銅の彫像、靴が深々と沈む絨毯。――いっさい、モダンなアブスト

ラクトを排して、アンチック一点ばりの装飾である。

フロントへ寄ると、さっき望遠鏡で岐子の部屋を覗いていた福地が、何食わぬ顔で、

「おはようございます、お嬢さん」

「おはよう」

「いいお目覚めで」

「ご覧のとおりよ」

岐子の皮肉も、ポーカーフェイスの福地には通じない。「今日と明日は大変なようね」

「どんな方でも、お客さまはお客さまです。変わりありませんよ」

こんなキザなセリフを平然と口にする。

「ねえ、一二〇七のお客のカード、見せてくれない？」

「何か？」

「ちょっと気になることがあるの」

「分かりました。……ええと、これですね」

チェック・インのとき、客自身が書き込んだ用紙を、岐子は眺めた。

〈山川永助《やまかわえいすけ》――四十歳。自由業……〉

「自由業？　あれが？」

あの冴えない背広姿。自由業の人間であるはずがない。——ますます怪しい、と岐子は確信した。何とか巧く探りを入れてやる！

「ねえ、福地さん」

「何でしょう？」

「あなたがいつも私の部屋を覗くのに使っている望遠鏡、二、三日拝借できないかしら？」

福地は顔色一つ変えず、

「お貸しするのはよろしいですが……」

「なあに？」

「一つお約束願えますか？」

「どんなこと？」

「他の男の部屋を覗くのに使わないでください」

とポケットから小さくたたんだ望遠鏡を取り出して岐子に手渡した。

「主任！」

ドアボーイが玄関から駆け込んできた。「支配人を呼んでください！　橘様のお着きです！」

岐子はフロントを離れて、玄関へ目をやった。メタリック・グレーのロールス・ロイスが横づけにされ、運転手が急いで開けた扉から一人の初老の男が降り立った。

橘源一郎のロールス・ロイスは、ホテルVIPへ数分という所で、軽い事故に会った。国道から外れて、S湖畔の、その輪郭をなぞるような自動車道路を走っているときだった。湖畔には、色とりどりの貸別荘やバンガローが並んでいるのだが、その一つの陰から、いきなり若い女の乗った自転車が飛び出して来たのである。運転手の急ブレーキで、軽く自転車の後輪に触れただけですんだが、それでも自転車はもんどり打って横へ一転し、乗っていた娘は投げ出されてしまった。

「大丈夫かな？」

橘源一郎は、助手席に座った青年秘書へ声をかけた。「見て来たまえ」

「はい！　ただいま！」

青年秘書は急いで車を飛び出して、ようやく起き上がりかけた娘のほうへ駆け寄った。

「あ、あの、おけがは？」

娘は、白の長袖のスポーツシャツ、下は白のトレーニングパンツ、それにテニスシューズという、軽快なスタイルだった。

「なんともありませんわ……」

彼女は立ち上がって、シャツの汚れを手で払った。

「大丈夫ですか、本当に？」

「ええ、すみませんでした」

そこへ後部の扉が開いて、橘自身が車から降りて来た。

「いや、お嬢さん、まことに申し訳ありませんでした」

娘は、一見してこのロールス・ロイスの持ち主と分かる紳士がわざわざ降りて来たのに恐縮した様子だった。

「いえ、私のほうが悪いんですわ、いきなり飛び出したりして……」

「いやいや、本当におけががなければ――」

「ええ、ちょっと手をすりむいただけですから」

「それに服も駄目になってしまいましたな。――ぜひ弁償させてください」

「まあ！　そんな――」

「このロッジにお住まいですか？」

「はい。夏休みで……」

「学生さんですかな？」

「大学生です」

「お友達とご一緒に？」

「後から何人か来るんですけど、今はまだ私一人です。着いたばかりで、この格好で掃除しようと思ってたところですわ」

「なるほど」

初老の紳士は微笑んだ。相手の娘も、少し気がほぐれたのか、にっこりして、それから、きわめて実用的な自分の服装を見下ろして照れたように赤くなった。いかにも若々しさが匂うような、美しい娘だった。

「このままでは、私の気がすみません」

と紳士は言った。「今夜、ホテルへ夕食にいらっしゃいませんか？　ホテルＶＩＰはご存じでしょう」

「まあ！　あんな所、とても私なんか――」

「私はそこにしばらく滞在します。今夜、七時に車をここへよこします。いや、お断わりにならんでください。ぜひお詫びさせていただきたいのですから」

「はあ……」

娘はすっかり困った様子だったが、やがて肯くと、「それじゃ、お言葉に甘えさせていただきますわ」

「よかった！　では七時に」

紳士は軽く会釈して車へ戻った。青年秘書が慌てて続く。——ロールス・ロイスが遠ざかるのを見送っていた娘は、ホッと息をついた。少々危険だったが、それだけのことはあった。明らかに飛び出した彼女のほうが悪いのに、あれほど謝ってくるのは、橘源一郎が、彼女に興味を持ったからだ。

美香は、好調なすべり出しに満足だった。

「い、いらっしゃいませ！　私が当ホテルの支配人でございます。まことに、橘様のようなお方にお泊まりいただくのは、まったくもって、その、私どもの大きな喜びでございまして……」

興奮に上ずった夏木支配人の挨拶に、てんで気のない様子で肯いた橘源一郎は、さっさとフロントへ行って、手続きをすませた。フロントの福地のほうが、夏木よりよほど落ち着いていて、ほかの客とまったく同様に接している。離れて見ていた岐子は、ちょっと福地を見直した。福地は、このホテルでは三カ月ほどにしかならない。四十歳ぐらいだろうが、よく年齢の分からないタイプの男である。ほかのホテルでかなり経験を積んでいるに違いないと思わせる落着きがあって、ボーイたちにも一目置かれていた。——少なくとも、支配人ほどの俗物じゃないわ、と岐子は思った。

エレベーターに橘たちの姿が消えると、岐子は思い立って傍の階段を上った。二階の〈富士の間〉の様子を見ておこうと思ったのである。展示のほうはどうなってるのかな……。

二階へ上って驚いた。〈富士の間〉は広い廊下の突き当たりにあるのだが、その廊下が、机や椅子のバリケードでふさがれているのだ。その前で顔見知りのホテルのガードマンが二人、所在なげにしているのを見て、岐子は声をかけた。

「ねえ、どうしたの、これ？」

「やあ、お嬢さん」

「やあ、じゃないわよ、何やってるの？」

「検問です」

「検問？」

「ここを通り抜けるには、身体検査をしてＯＫにならないと駄目なんです」

「身体検査？　私でも？」

「ええ。そこの小部屋に婦人警官がいますから——」

「冗談じゃないわよ！」

岐子は憤然として、「ここはホテルなのよ。ペンタゴンじゃあるまいし」

「だって東京から来た刑事の命令なんですよ」

ガードマンは首を振って、「あの刑事、ちょっとイカレてるんじゃないすか？　おれたちのことまで疑ってかかるんだから」

もう一人のガードマンはニヤニヤしながら、

「大変ですぜ、身体検査ったってね、服の上からさわるぐらいじゃ駄目だってんです。裸にする。それも最後のものまで全部脱がせて調べるっていうんですから。——お嬢さん、検査してあげましょうか？」

「けっこうよ！」

岐子は頭へ来た。いくら警戒厳重にといっても、これは行き過ぎだ！

「中へ入れてちょうだい！」

「でも、お嬢さん……」

「構わないから、どいて！」

岐子は机の一つをどかして中へ入っていった。正面の両開きの背の高いドアをぐいと引っ張る。

広々とした宴会場に、ダイヤモンド陳列用のケースが並べられ、数人の職人が最後の仕上げに立ち働いていて、その間を、制服のガードマンがぶらぶらと歩いている。

「止まれ！」

かん高い声に思わず立ちすくむ。横を向いた岐子は目を疑った。拳銃が自分を狙っているのだ！

「誰だ！」

背広姿のその若い男は、いっぱいにのばした両手でしっかりと拳銃を握り、教科書どおりに腰を落として狙いをつけている。岐子は息を呑んだ。これが東京から来た刑事に違いない……。

「返事をしろ！」

「あ、あの——私、ホテルの人間です。……浅里岐子。ホテルの探偵です」

「探偵だと？」

刑事はますます疑惑を深めたようだった。「そんな話は聞いていないぞ。それに、なぜ鈴をつけていない？」

「鈴？」

「検問をパスした人間には鈴を渡してある」

そう言えば、部屋の中の人間は、みんな首からひものついた大きな鈴をぶら下げている。まるで牧場の牛みたいだ。

「鈴をつけずにこの部屋へ入って来たものは射殺するぞ！」

この男、本気なのだ、と岐子は思った。目が血走っている。

「わ、わかりました……すみません！」

岐子は慌てて部屋を飛び出した。

「どうです？」

検問所のガードマンが、言ったとおりでしょう、といった顔で、「よく生きて帰れましたね」

「ホテルのお客に医者はいないかしら」

岐子は腹立ちまぎれに言った。「精神科のね！」

階段のほうへ戻った岐子は、降りようとして、ふと足を止め、下を覗き込んだ。誰かが急ぎ足で逃げるように駆け降りて行くのが、チラッと目に入った。今までここで様子をうかがっていて、岐子が近づいて来たので慌てて逃げたのに違いない。——それほどよく見たわけではないが、間違いない。あの、付けひげの男だった。

2

秋の陽にきらめく湖面には、いくつものボートがこぎ出していた。ほとんどは若いカップルで、ときどき、水がはねて女の子が大げさに悲鳴を上げる。湖の真ん中にこぎ出したまま、後は波任せ、と二人で狭いボートに寝そべって青空を見上げるロマンティストの恋人たちもいる。

だが、中にはおよそ似つかわしくない二人組の顔も見えた。ノッポとチビの中年男、二人。むろん、香代子の腹心、小判丈吉と、土方章一の二人である。

「分かるか？」

と丈吉のほうが訊いた。

「ああ。——あの広いガラス張りになっている所だろ」

「そうだ。なにせ二階だからな、こんなにやりやすい場所はないぜ」

「おれには二階も二十階も同じさ。どうせよじ登るなんて芸当はできないんだ」

「せめて縄ばしごを登る練習でもしたらどうだ？」

「ごめんだな。おれは錠前屋だ。鍵を開けるのがおれの仕事、鍵の前までおれを連れて行くのがおまえの仕事だろ」

「分かったよ」

丈吉は諦めて肩をすくめた。

「ボスからはいつ連絡が来るんだい？」

「今夜、一緒に飯を食うとさ」

「あのホテルで、かい？」

と土方が目を輝かす。

「おれたちの泊まっているホテルだよ」

「何だ、そうか」

二人は少し離れた町中のホテルに泊まっている。ホテル、と名はついていても、要するに旅館だ。

「しかし、ボスの息子が会場の警備主任とは、皮肉なめぐり合わせだなあ」

と土方が言った。「ダイヤを盗まれたらクビになっちまうんじゃないか？」

「おれも気になったんで、訊いてみた」

「何だって？」

「正直なところ、ボスも息子にサツを辞めてほしいわけさ。だから、そうなりゃ一石二鳥だと言ってた」

「なるほどね。まあ、サツなんかにいちゃ、ろくなことはないからな」

と土方は肯いた。自分自身、警察にひどい目に会わされているから当然の感想であろう。

「さて、やるのはいつなのかな」

土方は待ちかねる、といった様子で、指を鳴らした。

「宝石が並べられるのは明日からだ。まあ、そうあせるなよ」

丈吉がオールを操って、ボートはゆっくり岸へ向かった。

ホテルのほうに気をとられている二人は気づかなかったが、入れ違いに湖へこぎ出して来た、男一人の乗ったボートがあった。薄いカーディガンを着た男は、やはりホテルＶＩＰのほうを眺めながら、ときおり、思い出したようにオールを動かしている。

橘源一郎の部屋は、最上階、十二階の、湖に面したロイヤル・ルームである。

「あれだな……」

目ざとく、克巳はその窓に目を止めていた。――今日の朝、ここへ着いたばかりである。もちろん、母や正実のいるホテルＶＩＰには泊まれない。ちょうど湖の対岸にある四階建ての小さなホテルにチェック・インしたばかりだ。

この仕事では、旅館は不便である。拳銃の手入れをしたり、深夜、仕事に出るのにも、ホテルのほうが都合がよい。小さいながら、一応正式なホテルなので、安心した。さて、これからである。

ホテルのフロントで、例の橋のダイヤ展示会が明後日から一般公開されることを聞いた。ということは、展示会だけを見る客がホテルVIPに大勢出入りするわけだ。まあ、デパートの特売場ほどとは行かないだろうが、外の人間も怪しまれずにホテルVIPへ入れる。この機会を逸《のが》す手はない。

明日一日かけて、ホテルVIPの裏口、非常階段などをチェックしておこう、と克巳は思った。あれほどのホテルだ。まさか母や正実に出くわすことはあるまいが、偶然は、ときにとんでもないいたずらをする。チラリと見られたぐらいなら気づかれない程度に、メガネでもかけるのは必要かもしれない。

ゆっくりとこいでいると、克巳のボートは女一人のボートとすれ違った。克巳は、おや、と思った。女もホテルVIPのほうを、何か捜すような目つきで眺めているのだ。

年齢は三十七、八といったところか。上品な藤色のワンピースを着た、人妻らしい落着きのある女だ。ややとがった顔だが、日本人形を思わせるなかなかの美人で、和服のほうが似合いそうだな、と克巳は勝手に考えた。馴れぬ手つきで苦労しながらボートを操っているところはなんとなく微笑ましい光景だ。

「そろそろ戻るか……」

克巳はオールを引く腕に力を入れた。ホテルＶＩＰを正面に見ながら、対岸へ向かう。そのとき、「キャーッ」という叫びが耳を打った。はっと見回すと、さっきの女のボートが転覆するところだった。女が水へ投げ出された。どこかの男のボートがぶつかったらしい。克巳はその男がオールを女のほうへのばすのを見た。——一瞬、克巳は目を疑った。女が沈んだ！　男はボートをこいで遠ざかり始めた。

克巳は水へ身を躍らせた。


「何だって？」

香代子はオレンジジュースのグラスのストローから口を離し、目を丸くして、正実を見つめた。「おまえ……本気なの？」

「もちろん！」

やっと展示会場から出て来た正実は、母とコーヒーハウスで昼食を取っていた。

「だから、もう展示会が終わるまで、母さんとは会えないと思うんだ。なにしろ僕は責任者なんだからね」

「だからっておまえ、何もそうまでしなくたって——」

「いや、やっぱり僕の気がすまないんだ」

香代子は呆気《あっけ》に取られていた。

「そんなに大変なことじゃないよ、母さん」

と正実はこともなげに言った。「会場の四隅には、ちょうど金屏風が立ってるんだ。その一つの陰にベッドを持って来てもらって、そこで寝泊まりする。こうすりゃ、誰だってあそこへ忍び込めやしないだろ」

「そりゃそうだろうね……」

「ダイヤは夜間も金庫に戻さないで、あの陳列ケースに入れたままなんだ」

香代子はむせ返った。

「母さん、大丈夫？」

「大……丈夫……だよ」

やっと落ち着くと、「でも、おまえ、危ないじゃないか、ダイヤを金庫へ戻さない、なんて」

「いろいろ検討して、決まったんだよ。毎朝、毎晩、金庫のある一階との間を行き来するほうが危険が大きいってわけだ。ここはホテルだから、夜中でも人の出入りはあるし、ね。その点、会場をガッチリ固めておけば、金庫へ入れたも同然ってものさ。出入口はガードマンが交替で固めるし、僕は四六時中、中にいるんだからね」

「そりゃ、さぞかし安全だろうね」

「それに陳列ケースのガラスは防弾ガラス、ちゃんと精巧な鍵もついてるし……。絶対安全さ」

「頑張ってね」

「うん。……そうだ、今話したこと、極秘だから、ほかの人にはしゃべらないでね」

正実は、あたりの客をそっと見回しながら言った。


「ちょっとした騒ぎでしたよ」

と克巳は言った。

「申し訳ありません」

女が目を伏せる。

「いや、僕はいっこうに構いませんがね。大丈夫ですか？」

「はい……」

克巳の部屋である。克巳は服を着替えていたが、女のほうはここに泊まっているわけではないので、至急ランドリーの乾燥機にかけてもらい、今はホテルのガウンを裸の上にはおって、その羞恥もあるのか、じっと手で胸元をかき合わせて、表情を固くこわばらせている。

「額のほうはどうです?——ふん、大したことはなさそうだ」

女の顔に小さなアザができて、やや膨らんでいる。

「少し膨らんでいるから、内出血の怖れはありませんね。かえってよかった。ま、ともかく、後でフロントから薬をもらってあげますよ」

「本当に何から何まで、どうも……」

妙な女だ。気を失って沈みかけたところを間一髪、克巳が救い出したのだが、いざ息を吹きかえしてみると、女のほうは、さほど嬉しい様子も見せなかったのである。といって、死にそこなって残念という表情でもない。要するに、命などどうでもいい、といった様子で、礼の言葉にも心がこもらない。

「相手の男は、さっさと姿をくらましたようでね。——あなたの知っている男ですか?」

女は不思議そうに克巳を見た。

「顔は見ませんでした。ぶつかって、いきなり水へ投げ出されたものですから」

「僕も、かなり離れた所からチラリと見ただけでね。顔までは分からなかった」

「——でも、どうして、私が知っている男だと思われたんですの? ただの事故ですのに」

「では質問を変えましょう」

克巳は言った。「誰か、あなたの命を狙っている人間の心当たりはありますか？」

「いいえ！――なぜです？」

「あの男は、あなたのほうへオールをのばした。しかし、あなたを助けようとしたわけじゃありません。あなたを沈めようとしたんです。その額の傷は、オールで突かれたせいなんですよ」

女は思わず手を額へやったが、呆然とした表情は作り物とも見えなかった。

「――分かりませんわ、そんな……。命を狙われるなんて……」

「そうですか」

克巳は深く追及しなかった。大切な仕事を控えているのだ。よけいなことに首を突っ込んでいるひまはない。だいたいこんな騒ぎを起こしただけでもマイナスだ。人の目を集めてしまった。早く片づけてしまうに限る。

ドアがノックされた。開けてみると、ボーイが、女の乾いた服を持って来たのだった。

「さあ、服が乾きましたよ」

克巳はベッドの上に服を置いて、「私は一階の食堂へ昼食を取りに行きます。もしよろしかったら、服を着て後からいらっしゃい」

「そんなことまでしていただいては……」

「なに、構いませんよ。バッグの類は沈んでしまったし、どこにお泊まりになっているにしても、歩いて戻るのは大変ですよ。じゃ、下でお待ちしていますから」

「はい……」

おれも物好きだな、と克巳はエレベーターを待ちながら、考えた。大仕事を控えているのに、あんな妙な女と係わりになっては面倒だ。

ただ、女の、どこか思いつめたところのある表情が気になった。自殺行の旅なのだろうか。

「違う……」

一階へ降り、レストランへ入りながら、克巳は首を振った。死に関わる仕事を長年やって来た彼である。死を考えている人間の持つ雰囲気は、本能的に分かった。あの女の持つ、どこか突きつめた一途なものは、死へ向かってはいない。

女を待たずに昼食を頼んだ。きっと来ないだろう、と思っていた。彼がいない間に、ホテルを出て行くに違いない。女にしてみれば、命の恩人とはいえ、ずいぶん恥ずかしい目に会ったわけである。早くここから逃げ出して、二度と彼の顔も見たくないと思うだろう。

それが当然の心理だ。

席から、レストランの入口のガラス戸越しに、エレベーターが見えるのに気づいて、注文したチキンバスケットとトースト、コーヒーが来る前に、入口に背を向けるよう席を移った。女は出て行くのを見られたくあるまい。こちらも、見て見ぬふりは気づまりだ。

コーヒーが先に来た。ミルクだけ入れて、カップを持ち上げると、

「よろしいでしょうか……」

女が立っていた。

「やあ、お先に失礼していますよ」

「ええ、どうぞ」

「お座りなさい。——何にします？」

チキンバスケットとトーストが来た。

「同じ物で……」

女は、なんとなく落ち着かない様子だった。克巳は飲みかけたカップを置いて、ゆっくりと女を眺めた。——バッグの類いがないので、どこか妙に見える。女が不安げなのも、そのせいかもしれない、と思った。化粧も落ちているし、髪も、濡れたので簡単に束ねたままだ。女にとっては、裸体を見られているような気分なのかもしれない。

「さあ、どうせ同じ物です、少しつまんでください」

「はい……」

「そうでないと、私も食べにくいですからね」

女は素直にチキンへ手をのばした。

「どこにお泊まりですか？」

克巳の問いに、女は一瞬、ためらった。

「それが、まだどこにも……」

「東京からいらした？」

「はい」

「では少なくとも今夜はどこかへ泊まらなければなりませんね」

女は目を伏せた。

「ここの部屋がどこか空いているでしょう。後で訊いてごらんになるといい。――部屋代のことはご心配なく。私が立て替えておきますよ」

「そんなこと――」

「いや、どうせお助けした縁です。宿泊と東京への交通費ぐらいお貸しします。何もさし上げるというんじゃありません。気になさらずに」

「申し訳ありません、何から何まで……」

女の注文した分が来て、二人はしばらく、黙って食べた。

「あなたは」

女が言った。「いつまでここにいらっしゃるんですの？」

「さて、はっきり分からないんです。ちょっと仕事がありましてね。終わるまで、ということです。三日かかるか四日かかるか……」

「何のお仕事を？」

「フリーのルポ・ライターです。怠け者の仕事ですよ」

克巳は微笑んだ。女も弱々しい笑顔になった。——それきり、また二人は黙り込んだ。

「部屋をフロントで訊いてみますか？」

レストランを出て、克巳が言った。

「その前にもう一度、お部屋へお邪魔してよろしいでしょうか。置いて来たものがあって」

「構いませんとも」

部屋へ戻ると、女は部屋の真ん中に立ちすくんで、しばらくためらっていたが、やがて思いきったように頭を上げると、言った。

「私をここへ置いていただけないでしょうか？」

「どういうわけです？」

「私――ある人を捜しに、ここへ参りました。その人を見つけるまでは、東京へ戻ることができないのです」

「僕も三、四日しかいないんですよ」

「それで充分だと思います」

「それぐらいの部屋代なら――」

「お貸しくださっても、お返しするあてがありません。東京を引き払って来たのです。貯金も全部おろして、現金を沈んだバッグに入れておいたので、今は一文なしになってしまいました」

克巳は女の本音を測りかねて、ソファに腰を下ろした。ここはツイン・ルームだ。女を泊める余地のないことはない。しかし、克巳の仕事には大変な障害だ。まさか女の目の前で、拳銃の手入れもできないではないか。

「ご事情は分かりますが、僕もいろいろ仕事の都合がありましてね」

「決してお邪魔はいたしません。私も人捜しに出かけなくてはなりませんし」

「しかしですね、やはり二人でここに泊まるとなれば、何かとさしさわりもありましょうし……」

「もし――よろしければ」

女は囁くような声になって、「部屋代の代わりに、私をお抱きください」

克巳はゆっくりタバコに火をつけた。いったいこの女は何者なのだろう？　自分をだまそうとしているようには見えない。それとも何かの罠《わな》なのか。

「――本気ですか？」

「はい」

「そんなにまでして、ここにいたいのですか」

「はい」

「お金をさし上げると言っても？」

「ただ、いただくわけには参りません」

克巳はちょっと間を置いて、

「捜している相手は誰です？」

「――夫でございます」

克巳はタバコの煙を吐き出した。

「いいでしょう。ここにいらっしゃい」

「それでは——」

「ご主人を捜すにしても、いろいろ必要な物もあるでしょう」

克巳は札入れから一万円札を何枚か抜いて女へ渡した。「お使いなさい」

「でも——」

「あなたの体がほしくなったら、そう言います。では、仕事があるので出かけます。鍵はフロントへ預けておいてください」

克巳は女を残して、部屋を出た。

わざわざ危険をしょい込んでどういうつもりだ、と自分に腹を立てる。これは大仕事なのだ。それなのに……。

しかし、もし、あの女が彼を陥れるための罠だとしたら、拒むのはかえってまずいことになる。まったく未知の、新たな危険よりは、すでに足を踏み入れた危険のほうがましだ。

それに、あの女が——そんな人間がこの世に存在するとしての話だが——正直に本当のことを話しているという可能性も、ないとは言えない。

まあいい、と克巳は思った。世の中、何が幸いするか分からないものだ。珍しく、彼は偶然に自分を委ねていた。

3

「一二〇七」の部屋へ戻って、圭介は大きく息をついた。メガネを外してベッドへ放り出し、付けひげをむしり取って投げ出すと、ソファへだらしなく座り込む。変装というのが、こんなに疲れるものだとは、考えてもみなかった。とうてい私立探偵にも役者にも、なれそうもないな、と思った。

メガネというのは、こんなにも煩わしいものか。——なにしろ圭介はどちらの目も視力一・五なのだ。といって、それは学生時代に勉強しなかったというわけではない。代々、早川家の人間は目がいいのである。

それに付けひげ。鼻の下がやたらにむずがゆく、その気分たるや、たとえて言えば、クシャミが出そうで出ない、あの感じ。それが付けている間じゅう続くのだから、たまらない。あまり鼻をモゾモゾ動かすわけにもいかないし、万一、食事をしているときやロビーを歩いているときに、ポトリとこれが落ちたらどうなるかと思うと、もう気が気ではない。

一度、母と廊下ですれ違って、ヒヤリとしたが、香代子のほうはまるで気づかなかった。その点は成功だったのだが、さて……。

「これからどうするか……」

口に出してみても、進むべき道が忽然と開けるわけではない。だいたいが、はっきりした具体的なプランがあってやって来たわけではないのだから、圭介自身の責任でもあるのだが、それにしても、香代子の部下らしい男たちが見当たらないのは当てはずれだった。きっとこのホテル内にいて、香代子の部屋で綿密な打ち合わせをやるのだろうと思っていたのだが、香代子の様子を見ているかぎり、どうもその気配はない。

考えてみれば当然の用心で、盗難が発覚したときに、このホテルにいたのでは簡単に捕まってしまう。きっとほかのホテルで、指令の出るのを待っているのだろう。

圭介にとって、あってはならぬことは明らかだった。その一、香代子が捕まってはならない。その二、正実が宝石盗難の責任を問われるようなことがあってはならない。宝石が盗まれれば、正実のことだ。自殺でもしかねない。その三、香代子が泥棒であることを正実に知られてはならない。

要するに香代子が、橘源一郎のダイヤモンド・コレクションを盗むことを断念すれば、事はすべてまるくおさまるのである。しかし、香代子の気性からいって、それはあまり期待できなかった。従来の仕事ぶりから見ても、香代子は相当優秀なスタッフを抱えているに違いない。盗み出すのが難しくなれば、ますますファイトを燃やす可能性のほうがずっと大きい。しかも香代子は、警備の詳細を聞き出せる立場にある。

母親へ、面と向かって、泥棒稼業から足を洗えと言ってやることは易《やさ》しい。しかし、誇り高い母の気性を知る圭介は、できることなら、何も知らないことにしておきたかった。

圭介が今まで見て見ぬふりをしてきたことが分かれば、母にとっては大きな屈辱だろう……。

とはいえ、圭介のほうには、なにかとハンディキャップが大きい。陳列室の警戒の厳重なことときたら、とても近寄ることもできない。それでもなんとかして、香代子が宝石を盗むのを妨害しなければならないのだ。

考えすぎて、いささか頭が痛くなってくる。

「もう七時半か……。晩飯を忘れるところだったぞ！」

面倒だが、またメガネと付けひげのお世話にならなくては。ルームサービスで取ってもいいのだが、値段が高い。だいたいここは高級ホテルだ。寝泊費だけでも、圭介の懐ろには、はなはだ痛い。

「なにせ、あのオヤジはケチだからな」

給料の安さをボヤキながら、付けひげを貼りつけ、メガネをかける。

最上階には豪華なレストランがあるのだが、圭介の向かうのは当然、一階のコーヒーハウスである。エレベーターを降りると、まずブラブラとロビーへ行って、身体が沈みそうなソファに腰を下ろす。せっかく一流ホテルへ来たのだ。少しはゆったりした気分を味わわなくては。たしかロビーに座るのはタダのはずだ。

置いてあった新聞をめくっていると、ふと誰かの視線を感じた。顔をめぐらすと、少し離れたソファから、若い女性が彼に微笑みかけている。どこかで見た顔だな。曖昧に微笑みを返すと、彼女は立ち上がって彼のほうへやって来た。

「今晩は」

「どうも……」

「今朝エレベーターでお会いした方ね」

「ああ。――思い出しました」

「同じ十二階ですわね」

「そ、そうですね」

美しい娘である。いや、可愛いといったほうがいいだろうか。クリッとした大きな目。笑顔の似合う丸顔だ。圭介は不安になった。可愛い娘に声をかけられることなど、絶えてなかったからだ。素直に喜ばないのが、圭介の謙虚さである。

「ここへは何のご用で？」

娘はにこやかに訊いた。

「え？　ああ……まあ、べつに、用というほどの……」

「じゃ、観光旅行？」

「ええ、ちょっと、その、息抜きに」

「お仕事はお忙しいんですの？」

「ええ、まあ……」

「大変ですわね、男の方って」

いったいこの娘はどういうつもりなんだろう？　圭介は早々に逃げ出すことに決めた。

「そ、その――夕食へ――」

と立ち上がると、娘のほうも一緒に立ち上がって、

「まあ、私も夕食にしようと思っていたんですの。よろしければご一緒にいかが？」

「はあ、しかし……」

「どなたかとお約束？」

「いえ、べつに……」

「じゃ、いいじゃありません？　一人で食べてもおいしくありませんもの。ねえ？」

「はあ……」

押しかけ女房ならぬ、押しかけ恋人とでもいうのか。圭介は呆気に取られてしまった。

「私、浅里岐子」

「どうも」

「お名前、訊いていい?」

「え?」

「それとも、秘密?」

「い、いや、秘密だなんて。僕は早――」

と言いかけて、慌てて口をつぐむ。本名を出す奴があるか!――圭介は青くなった。何という名前を使っているか、忘れてしまったのだ!

「ええと……つまり……」

何だったんだろう? よく似た名を作ったんだが……。ええと……ええと……「山……川。山川永助です」

「山川さん。どうぞよろしく」

「こちらこそ」

圭介はそっと額の汗を拭いた。もしスパイだったら、半日と生きてはいられないだろう。

二人が食堂へ行きかけたとき、ロビーから見える、玄関の車寄せに、ロールス・ロイス

の車体がゆるやかに滑り込んできた。岐子が気づいて、

「あら、橘さんのお車だわ」

「橘？　あの石油王の？」

「ええ、今ここに泊まってるの。ご存じ？」

「そういえば、聞きましたね」

「あら、でもあの女の人、誰かしら？」

ロールス・ロイスから、スポーティなパンタロンスーツ姿の若い娘が降り立った。

「きれいな女《ひと》ね。でもどうして橘さんの車で——。どうかなさって？」

圭介は目の前を、美香が悠然と通りすぎて行くのを、啞然として見送った。美香！　美香がこのホテルに。しかも、橘源一郎の車に乗って来たのだ！

「山川さん」

やっと、岐子が妙な顔で見ているのに気づき、圭介は我に返った。

「あ、あの——ちょっと失礼します！」

圭介は玄関へ向かって駆け出した。

「するってえと何ですか、ボス？　ダイヤは陳列ケースに入れたままで？」

「おい、おまえの悪い癖だぞ。ボスなんて俗な言葉を使うなよ」

丈吉が土方をにらんだ。「ここはレストランだぞ」

「じゃ、何て呼びゃいいんだ？　オスか、メスか？」

「いい加減にしなさい」

香代子が付け合わせのスパゲッティをフォークへ電線のように巻き取り、一気に口へ放り込んだ。「すぐ悪乗りするんだから」

香代子の顔は笑っていた。いつも小心な土方が下手《へた》な冗談を言うのは、彼が内心小躍りしている証拠なのだ。

「しかしですね、そいつはかえって厄介じゃないですか」

丈吉がクールに言った。「ガードマンが大勢固めてるだろうし、ケースに一つ一つ鍵がある。金庫なら一つ開けりゃすむこったし、手っとり早いが、それだけの鍵となると……」

「大変なのは丈吉、おまえのほうだろ。おれは開ける鍵がたくさんありゃあるほど楽しみさ」

「何言ってやがる。一時間もかかってみろ、おれがおまえのどてっ腹へ穴を空けてやる」

「一つに五分もありゃ充分さ」

土方は自信たっぷりだ。「二つめからはもっと早くなる」

「面倒だ。ガラスを切ってしまいましょうぜ」

「おい！　何て野蛮なこと言うんだ！」

香代子はやっとスパゲッティを飲み込んで、

「ガラスは防弾ガラスだそうだよ」

「ほらみろ」

と土方。丈吉は肩をすくめて、

「じゃいいですよ。なんとか、しばらく時間を稼げるように考えましょう」

「問題はまだあるんだよ」

香代子が顔をやや曇らせて言った。

「何です？」

「部屋の中に、一人泊まり込んでるのさ」

「泊まり込むって――布団を持ち込んで、ですか？」

と丈吉が目を丸くする。

「ベッドを運び込んでね。――ウチの息子が」

「そいつは……しかし、どうします？」

「困っちまってるのさ」

香代子はため息をついた。「金庫をやるんなら、べつに問題はないんだがね」

「軽く一発でのしちまっちゃ、まずいですか？」

「そりゃ構わないけど……」

と〈母〉は言った。「でもあの子は凄い意気ごみだからね。それこそ誰か入ってきたと見りゃ、すぐピストルをぶっ放しかねないよ」

「ぞっとしませんなあ」

「なんとか息子さんを外へ連れ出せないんですか？」

と土方が言った。

「なにしろ、私ともう二度と会わない。あの部屋から一歩も出ないって頑張ってるのさ」

「でもトイレぐらい行くんでしょ」

丈吉が顔をしかめた。

「何だよ、食事中に」

「仕事の話だぞ！　食事も何もあるか」

「まあ、待ちなよ。いいかい、明日は特別招待客だけの公開。明後日から一般の客に公開だ。そうなりゃ、怪しまれずにゆっくり様子を見られるってもんさ。プランを練るのはその後でもいい。——大仕事だからね、じっくり腰を据えてかかるんだ」

「まずは腹ごしらえ、と」

土方が、食後のデザートにチョコレート・パフェを注文するのを聞いて、丈吉が鼻を鳴らした。

「吐き気がすらあ」

「おまえみたいなアル中じゃ、錠前屋みたいなデリケートな仕事はできねえさ」

「何だと！　このデブ！　そのうち糖尿病で、甘い物なぞ食えなくなるぞ」

香代子は二人のやり取りを苦笑しながら聞いていた。軽口が出るのは、仕事を前に、二人が適度に緊張しているからだ。これはいいムードなのである。

香代子はいつもあまり綿密な計画を立てないことにしている。偶然は気まぐれで、予定は容易に変わってしまう。最後は実行する人間の機敏な判断にすべてがかかって来るのだ。そのとき、できるだけ自由のきくほうが、有能な人間にとっては動きやすい。

極端に言えば、香代子は丈吉と土方に、最低限の禁止条項——人を殺さぬこと、不必要に傷つけないこと、狙った物以外は盗まないこと——を言いつけているだけで、それ以外は二人に任せていた。この女親分と二人の子分は幸運な出会いだったと言えるだろう。

今度も成功疑いなしだ。香代子は安心しきっていた。ゆっくりと飲みほすグラスのワインが、今夜はことのほかうまい……。

せいぜい三人家族ぐらいのためのロッジだった。——夜の暗がりの中で、見つけるのはさんざんの手間だったが、やっとのことで捜し当てて、圭介はほっとした。

橘源一郎のロールス・ロイスの運転手から、「女子大生」美香の借りているロッジを訊き出すのには、水割り四杯が必要だった。手痛い出費だったが、そんなことを言ってはおられない。

手抜かりだった。美香が、橘に示していた強い関心、店の河野恭子から、旅行へ出るらしいと聞いたこと——ここで気づくべきだったのだ。しかし巧みに美香は橘に近づいた。いったいどうするつもりなのだろう?

本気で橘と結婚しようなどと思っていないのは当然だ。でなければ、学生だなどと身分を偽ったりしないだろう。となると、なんとかダイヤのコレクションを手に入れるのが目的に違いない。そうなると、美香ははっきりした詐欺師ということになる。

「まあ、今だってそうじゃないとも言えないがね」

ロッジの周囲を回りながら、圭介は呟いた。——なんとか中へ入れないだろうか。美香の計画を出し抜く手がかりが見つかるかもしれない。橘に彼が相手にしている女は詐欺師だと知らせてやれば楽なのだが、それでは美香が捕まってしまう。なんとかして美香自身に辞めさせせなければならない。

ロッジの裏手は湖に面したポーチになっていて、可愛い二脚の椅子とテーブルが置いてある。恋人同士、月の輝く夜に、このポーチで食事をし、恋を語り合ったら、どんなにかロマンティックだろう、と圭介は場違いなことを考えた。そういえば、さっきの娘――可愛い娘だったな。一緒に夕食を、と向こうから誘って来た。断わってしまって惜しかった、と今ごろになって悔やんでいる。目の前にいないとなると、圭介も少しは夢が持てるのだ。

ポーチに立って、圭介は湖面を眺めた。

そよ、と涼しい風が湖面を羽毛のように撫でていくと、月の影が身震いして砕ける。秋の夜だというのに、遠くにはボートの影も二、三見えていた。対岸の明かりはホテルか、こういったロッジだろう。黒い水面《みなも》に滴を落とすロウソクの列のようで、夜空に、いっそう黒々と波打つ山々の稜線の下に、長い長い燭台が並んでいるように見える。近くのロッジからだろう、ギターのコードに乗って、若い男女の歌声が洩れ聞こえてきた。酔客のドラ声と違って、コーラやビールで滑らかになった、涼しい声だ。それはあたりの静寂《しじま》をかき乱すことなく、その中へ溶け込んで、シャボン玉のように、そこここにはじけて消えていった。

　こんな気分にさせられたのは、いったい何のせいだろう？——何をしに来たのかも忘れて、圭介は甘い夜の中に浸っていた。こういう恋を語るに絶好の夜には、傍に誰もいない。そしてやっと目指す恋人を連れ出したときは、どしゃ降りの暴風雨なのだ。それが人生だ。

　あの娘……。ホテルにいた娘——何といったっけ。ミチコ。姓は？　ええと……確かミソ汁を連想したのだが……シジミ、アサリ。そうだ、アサリ・ミチコといった。本当に、ただ好意からおれを誘ったんだろうか？　ひまを持てあまし、手近に男がいないので、おれに声をかけたんだろう。それにしたって……魅力のある娘だったことに変わりはない。

　だいたい、おれは女性を前にすると、すぐあせってしまうのがいけないのだ。言葉はスムーズに出て来ないし、持っている物を落っことす、茶碗は引っくり返す。ロクなことをしない。——もっとこう小粋に、そう、ちょっと古いが、シャルル・ボワイエやケーリー・グラントみたいに、渋い洒落っ気で女を魅了できるといいのだけど。ゲイブルやショーン・コネリーの強引さは、好みでない。ハンフリー・ボガードの、過去を引きずる男のかげりは、出そうとして出るものではない。せめてスマートに、そう……。

「こちらへ出ておいでよ。月がきれいだ」

　圭介はそっと口に出してみた。背後の、ポーチへ出入りするガラスの扉が静かに開いた。

「この爽やかな風、草の匂い――」

草の匂い？　それじゃ牧場になる。「この涼しい風、いい気持ちだよ。寒くないかい？僕の傍へおいで。暖かく抱いていてあげるよ」

黒い人影が音もなくポーチへ滑り出すと、圭介の背後に近づいた。

「さあ、手を貸して。……震えているね。怖いのかい？　心配なことなんか何もないんだよ。僕がついている。安心して僕の胸で休むといい……」

いい気になって圭介は左手をそっと斜め後ろへ差しのべた。暖かい物が触れた。

「ん？」

何だろう？　指だ。つまり、手だ。ということは……。振り向こうとした圭介の頭に、痛烈な一撃が下った。圭介はそのまま、夜より深い闇の中へ沈み込んでいった。

会話は弾まなかった。

美香は、意外の感に打たれていた。食事は豪華で、小さなステージではピアノ・トリオが室内楽を奏で、赤いキャンドルが、そこここのテーブルをポッと浮かび上がらせている。

ロマンティックな要素は揃っているのだ。それなのに、橘源一郎は甘い囁き一つかけて来るわけではない。申し分なく優しかったし、彼女のことをあれこれ訊いてはきたが、自分のことは語ろうとしなかった。

美香があちらでの暮らしに話を向けるたびに、橘は肩をすくめて、

「べつに大したことはありませんよ」

と話をほかへ向けてしまうのだった。

「ダイヤのコレクションを見せていただくのを楽しみにしていますわ」

と言うと、橘は初めて少し顔を輝かせた。

「ダイヤ。――そうです、私は宝石を愛している。石は冷たいし、頑《かたく》なだが、人間よりはましだ。少なくとも、絶対的な価値を持ち、人を裏切りませんからな」

美香はこの初老の大富豪の最後の言葉に込められた苦々しさに、はっとした。――この人は寂しいのだ。おそらく、金持ちであるがゆえに、人に裏切られ、騙されつづけて来たのだろう。そして誰をも信じられなくなっているのだ。

私だって……美香は思った。私だって、この人を騙そうとしている。

「ずっと日本にお住まいになるおつもりですか？」

「さあ……分かりませんな。私が帰って来たのは、ある人を捜すためで、その人が見つかるかどうかで……」

「あなたは……」

美香は言い淀んだ。

「何です？」

「噂に聞いていた方と、ずいぶん違っていますわ」

「どういうふうに？」

橘は少し愉快そうに訊いた。

「とても……寂しそう」

橘が微笑んで、テーブルへ視線を落とした。悪いことを言ってしまっただろうか、と美香は思った。つい、本心が出てしまったのだ。

そのとき、隣りのテーブルで騒ぎが起こった。

「おい！　どこを見てるんだ！」

男の怒鳴る声。見れば、まだ若いウェイトレスが、スープを客の上着へこぼしてしまったらしい。

「申し訳ありません」

と何度もくり返して頭を下げるのだが、男のほうは、太った赤ら顔をますます赤くして、

「謝ってすむことか！　こんなことをされて黙っちゃおられん！　ここの責任者はいないのか！　責任者を呼べ！」

騒ぎを聞きつけて、タキシードの男が駆けつけて来た。

「お客さま、何か間違いがございましたでしょうか？」

「間違いだと？　これを見ろ！　わしの背広が台なしだぞ！　ここじゃ、こんなぶきっちょな田舎者を雇っとるのか！」

「どうも——まことに申し訳ございません」

「いいか、わしはこのホテルにもう何度も来とるんだ。支配人とも親しい。然るべき責任を取ってもらおうじゃないか！」

美香は胸が悪くなる思いだった。成金を絵に描いたような、服の趣味の悪さ。あれならソースでもかけて染めてやったほうがましだ。支配人は平身低頭し、ウェイトレスのほうは涙ぐんで傍らで小さくなっている。

「すぐに——お客さまのご希望どおりに処置をいたしますので——なにとぞこの場は——」

「そんなことでごまかされんぞ！　後でウヤムヤにしてしまおうというんだろう！」

「いえ、決してそのような——」

「ここですぐこの生意気なウェイトレスをクビにしてもらおう！　今すぐにだ！」

そのとき、

「お待ちなさい」

と声をかけて、橘が席を立った。

「何だ、貴様は？」

うさんくさそうな目つきで男は橘を眺め回したが、身なりを見て、あまり妙な口もきけないと思ったのか、苦い顔で黙り込んだ。

「高価な上着を汚されたお腹立ちは分かりますが」

橘は穏やかに言った。「クリーニングに出せばすむことでしょう。何もこのウェイトレスを失業させるほどのことはありますまい」

「これはわしの背広だぞ。よけいな口は出さんでもらいたいな！」

「あなたもかなり暮らし向きの豊かな方とお見受けします。心も広くお持ちになってはいかがですか？」

「何だと！　貴様だって自分がこうなったら、そんないい格好をしておられるか！」

橘は黙って男のテーブルへ歩み寄ると、皿に入ったスープをスプーンで一杯すくい取ると、いきなり自分の上着の胸へ叩きつけた。

美香は思わず息を呑んだ。――息苦しいような沈黙があった。

男は何か言いたげに口を開いたが、けっきょく何も言わず、ナプキンをテーブルへ叩きつけて、出て行ってしまった。

「鼻持ちならん奴だ」

橘が席へ戻った。美香はハンカチを水でしめして、上着の汚れを拭ってやった。

「ああ、いや、構いませんよ」

橘は手を振って、「とんだ失態だった」

「いいえ、とても立派でしたわ」

と美香は言った。心から、そう言ったのだ。


心持ち強く、涼しい風が吹いて来て、圭介の顔をかすめて行った。――ちょっと寒いな。もう一枚毛布がほしいとこだ。ん？　何もかけてないぞ。また毛布を蹴とばしちまったかな。毛布、毛布、おまえはどこだ……。

手探りしても、何も手にさわらない。目を開いて、ひとしきり瞬きする。

「ここは……」

寒いはずだ。ポーチの床に寝ているのだ。

「どうなってるんだ？」

起き上がろうとして、アッと呻《うめ》いた。頭がジンとしびれるように痛い。痛みがモヤモヤを吹っ飛ばし、圭介はすべてを思い出した。

「畜生！　いったい誰が……」

誰といって、ここは美香一人のロッジのはずだ。美香が？　いや、美香はまだ橘源一郎と夕食中だろう。ではほかの誰かがここにいたのだ。——当然の結論に達したものの、それで頭痛がなおるわけではない。

しばらく床に座って、痛みが鎮まるのを待った。ソロソロと立ち上がる。——なんとか大丈夫らしい。

振り向いて、おや、と思った。ポーチとの仕切りのガラス戸が開いたままになっている。誰か知らないが、おれを殴った奴は、ここから出て来たんだな。圭介は真っ暗な部屋の中をこわごわ覗き込んだ。まだ中にいるだろうか？——まさか。そういつまでも暗がりの中にいやしないだろう。

「そう言えば、どれくらい——眠ってたのかな」

のびてたのかな、と言おうとして、自分でもちょっと体裁悪い感じがして言い換えた。

腕時計を見たが、倒れた拍子に止まってしまったらしい。八時二十二分を指したままだ。殴られた正確な時間だけは分かるわけだ、と圭介は苦笑いした。

しばらく中の様子をうかがって、人の気配がないと判断すると、ゆっくり中へ入っていった。月明かりも、部屋の中へほんの十センチばかり白い帯を描いているだけで、その奥は真っ暗闇だ。圭介はしばらく立って、目を馴らした。やがておぼろげに、ソファや棚の輪郭が見えてくる。どうやらドアは部屋を突っ切って、真向かいにあるようだ。ドアのある所、明かりのスイッチもある。よし、と圭介は、見当をつけて歩き出した。なにやらシンナーのような匂いが強くする。

これがスリラー映画だと、いきなりガツンと殴られるか、何かにつまずいて倒れ、手探りするとヌルッとしたものが……。明かりをつけると死体が転がってる。ガツン、のほうはもうすんだから、今度は死体の番かな、などと縁起でもないことを考える。

部屋を半分も来たかな、と思ったとき、いきなり足を何かに引っかけて転んでしまった。

「ワッ！」

と声をあげたのは、死体の連想のせいもあったが、そうでなくてもだいたいが肝っ玉の大きいほうでないのだ。

「大丈夫……つまずいただけだ……落ち着け、落ち着け」

ひとり言を言って気を鎮めながら、ようよう起き上がる。

「いったい何だ、畜生！」

悪態をつきながら、手探りする。「びっくりさせや……」

言葉を呑み込んだのは、手がヌルッとしたものに触れたからだった。背筋を戦慄が貫くと、弾かれたように立ち上がり、ドアと覚しきあたりへ突進する。めちゃくちゃに壁を押しまくっているうちに、奇跡的に手がスイッチに触れたらしい。部屋の明かりがついた。

「あ……」

部屋の中央に、新聞紙が広げられ、真新しい小さな木のテーブルが置かれていた。その傍に、ペンキの罐がひっくり返って、赤い絵の具がこぼれ出していた。圭介は手を見た。ヌルッとしたのはペンキで、右手が真っ赤だ。

「やれやれ！」

圭介は思わず笑い出してしまった。美香がテーブルに赤いペンキを塗っていたのに違いない。まったく、びっくりさせるよ！

しかし、ドアのあたりの壁に、スイッチを手探りしたので、赤い手形がベタベタくっついてしまった。なんとかきれいにしておかなくては。

「まず、手についたのを洗い落とさなきゃ……」

溶剤は浴室で見つかった。ホテル式で、洗面所と浴室が一つになっている。早速ペンキを洗い落としにかかる。四、五回洗って、やっと満足すると、赤い滴が飛んだのを一つ一つハンカチで拭う。浴槽を仕切るビニールのカーテンが閉まっていて、その裾のほうにも、赤い滴が飛んでいる。

「なんだ、こんなところまで、飛んじまったのか……」

カーテンを持ち上げた拍子に、浴槽の中が見えた。

男が、空の浴槽に、服を着たまま窮屈そうに身体をねじって横たわっていた。目を見開き、口を半ば開いたままにして、苦しそうな姿勢に文句も言わずに。——胸に赤いペンキがべったりとついている。圭介は、この男もあの罐をひっくり返したのかな、と反射的に考えた。だが、よく見ると、ペンキとは微妙に色合いが違っている。そして何よりも……

男は死んでいたのだ。

4

岐子は、マスター・キーをそっと「一二〇七」のドアへ差し込んだ。静かにドアが開く。

部屋の勝手は分かっている。突っ切って窓へ行き、分厚いカーテンを閉じる。それから明かりをつけた。

枕元のデジタル時計はもう十時を示している。

「もっと早く来れたら……」

マスター・キーを手に入れようにも、フロントから支配人の夏木がにらんでいて手が出せなかったのだ。上がって来るとき、まだここの鍵がフロントにあったから、戻っていないのは確かだが、いつ戻って来るかもしれない。

「手っとり早くやらなくちゃ」

岐子は、まずアタッシェケースに取りかかった。何と！　鍵もかけていない。開けると爆発するかな？　まさか！

中には、着替え、小物がつまっているだけだった。手帳がある。最初のページに持ち主の名前、職業などが書いてある。

〈早川圭介。弁護士――〉

「弁護士？」

あれでも？――とよく見ると、〈弁護士事務所勤務〉とある。やっぱり、あれはどう見たって事務員よ、と勝手に決めつけ、

「偽名を使っていたんだわ」

得たり、と肯く。山川永助、なんて、わざと響きの似た名を使っているのだろう。しかし、本当に何かよからぬことを企んでいるという証拠はなかった。手帳の中身は、当たり前の予定やメモばかり。アタッシェケースの中にも、何もなかった。

ハンガーに掛けてある服、洗面所のカミソリまで調べたが、べつに怪しいところはない。もちろん偽名と職業詐称だけだって充分に怪しいが、弁護士事務所に勤めているのだから、何か依頼人の特別調査をしているのかもしれない。

「やれやれ……」

ホテル泥棒や金庫破りの道具でも出て来れば小躍りして喜ぶところなのに、と拍子抜けして岐子はベッドに腰を下ろした。

ただ、気になったのは、あの橘源一郎のロールス・ロイスに乗って来た女性を見て、彼が——早川圭介が、目を見張っていたことだ。明らかに知り合いらしい。だが、いったいどういう知り合いなのか。そして橘源一郎と、この早川という男、何かつながりがあるのだろうか？

考え込むなら、自分の部屋へ戻るか、カクテルラウンジへ行ってからにすればよかったのだ。

「そうだわ。のんびりしていたら帰って来ちゃう！」

部屋を見回し、すべてもとどおりになっているのを確認して、さて行こうと思ったとき、ドアの鍵がカチャカチャと鳴った。帰って来たんだ！　どこかに隠れなきゃ！　見つかったら大変なことになる。

しかし、迷っているうちに、ドアが開いた。

「あ！……支配人」

「やっぱりここだったか」

夏木支配人が凄まじい形相で立ちはだかっていた。

「マスター・キーがないので、こんなことじゃないかと思って来てみたんだ。さあ、さっさと出ろ！」

「はい」

岐子もこの場は救われた思いで部屋を出た。

「いいか、このことは君の叔父さんに報告してやる！　分かってるな！」

「そんなに怒鳴らなくたって分かります」

「よし、部屋へ戻っておとなしく寝ろ！」

岐子は肩をすくめて、夏木と別れた。このまま帰るのもシャクだ。一杯飲んで行こう。

エレベーターに乗って一階のカクテル・ラウンジへ行った。

「水割りちょうだい」

「珍しいですね、お嬢さん」

声をかけられ、振り向くと、フロントの福地である。

「あら、もう勤務は終わり？」

「ええ。一緒にいかがです？」

「いいわ、ムシャクシャしてるの」

岐子はグラスを一気にあけた。

「――なるほど、妙な客ですな」

福地が岐子の話に肯いた。

「でしょう？　それをあの支配人たら！」

「私が力になりますよ、お嬢さん」

「本当？　ありがたいわ！」

「私も気をつけていましょう。マスター・キーが必要なときはそう言ってください」

「ぜひお願い！」

岐子はグラスを上げて、「頼りにしてるわよ、福地さん！」


克巳は十一階でエレベーターを降りると、人気のない廊下を見渡した。外まで歩いて、非常口から出る。スチールのらせん階段が、ずっと深く、奈落《ならく》の底まで続いているようだ。ゆっくりと一階上って、十二階の扉をそっと押し開けた。目の前に、シーツや毛布などをしまっておく部屋があり、左手に廊下が続いている。

橘の部屋は三つめのドアのはずだ。思ったとおり、いかつい体つきの男が廊下をぶらついている。相当にタフな奴らしい。

克巳はおや、と思った。メイドが一人、廊下をやって来る。こんな時間に、こんな所で何をしているのだろう？

メイドは顔を伏せて、急ぎ足で、護衛の男の傍を通り抜けようとした。あれは本物のメイドではない。あんな妙な素振りでは一目で見破られてしまうだろう。――案の定、護衛の男が目を止めた。

「おい、待て！」

メイドが、ピタリと足を止める。

「こんなところで何してるんだ？」

メイドが何か小声で答えたが、克巳には聞き取れなかった。男のほうはメイドの答えに満足しなかったらしい。

「妙だな、おい、顔を見せろ」

と、メイドの顔をぐいと振り向けさせた。同時にメイドは靴の踵《かかと》で思い切り男の足を踏みつけた。

「ウッ……」

と男が一瞬ひるむ隙に手を振り払って、メイドは克巳のいるほうへ向かって駆け出して来た。克巳は目を見張った。メイドの服を着ているのは、あの女だった。克巳が助けてやった、あの同居人だ。

女はたちまち男に追いつかれ、抱きつかれた。手足をバタつかせるが、とても敵ではない。

「おとなしくしろ！　こいつ！」

口をふさごうとした手に、女がかみついた。男がアッと叫んで、女の身体を離した。女が走って来る。克巳は一瞬迷った。どうするか。関わり合いになるのは損だ。どうもあの女も、あまりまともな手合いではなさそうだ。放っておけば、あの大男が片づけるだろう。厄介払いになるというもんだ……。

女は数メートルと走れなかった。たちまち、男にねじ伏せられてしまう。

克巳は静かに廊下へ出た。

「――何だ？」

男が克巳に気づいた。克巳は二、三歩で駆け寄ると、力いっぱい靴の先で男の顎《あご》を蹴り上げた。鈍い音がして、身体が仰向けに倒れ、それきり動かなくなってしまった。

「あなたは——」

女が克巳を見て呆然としている。

「早く来るんだ！」

克巳は女の手を引っ張って立たせると、非常口へと走った。護衛の人間といっても、あの男一人ではないはずだ。今の騒ぎを聞きつけて出て来ないとも限らない。

外へ出て扉を閉めると、克巳は一息ついた。

「そのメイドの服はどうした？」

「小部屋にあったのを借りました」

「まずいな、目立つぞ。自分の服はどうした？」

「ロビーのわきの女子用トイレに……」

「それじゃ僕が取って来るわけにはいかない。——仕方ない。自分で行って来るんだ。本物のメイドやボーイに声をかけられないようにできるだけ避けて歩くんだ。分かったね」

「はい」

女は肯いた。

「ともかく、この非常階段で一階まで降りよう。目につくといけない」

目が回るようならせん階段を足早に降りて行く。女が訊いた。

「あの男、死んだでしょうか？」

「いや、死んじゃいない。しかし顎の骨が砕けてるはずだ」

しばらくして、二人は黙って降り続けた。

「君はなぜあんな所をうろついていたんだ？」

「夫を捜して……」

「ご主人がこのホテルに泊まっているのか？」

「そう聞きました」

「誰から？」

「新聞で――」

「新聞？」

克巳は足を止めた。「すると君の夫というのは……」

「橘源一郎です」

どれぐらいの間、そこに突っ立っていただろうか。十分か、十五分か。――圭介には一時間もたったように、いや、何時間もたったように思えた。夜が明けるんじゃないか、とふっと心配したくらいだ。

男は大柄で、ツイードの上着、下はスポーツシャツだった。今は血で赤いが、もとはレモン・イエローだったようだ。いったい何者だろう？

何十回となくためらった後で、圭介はおそるおそる手をのばし、男のポケットを探ってみた。定期入れがある。中に身分証明書が入っていた。〈島野文夫・A新聞社会部〉

「そうか……」

島野のことは、圭介も名前だけ知っていた。美香の行動を調べているときに、美香が女学生に扮装して付き合っている相手が、島野という新聞記者だと知ったのだ。実物を見るのはこれが初めてである。だが、初めまして、と挨拶したくなる状況でもない。

「しかし、どうしてこんな所で……」

殺されたらしい、ということは分かる。胸の傷は弾丸の傷か刃物か、いずれにせよ、拳銃もナイフもない。それにこんな窮屈な所で自殺する物好きはあるまい。となると、いったい誰が殺したか、ということになる。

「美香か？——まさか！」

思わず圭介は口走った。愛情のもつれで、殺人に至るなんて、年じゅう新聞を賑わしている話だ。珍しくもない。しかし、そんなはずはない、とすぐに思い当たった。美香はあの石油成金と食事中ではないか。この男を殺せるわけがない。

死後どれくらいたっているのか、もちろん圭介の知る由もないが、いくら美香が度胸がいいからといって、人を殺して、その死体を浴室へ置きっ放しにして夕食へ出かけるわけもあるまい。なんとか死体の始末をつけるはずである。

それに――そうだ、あの可愛い妹が人殺しなどするものか！　こういう事態になると、俄然、兄妹愛が燃え上がるのである。おれはおまえを信じてるぞ！

だが、落ち着いて考えてみると、困った立場にいるのは自分のほうだった。なにしろ、現在こうして死体の傍にいるのだ。それだけでも、あまり日常的状況とはいえない。加えて、ここは自分のロッジではない。つまり不法侵入である。それにあの手形！　派手に壁にベタベタくっつけてしまった。あれこそ警察が見たら大喜びするだろう。なんとか洗い落とさなければ。

ほかに難問はあったが、ともかく手近なタオルと溶剤を持って部屋へ戻り、手の跡をこすり落とした。しかしペンキというのは、いったん乾いてしまうと、そう簡単に落ちるものではない。手の形はなんとか分からなくなったが、かえって引きのばしたようで、ますます壁が汚なくなってしまった。

圭介は息を切らし、諦めることにした。手の跡から指紋さえ取れなきゃいいだろう。いずれにしろ、ペンキの罐をひっくり返したのはどうしようもなく、誰かが入ってきたことは分かってしまうのだから。

　圭介は、それから自分が触ったと思われる所の指紋をせっせと拭き取って回った。ポーチの手すりから、浴室のドアのノブ、蛇口、浴槽のへり……。

　それがすむと――さて、最大の問題である、死体をどうするか。

　なにしろ今まで扱ったことがない。当たり前の話だが、ともかくどうすればいいのか、見当もつかない。人が殺されている、と警察へ連絡すれば、警官が来て引き取ってくれるだろうから、ことに死体に関しては楽に違いないが、ほかの点ではかなり面倒なことになるだろう。

「失礼します」

「ご苦労さん」

　ではすまないに違いない。万一、警察が圭介の話を信じたとしても、なぜここへ忍び込んだのか、なぜ偽名を使ってホテルに泊まっているのか、全部を説明しなくてはならない。そんなことはできない！

　そうなると、死体がここにあること自体がまずい。ここで発見されれば、容疑は必ずや美香にかかるだろう。美香の二重生活も、必然的に知れてしまう。

　結論は明らかだった。死体をどこかへ運び出さなくてはならない。誰が？　その答えも明らかだった。

「何てこった！」

圭介は神を呪った。信じたこともないのに呪っているのだから、神のほうもたまったものではない。

まず、どうやって運び出すか。人間の身体というのは重いものである。しかも大柄な、がっしりした男となれば、相当なものだ。

度胸を据え、物として扱おうと心を決めたものの、浴槽から引っ張り出すのが、まずひと苦労だった。なんとか死体が浴室の床へ転がり落ちたときは、もうヘトヘトだった。しかし、ここでさっき呪った神に今度は感謝することになる。死体が床に敷いた分厚いマットの上に乗っていたので試みにマットの端をつかんで引っ張ってみると、これがまことにスルスルと巧く滑って来たのだ。

「しめた！」

浴室のしきいを越えるのに手間取ったが、後はいたって楽々と廊下を引きずり、玄関のドアへ達した。

「やれやれ……」

外へ出すのはいいが、その後どうするか、考えていなかったのに気づいた。「まあ、いいや。ともかく外だ」

なんならわきへ回って湖へ落としたっていい。そうすれば、発見されても、どこで殺されたか分からないだろう。玄関のドアを開け、外へ荷物を引きずり出したときだった。

――パトカーの赤いランプが点滅しながら近づいて来た。


「まったく、おまえはドジだぞ！」

助手席に座った小沢《おざわ》巡査が、運転している風見《かざみ》巡査に毒づいた。「間抜け！　トンチキ！　オタンコナス！」

風見は受難の日のキリストのように、雄々しく悪罵に堪えていた。

「貴様がちゃんとメモを取っておきゃ、こんな手間をかけずにすんだんだぞ！」

キリギリスみたいにやせこけた小沢の声は、まるで骨が喉に突き刺さるように、ずんぐり太って顔がじかに胴へつながっているような風見の繊細な胸をえぐった。

「メモは取ったよ」

風見は弱々しく反撃を試みた。

「ああ。しかしそれを紙ヒコーキにして窓から飛ばしちまったんだ！　なんて奴だ、まったく！」

「ほかの紙と間違えたんだよ」

「だいたいだな、『ロッジで人が殺されてます』なんて重大な通報を受けて、だぞ、子供に紙ヒコーキを折ってやるとは何事だ！」

「一つ折ってやりゃ、おとなしくなると思ったんだ。ところが……」

「ぶきっちょなもんで、紙ヒコーキを一つ折るのに六枚も連絡用紙を無駄にした！」

「七枚だよ」

「もっと悪いぜ。そしてついでに、殺人の通報のメモまで飛ばしちまった。ちゃんとロッジの番号が書いてあったのに！　えい、畜生！　思い出せないのかよ？」

「メモをしたとたんに忘れちまったんだ」

「おかげでおれたちは何百からあるロッジを一つ一つ訊ねて回らなきゃならねえ。もう何時だ、いったい？　あんまり遅くなったら諦めるほかねえぜ」

「おれは徹夜ででも回るよ」

「馬鹿！　考えてみろ！　夫婦仲よくベッドで奮戦中におれたちがブザーを鳴らして、『お宅に死体はありませんか』なんて訊いたら、向こうはどう思う？　明日になりゃ、たちまち署長のとこへ抗議の電話が殺到だ！」

「するとおれたちは……」

「よくて訓告、悪くいきゃ……」

と小沢が手で喉をキーッと切る真似をしてみせる。風見がゴクリと唾を飲み込んだ。

「おい、もうやめとくか」

「まだ大丈夫さ。もう少しやってみよう」

風見が、小ぢんまりとしたロッジの前にパトカーを停めた。

「ここはどうかな？」

と風見が車を降りながら心配そうに言う。

「行ってみなきゃ分からんさ」

「小さいロッジだな」

二人は玄関に立って、ブザーを押した。

「――誰もいないのかな」

もう一度ブザーを鳴らして、小沢が言った。

「じゃ、行こうぜ」

「おい！　馬鹿だな、返事がないからって死体がないとは限らないんだぜ」

「死体が返事してくれりゃ助かるんだがな」

小沢がドアのノブを回してみて、風見を振り返った。

「おい！　鍵がかかってないぞ」

二人はゆっくりドアを開いて、中を覗《のぞ》き込んだ。明かりがついている。

「あ、怪しいな……」

と風見がいささかビクついて言った。

「誰かいませんか？」

小沢が声をかけたが、室内はシンと静まりかえっている。

「……どうする、小沢？」

「どうするって、入って調べてみなきゃ」

「そうだな……」

二人は互いに先を譲りながら、ノロノロと中へ入っていった。

「大丈夫かな？」

「何が？」

「入ってみたら……ベッドで実演中ってことは……」

「馬鹿！　死体よりクビが怖いのか？」

「どっちもさ」

風見が正直なところを言った。

「なんだかシンナーか何かみたいな匂いがするぜ」

二人は、部屋の入口に立って、こぼれたペンキを眺めた。それからポーチを、浴室を、台所を見て回った。

「――何もないぜ」

ホッとしたように風見が言った。

「不用心なこった。鍵もかけずに」

「さ、行こう」

二人はロッジを出て、パトカーへ戻った。

「どうする、小沢？」

「あと二、三軒回ってから帰ろう」

「よし来た」

けっきょく、無駄足に終わって、二人の乗ったパトカーは署への帰路についた。

「やれやれ、死体もなかったが、クビにもならずにすんだな」

と風見が元気を取り戻して言った。「で、どうするんだ？」

「どうって？」

「この件さ。明日も調べて回るのか？」

小沢は考え考え、

「そうだなあ……。メモを失くしたなんて分かったら、おれたちゃどやしつけられるぞ」

「でも、通報してきた奴が、また言ってきたら、ばれちまう」

「なあに、そいつ、名前も言わなかったんだろ？」

「ああ。訊いたんだが、何も言わずに電話を切っちまいやがった」

「じゃ、大丈夫さ。きっといたずらか、でなきゃ、関わり合いになりたくないんだ。二度も電話して来るなんてことはないよ」

「そうかな……」

小沢は欠伸《あくび》をして、制帽を脱ぐと、頭を振った。

「畜生、眠くていけねえ」

と後ろの座席へ制帽を放り投げる。「おっと！　床へ落っこっちまった」

「へっ、ぶきっちょは困るぜ」

風見はやり返した。

「おい、車を停めろ！」

「何だよ、帽子なんか着いてから拾えばいいだろう」

「そうじゃない！　停めろっていうんだ！」

風見がパトカーを停めた。

「明かりをつけろ」

小沢の声がこわばっている。「――見ろよ」

風見は後部座席の床を覗き込んで、目を見張った。床に男が倒れている。妙にねじれた格好で、胸に血が広がっていた。


「もう、こんな時間になってしまったね」

「構いませんわ、車で帰ります」

美香はカクテルのグラスを置いた。――ロイヤル・ルームのソファに寛いでいると、まるで、どこかの家に憩っているような気分になる。

帰ります、と言いながら、美香はソファから立ち上がろうとしなかった。

「私の車で送らせよう」

「いいえ、大丈夫。――あなたこそ、お気をつけになってください。護衛の方があんなけがをなさって……」

「私は大丈夫」

それだけ言って、橘は笑った。

「なんだか、あなたを見ていると、何もかも諦め切った人のように見えますわ」

橘は真顔になって、

「そうかもしれない」

美香はやや間を置いて、言った。

「帰らないほうが、よろしいかしら?」

橘が驚いたように美香を見た。美香は静かに橘の傍へ寄って、唇を彼のそれに押し当てた。

「——私はこんな年寄りだよ」

「あなたはハレムで美女に囲まれていると思ってましたわ」

「馬鹿げた噂だ」

「それなら……私も安心ですわ」

橘の腕から滑るように脱け出して、立ち上がる。二、三歩退がってから、美香はパンタロンスーツを脱いでいった。

暗がりの中で、互いの息遣いが聞こえる。眠っていないのは分かっていた。

克巳は、女に、詳しい話を訊こうとはしなかった。自分が殺そうとしている相手が、この女の夫なのだ。それだけ分かれば充分だった。なぜ、追い出さないのだ？　なぜ出て行け、と言えないのだ？

「名前は？」

「え？」

「名前を教えてくれ」

「晶子《あきこ》……。水晶の晶と書きます」

「きれいな名前だ」

克巳はやや間を置いて、「君の身体が欲しい」

「どうぞ。お約束ですもの」

「こっちへ来なさい」

暗がりの中に影が動いて、克巳の毛布の中へ、女の身体が滑り込んで来た。全裸になっている。熟した乳房が手に触れた。克巳は一気に女の体へのめり込んでいった。

第三章　秋の夜は四度《よたび》狙《ねら》わる

1

朝六時。警備員詰所には、コーヒーの匂いがむせ返るほど立ちこめている。夜勤だったガードマンの桂木《かつらぎ》が欠伸《あくび》をかみ殺して時計を見たところへ、交替の工藤《くどう》が入ってきた。桂木はまだ三十前の若さで、制服がなんとなくチグハグだが、工藤のほうは五十代も半ば、制服姿が似合うのは、何十年かの巡査生活のたまものであろう。

「やあ、遅くなってすまん」

「なに、六時になったばかりさ。コーヒーは？」

「いや、遠慮しとく。もうこの年齢《とし》だ。胃にこたえるよ」

「そうか。おれは一杯やってから失敬するぜ」

桂木が、煮立っているポットから、どす黒いコーヒーをカップへ注いだ。

「そんなもの飲んで、眠れるのか？」

工藤が呆れ顔で訊く。

「ああ、ごろりと横になったら、ぐっすりだ」

桂木が笑って言った。しかし実際のところは、これから女の所へ行くので、コーヒーで目を覚ましているのである。

「今日は大変だな」

桂木はブラックで飲んで、さすがに顔をしかめながら、「ずいぶん偉い奴が来るんだろ?」

「何とか大臣も来るそうだ」

「へえ。男も宝石に興味があるのかな」

「というより、ニュースカメラマンに写してもらうのが目当てなんだろ」

「じゃ、おれもその近くをブラブラしていりゃ、テレビに映るかな?」

「かもしれんな」

「そいつはいいや。その何とか大臣が来たら駆けつけるぜ」

「それはそうと、妙なニュースを聞いたぜ」

「何だい?」

「いや、今、警察署の前を通りかかったら、なにやらザワついてるんだ。新聞記者《ブンヤ》連中も大勢来ててな。何かあったのかと思って、顔なじみの巡査へ声をかけてみたんだが、口止めされてるらしくて、何もしゃべらねえんだ」

「おもしろそうだな」

「ちょうど記者の中に顔見知りがいてな、訊いてみたんだ。——いや、どうもとんでもない話さ」

「というと？」

「パトカーの中で死体が見つかったっていうんだ」

「ええ？　何だって？」

「しかも他殺死体だ。パトロールで流してて、途中何度か降りている、その間に誰かが放り込んだらしい。署まで戻る途中で、やっと気がついたっていうんだ。みっともない話さ」

「そいつは傑作だ！」

桂木は大笑いして、「誰か知らねえが、とぼけた野郎じゃないか」

「警察にしてみりゃ大失態さ」

「そりゃそうだろう」

「パトロールの警官二人は差し当たり謹慎処分。それにしても警察を馬鹿にした犯行だってんで、県警から、あの浜本《はまもと》警部が出向いてくるらしいよ」

「誰だい？」

「知らないのか？」

工藤は呆れた様子で、「県警じゃ一番の腕利きだ。手厳しいんで、『鬼本』なんてあだ名があるくらいさ。おれも昔、巡査だったころ、チラリと見かけたことがあるけど、じかに指揮下で働いたことはない。でも、やった同僚の話だと、まさに冷酷そのものの取調べらしいぜ」

「へえ、コロンボとはだいぶ違う感じだな」

「ちょっと心配なんだよ」

「何が？」

「まさか被害者《ガイシャ》がうちの客ってことはないと思うが、捜査の手がこのホテルまでのびてくると……」

「まずいのか？」

「今日はお偉方が大勢みえる。そこへノコノコ目つきの悪い刑事《デカ》連中がやって来てみろ。うちのイメージは大幅ダウンだ」

「それじゃ、支配人から警察へそれとなく言ってもらったらいいじゃないか」

「あの警部に、そんな手は通用しないんだ。必要とありゃ、アメリカから大統領だって呼びつけかねない人だからね」

「へえ！　そうしたらうちへ泊まってもらえばいい。支配人が喜ぶぜ」

桂木の軽口にも、工藤は笑わなかった。どうやら本気で心配しているらしい。


「すると君が小沢君だね。それでこっちが……ええと、何といったかな」

「風見であります」

風見巡査が、しゃっちょこばって名乗る。

「ああ、そうそう。風見君だった。珍しい名前だね。私もどうも年齢《とし》のせいか物忘れがひどくなって。――まあ、座りたまえ、二人とも。こんな朝っぱらから呼びつけてすまなかったね」

どうせ小沢も風見も、眠れる気分ではないのである。昨夜の騒ぎは、S市警察、始まって以来のものだった。上司に怒鳴られ、署長にどやされ、謹慎処分を命ぜられて、それでぐっすり眠れる人間がいたら、それは宇宙人に違いない。そこへ、早朝から呼び出し。噂に聞いた、あの鬼の浜本警部が会いたがっていると聞いて、二人は震えあがった。どこかへ逃げようかと本気で相談したくらいである。しかし、どう考えてもそれは得策ではないという結論に達し、重い足を両手で一歩ずつ前へ進ませるようにして（これはもちろん比喩的表現である）、ジグザグの道を辿り、考え得るかぎりの遠回りをして、署へ辿り着いたのであった。ところが——

「眠気ざましのコーヒーを今運ばせるからね」

二人の目の前にいるのは、年齢のころは四十代の半ば、小柄で、やや早い白髪が豊かな髪に混じった穏やかな紳士だった。早朝というのに、濃い茶のスーツから磨きあげた靴まで、一分の隙もない身だしなみ。細面の柔和な顔に銀縁のメガネがちょっと気障《きざ》な感じだ。もう少し老《ふ》けれれば、小粋なロマンスグレーになるだろう、と思わせるその男——これが、かの浜本警部と知って、小沢と風見は拍子抜けしてしまった。

さぞかし目つきの鋭い、ライオンのように吠える大男を想像していたのに……。これなら、なんとかなりそうじゃないか、と小沢と風見は同じ思いを目で伝え合った。

「君らの話の内容はいちおう聞いてあるんだ」

浜本警部がコーヒーを一口飲んでから口を開いた。

「まあ、賞められたことでないのは確かだが、すんでしまったことだ。くよくよするな。いいね？」

「はあ……」

二人は恐縮して肯《うなず》いた。

「よろしい。ところで君らの話の中で、ちょっと分からないところがあったんだがね。──一つは、パトカーを二人で出ている間に誰かが死体を中へ放り込んだ。そのとき、ドアはロックしていなかったのかね？」

「はあ……」

二人は謙譲の美徳を発揮して、お互いの脇腹を突っつき合ったが、けっきょく、小沢のほうが、

「後部座席の窓が開いたままになっていまして……」

「なるほど」

浜本は大きく肯いて、「ついうっかりして閉め忘れる。よくあることだな」

「はい」

小沢が引きつったような笑みを浮かべて、同調する。

「もう一つ分からないのはね、君たちはパトロール中だったというが、いつものパトロール時間とは違う。それにパトロールなら、そうしばしば、思い出せないほどあちこちで車を停めることはない。──何かあったんじゃないのかね？」

二人の顔に不安がきざした。正直なところを言ったら、どんなに怒られるかと心配で、

ただのパトロール中だったことに口裏を合わせていたのだが……。

「本当のことを言ってくれたまえ。誰にだって失敗はあるんだ。今の署長だって、若いころにはとんだしくじりをやらかしてるんだ。みんなそんな経験をして一人前になっていくのさ。――なんならこの話は私と君らだけの秘密にしておいてもいいよ。署長には決して洩らさない。どうかね？」

心安い浜本の言葉に、小沢も風見も、なんとなく救われたような気分だった。さすがに、嘘をついているのは気が重いものだ。二人は視線を合わせ、お互い同じ思いでいるのを知った。風見が咳払《せき》いをして、

「実は、警部殿……」

と話し始めた。ロッジに死体があるとの通報があったこと、メモした紙が紙ヒコーキに化けたこと、細大洩らさず話した。

「なるほど。その電話の声は男だったかね？」

「そうだと思いますが、なにぶんボソボソした低い声でして……」

「女でも出せる声だな。いや、よく思い切って話してくれた。もう帰っていい。ゆっくり休みたまえ」

「あの、今の話……署長には……」

「心得てるよ」

浜本は安心させるように微笑んで肯いた。ホッとしたような、気の抜けたような気分で小沢と風見が出ていくと、すぐに部屋のべつのドアが開いて、顔を真っ赤にした署長が入ってきた。

「あいつら、何て奴らだ！」

と署長の田代《たしろ》が吐き出すように言った。

「あの二人はとても警官とは呼べないな」

浜本が、打って変わって冷ややかな口調で言った。

「どうしたものかね？」

「決まっているでしょう」

浜本は肩をすくめて、「ただちに懲戒免職にするんですな」

そこへドアから若い刑事が顔をのぞかせた。

「浜本警部」

「何だ？」

「被害者《ガイシャ》の身元が割れました」

「何者だ？」

「A新聞社会部の島野という記者です」

「記者《ブンヤ》か！　これはこれは……」

「上司のデスクが電話に出ていますが」

「よし、私が出よう」

浜本は部屋を出ると、急いで電話を取った。簡単に事件のあらましを説明しておいて、

「ところで、島野君という記者は何の用でこちらへ来ていたのですか？」

「はあ、実は……」

「ご心配なく。お話の内容を他社へ洩らすようなことはしません」

「分かりました。実は橘源一郎の取材なんです」

「橘？　あの石油王の？」

「そうです。今、そちらの町の〈ホテルＶＩＰ〉に滞在しているはずでしてね」

「ホテルＶＩＰ？　そうでしたか」

「本来の彼の仕事とはちょっと分野が違うんですが、ちょうど、ダイヤ展示会の招待状がありましたし、それに何か、特に橘に接近できるルートをつかんでみせるとか言って出かけたんです」

「そのルートというのは？」

「分かりません。ほかには何も言わなかったので」

「そうですか。昨夜、誰かと会うような予定はありませんでしたか？」

「さあ……一匹狼の奴でしてね、そこまではどうも……」

そう言って、ふと気がついたように、「そう言えば、恋人が湖のほうへ来てるんだと言ってましたよ」

「恋人？」

浜本の眉がかすかに上がった。「何という女ですか？」

「名前は知りませんが、確か高校生だと思います。ときどき、セーラー服姿で社へ遊びに来ていたようです」

「ほう……。セーラー服、ね」

浜本は呟くように言って、「分かりました。いや、どうも、ご協力に感謝します」

電話を切って、浜本はしばらく考え込んでから、傍にいた田代署長へ電話の内容を説明し、

「ホテルVIPへ行ってみましょう」

「今日はやめておいたほうがいいと思うが」

「ほう。なぜです？」

「例の橘源一郎のダイヤ・コレクションの特別展示でね、明日から一般公開だが、今日は招待客がいろいろ来るはずだ。運輸大臣の津川《つがわ》とか、各国の駐日大使とか……」

「何か私に関係あるのですか？」

「いや、そうじゃないが」

「では後でホテルＶＩＰに橘源一郎を訪ねてみます」

浜本はきっぱりと言った。


克巳はシャワーを浴びて、部屋へ戻った。晶子はまだ眠っている。ベッドに腰を下ろし、毛布をそっとめくると、うつ伏せの裸身の滑らかな曲線が現われた。

この女の夫を、殺さねばならないのだ。ためらいや迷いはなかったが、女が哀れに思えた。長く、夫と離れ、男を忘れかけていたのだろう。克巳の愛撫を貪るように受け入れて、何度も絶頂を迎えた。克巳もまた、女を味わうのではなく、女に没入するのはまったく珍しいことであった。

女――晶子が、低くうめいて、動いた。目を開き、身をよじって克巳を見上げると、慌てて毛布を胸まで引っ張り上げた。

「いやな方！」

晶子は笑っていた。どこか、胸のつかえがおりたような、清々《すがすが》しさのある笑いだった。

「よく眠った？」

「ええ、とても」

晶子は明るくなってきたレースのカーテンのほうへ顔を向けて、「もう遅いんですか？」

「いや、まだ九時にはなっていない」

「もっと眠っていたいわ」

「いくらでも眠りたまえ。構わない」

「こんなに深く眠ったのは……夫がいなくなって初めてですわ」

克巳は黙っていた。晶子が一方の手をそっと克巳の手に重ねた。

「――お願い」

囁くような言葉だった。克巳はベッドへのしかかるようにして、晶子の唇へ唇を重ねた。

晶子の両腕が克巳の首へ回って抱き寄せる。絡みついて、まつわりつくような、長い長い接吻だった。克巳はベッドへ乗って再び毛布をはぐと、細く引き締まった裸体の上に乗った。乳房の弾力を感じながら、唇を女の首筋に這わせ、手は下がって、ゆるく開かれた足の間へ忍び込む。晶子が大きく息を吐いて、軽く身を震わせた。

昨夜の激しさは、この朝のけだるい静寂には似合わない。克巳は穏やかに晶子の内へ沈めた。——後はただ、わずかな身体の動きだけで、晶子は陶然と呼吸を早めるのだった。

——シャワーを終えて出てきた晶子は、克巳がもうすっかり身仕度を整えているのを見て頬を染めた。

「いやだわ、私一人、まだ裸なのに!」

肌着を身につけている晶子から目を逸らして、克巳はソファでタバコをくゆらしながら、

「君のご主人は、君と結婚したとき、橘源一郎と名乗っていたのかね?」

「夫が? いいえ」

「すると君の姓は田村なんだね」

「田村?——田村って、誰のことです?」

晶子は戸惑った様子だった。

「田村というんじゃないのか、君のご主人の本名は」

「いいえ……」

晶子は不思議そうに首を振った。「夫は畑中《はたなか》というんです。畑中良雄《よしお》」

今度は克巳が混乱する番だった。橘が父を死に追いやった田村という男だと聞いたからこそ、こうしてやって来たのではないか。それが違っていたとなれば話は変わってくる。

「畑中……。すると、君のご主人は——」

「夫は身代わりなのですわ。橘源一郎という人の」

「身代わり……」

「ええ。夫が橘本人であるはずはありません。だって行方不明になって、まだ二年くらいにしかならないのですもの」

「すると橘源一郎の本物は――」

「私は知りません。お会いしたこともないんですもの」

するとテレビや新聞などを賑わしている橘の写真はすべて偽物なのだ。いったいなぜだ？　なぜそんな手の込んだことを……。

そうか。橘は日本へ戻れば命を狙われると知っていたのだ。そこで身代わりを立てた。それも急ごしらえでなく、ある程度準備期間を置いて、だ。かなりの報酬を約束してのうえだろう。それとも何かほかの条件をつけてのことかもしれない。

だが、本物の橘はどうしたのか。日本へ戻っているのか。それとも中東の大邸宅で様子を窺っているのだろうか。

疑問はまだあった。この殺人を依頼した国宮は、当然橘の顔を知っているはずである。その国宮が、新聞の写真を見て、それが橘だと言った。ということは、橘、つまりかつての田村と、畑中という身代わりがかなり似た風貌の持ち主だということになる。

だが、その推論は、この女の話が全部真実だと仮定してのことである。この女が嘘をついていないという保証はどこにもない。克巳自身の中に、この女を信じようとする気持ちがあるのは事実だが、それに目をくらまされるほど、克巳は甘くなかった。

いずれにせよ、真相を見極めなければ行動には移れない事態になってきた。殺人稼業にとって、違う相手を殺《や》ることほど致命的な失敗はない。もう少しこの女の出方を見よう。

「服を着たら朝食に行こうか」

「ええ」

あくまでも優しく、笑顔を崩さずに克巳は晶子を促して部屋を出た。

「今日は、お仕事のほうは……」

「特別急ぐわけじゃないんだ」

エレベーターを待ちながら、ふと克巳は思った。ホテルＶＩＰで、克巳が何をしていたのか、女は一度も訊こうとしない。普通なら、突然現われたのを不思議に思うはずではないか。――知っているのだろうか。克巳がなぜここへ来ているのか、を……。

「朝は何を食べますの？」

と晶子が訊いた。「お腹が空いて」

克巳は笑って、

「ならぴったりだ。バイキング式の朝食だからね」

「まあ。それじゃホテルがだいぶ損をしそうだわ」

二人は笑顔を見交わし、ちょうどやって来たエレベーターに乗り込んだ。

2

バイキング式の朝食ってのも、なかなかいいもんだ。——圭介は三つ目の目玉焼きを皿へ取りながら思った。このホテルに限らず、いつもこの形の朝食に出くわすたびに、おれのような小食漢がなぜこんなに高い金を取られなきゃならないんだ、とはなはだ不愉快に一日を始めるのだが、今日は充分にもとを取るくらい食べている。

いい目ざめだった。昨夜はずいぶん疲れたが、一夜あけて、身体のどこにも疲労は残っていない。人間とは精神の動物だなあ、とつくづく思うのは、こんなに爽やかな朝も珍しいせいである。

圭介は、美香を守るという目的を、自分が立派にやり抜いたことで、大いに満足していた。

「あれは我ながら上出来だったなあ」

席へ戻りつつ、圭介は、パトカーの中へ、あの島野の死体を放り込んだことを思い出してニヤリとした。死体を捜すにしたって、パトカーの中までは調べまい。そして発見されたときには、いったいどこで死人が乗り込んできたのか、はっきりは分からないに違いない。

「おれだって捨てたもんじゃないぞ」

いい気分で目玉焼きをつついていると、圭介はふと、少し離れたテーブルに昨夜の娘を見て、はっとした。夕食に誘われながら、逃げるように姿を消してしまって、怒っているだろうか。

――いつもなら、触らぬ神にたたりなしで、そっと逃げてしまうのだが、今朝の圭介はちょっと違うのである。

盆をまるまる持ち上げて、圭介は浅里岐子の隣りの席へ移った。

「おはよう」

「あら！　あなたは――」

「昨日は失礼。ちょっと急用でね」

「いいえ」

岐子は、笑顔で圭介を見つめた。「まだご滞在なの？」

「ええ。もう少しいるつもり。君がいることだし」

「まあ、お上手ね」

「ええと……岐子《みちこ》さんだったね」

「ええ」

「姓は、ええと……」

「浅里です」

「ああ、アサリ・シジミさんだ」

岐子は、吹き出した。

「おもしろい方」

「君は何の用でここに来たの?」

「そうね。まあ……ひまつぶしってとこかな」

「けっこうな身分だね!」

「あら、あなただって、そう忙しそうにも見えないけど」

「こいつは手厳しいな」

圭介は笑って、「朝はそれだけ?」

「ええ、太っちゃうもの」

「君のような若い人がそんなもんじゃ身体がもたないよ。お昼にもっとヴォリュームのあるものを一緒にどうだい？」

「――いいわ」

「よし。それじゃ午後一時にロビーで待って……」

圭介は口をつぐんだ。母、香代子が、女王然として落着きを見せながら入ってきたのだ。

圭介はジュースの残りを飲みほすと、

「それじゃ後で」

とせかせかと席を立った。

「あら、もう行くの？」

岐子が言い終わらないうちに、圭介の姿は食堂から消えていた。

「いったい、どうなっちゃってるの？」

岐子は呆気《あつけ》に取られていた。昨日までの、あの小心でおどおどしていた様子はみじんもなく、少々悪乗りするくらいの威勢のよさ。かと思うと、たちまち消えてしまう。――ちょっとオカシイのかも、ね。

岐子も食堂を出ると、新聞に目を通そうと、ロビーへやって来た。

見れば山川永助、いや早川圭介が、急いで玄関から出ていくところだ。せかせかと歩いていた圭介は、ちょうど入ってくる一人の男とぶつかりそうになって、弁解がましく詫びてから立ち去った。

入ってきた男を見て、岐子は目を見張った。

「まあ！　あれは浜本警部だわ！」

探偵を自認する岐子としては、県警の名物たる鬼の浜本の顔ぐらいは写真で何度か見て知っていた。中肉中背の、そう取り立てて目立つはずもないこの中年男が、何ともいえない雰囲気を漂わせているのを感じた。ゆっくりと回転ドアを押して入ってくると、いったん足を止めてロビーを眺め回す。何げない一瞥のようで、ツァイスレンズのように精確に眼前の光景を網膜へ焼きつけているに違いない、と岐子は思った。

見ていると、浜本はフロントへ歩いていく。当然、岐子も用があるような、ないような、どっちともとれる風をして、フロントに近づいた。福地が例のポーカーフェイスで浜本に対している。

「こういう者だが……」

浜本が警察手帳らしいものを見せた。福地のほうは顔の筋肉一つ動かさずにそれを眺めて、

「どういうご用件でございましょう？」

「橘源一郎さんの部屋は何号かね？」

岐子は緊張した。橘源一郎に鬼の浜本がいったい何の用があるのだろう。福地はためらいもせずに、

「一二〇一号でございます」

と答えて、「あちらのエレベーターでどうぞ」

と手で示した。ちょっとは押し問答を予想していたのは岐子だけではなかったようで、浜本もいくらか肩すかしの様子で福地を見つめていたが、

「ありがとう」

と軽く肯いて、エレベーターへ向かった。岐子は福地のほうへ歩み寄って、

「福地さん」

「おや、お嬢さん」

「いいの？　あんなにスンナリ教えちゃって」

福地は奇妙な笑みを頬に含んで岐子を見た。

「今の男が誰だかご存じですか？」

「〈鬼の浜本〉――県警の浜本警部でしょう」

「どうせ教えないわけにはいかないんですからね。素直に教えたほうが印象もよくなりま

すよ」

「それはそうだけど……」

夏木支配人はきっとそうは思うまい、と岐子は考えた。橘が腹を立てて支配人へ苦情を持ち込むことは充分考えられる。

「支配人のことならご心配いりませんよ」

福地の言葉にギクリとして、岐子は思わず、

「どうして分かったの？　私が……」

「いいえ、なんとなくですよ」

そう言ったきり、福地は奥のデスクへ戻ってしまった。岐子は、なんとなく得体の知れない相手だと思った。今まではただちょっと風変わりな、それでいてプロフェッショナルに徹したホテルマンだと思っていたのだが、どうも一筋縄でいく相手ではなさそうだ。

さしずめ時代劇なら、

「おぬし、できるな！」

というところである。岐子の頭からは、もう圭介のことなど消し飛んでいた。

「朝食はこんなものでいいかね」

橋源一郎は、ルームサービスで運ばれてきた、ジュース、サラダ、ハムエッグといった品を手で示した。

「こんなに食べられないわ」

美香は笑いながら席につく。熱いシャワーを浴びて、さっぱりと上気した顔をしている。

「君が食べてくれないと困る。私はもう年寄りだからね。捨ててしまうのももったいないよ」

「まあ、大富豪の口からもったいないなんて言葉を聞こうとは思わなかったわ」

「本当の金持ちというのは、無駄遣いをする人間のことではないよ。金を使うべきところを知っている人間のことだ」

「女などには使わない？」

美香が冷やかすように、「大勢、お世話していらっしゃるんでしょう？」

「そんなのは噂だよ」

橋は肩をすくめて、「使う値打ちのある女性には使う。それだけのことさ」

「私はどう？」

訊いてから、美香は笑って、「こう訊かれたら、値打ちがないとは答えられないわね」

橋はやや沈んだ面持ちになって、

「――君には悪いことをした」

と言った。美香は急いで首を振って、

「そんなこと心配しないで。私も楽しかったし、べつにこれが初めてというわけでもないし……」

「君になら宝石の全部をあげてもいいくらいだよ」

「冗談ばっかり！」

美香は、ヒヤリと背筋が冷たくなるのを感じた。自分が橘に近づいたのは、そもそもそれが目的ではないか。それなのに、いざ橘のほうからその話を持ち出してくると、まるで、悪いいたずらを見つけられた子供のような気持ちになるのだった。――こんなことは初めてだ。

「いや、冗談ではないんだ」

橘が真剣な面持ちで言った。「全部――とはいかなくても、君の気に入った石があれば、持っていくといい」

「私、そんなつもりで、あなたと寝たんじゃありません」

いったいどうしたっていうんだろう、と思いつつ、美香は本気で怒っていた。

「君はいい娘《こ》だ」

橘がまるで自分の娘でも見るように、美香を眺めながら言った。

「宝石なんかいりませんから……またお食事に呼んでください」

橘の顔が曇った。

「――その時間があれば、ね」

「どこかに行くの？　中東へ戻るの？」

「いや、もう向こうには戻らない」

と、きっぱりした言葉だ。

「それじゃ――」

「そう長い命ではないんでね」

さり気ないひと言だったが、美香は一瞬息を呑んだ。冗談ごとではない、切羽つまった響きがあったのだ。

「どういう意味なの？」

「いや、何でもない。忘れてくれ」

「そんなこと……。教えて、病気か何かなの？」

真剣に、美香は問いかけた。そのとき、入口のドアがノックされ、秘書の青年が入ってきた。

「失礼します――おはようございます」

「おはよう。もう仕事の時間かね？」

「いえ。実は客が……」

「お客？」

「ええ。お断わりしたのですが、どうしても、とおっしゃって、外でお待ちです」

「失礼いたしますよ」

入口のほうで声がした。美香は、茶のスーツに身を包んだその中年男に、ふと本能的な警戒心を覚えた。もしかして――

「勝手にお入りになっては困ります！」

秘書の抗議を無視して、その男は銀縁のメガネを手で直しながら部屋の中へ入ってきた。

「私は県警本部の浜本と申します。橘さんですな？」

やはり、警官か。美香は相手を無視して食事を続けることにした。

「私が橘です。警察の方ですか？　証明書は――けっこう。何のご用でしょう」

「実は二、三お伺いしたいことがありまして……。こちらのお嬢さんは、娘さんですか？」

浜本は美香を無遠慮にジロジロ眺めた。

「こちらは私の友人です。——何のご用でしょうかな?」

美香のことは構うなという様子が、強い口調にはっきりと出ていた。浜本は橘のほうを向いて、

「なに、ちょっとしたことなのですが……A新聞の島野という記者にお会いになったことがありますか?」

「記者には何人か会ったが、名前までは知りませんな」

「昨日のことなのですが」

「昨日は誰ともお会いになっていませんよ」

と青年秘書が口を挟んだ。「このホテルでは記者諸君とはいっさい会っていないのです」

「予定もなかったのですか」

「ありませんでした」

「お聞きのとおりです」

と橘がソファへ腰を下ろした。「その記者がどうかしたのですか」

「殺されたのです」

「ほう」

「彼はあなたの取材をする予定で、何かあなたに会う特別のつてがあると言っていたそう

です」

「残念ながら心当たりはありませんね」

「そうですか」

浜本は、そうがっかりした様子でもなく、肯くと、美香のほうへ、「お邪魔しました、お嬢さん」

と一礼し、橘に黙礼して出ていった。

「申し訳ありませんでした」

秘書が苦い顔で、「フロントにルームナンバーを教えないように文句を言っておきましょう」

「いいさ。あれがあの男の義務なんだ」

橘は秘書を退《さ》がらせると、食事の席へ戻った。

「騒がせたね。——どうした？　食べないのかね？」

「もうとても食べられないわ」

「無理に食べないでくれ」

と笑って、「どうも警察の人間というのは食欲を失わせるよ」

「ええ……」

美香はコーヒーを飲んだ。カップを持つ手が、かすかに震えている。——島野が殺された！　浜本が島野の名を出したときは、自分のことがばれたのかと緊張したのだが、まさか島野が殺されるとは！　それを聞いたとき、一瞬顔から血の気がひくのが分かった。あの刑事は気がついただろうか。かなり抜け目のない男のようだったが。

島野が、橘に会うべくやって来たのなら、当然、その「特別のつて」とは石田裕子に違いない。だが、どうして急に橘を取材にやって来たのだろう？　なぜ殺されたのだろう？

そして誰がやったのだろう？——美香は、事件の詳細が知りたかった。

「私、そろそろ行きます」

「そう。では車で送らせよう」

「いえ、一人で帰れますわ」

「そう言わないで、乗っていきたまえ。私はここで別れる。下まで送っていきたいが、ボディガードがうるさくてね」

「ええ。それじゃお言葉に甘えて」

立ち上がった美香は、はっとして、「そうだったわ。さっきの話は——」

「あんなことは忘れたまえ」

「そうはいかないわ。——一緒に寝た仲なんですもの。……教えて」

「今度会ったときに」

「いつ？」

「今晩は？」

「ええ」

「本当にいいのかね？　私のような年寄りでも。楽しくもないだろう」

「楽しむだけなら映画でも見ますわ」

美香は、橘の頬に軽くキスした……。

玄関を出ると、橘のロールス・ロイスが待っていた。運転手がドアを開けてくれる。

「ありがとう」

美香は微笑んで車に乗り込んだ。ゆったりとした革張りのシートに身を沈めると、ハンドバッグからコンパクトを取り出して開いた。鏡を左右へ向けて、車の背後を見やると、チラリと茶色のスーツが目に入った。車が滑るように動き出す。――やはり目をつけていたのだ。用心しなければ。美香がゆっくりとコンパクトをバッグへ戻すと、運転手が、

「あ、お嬢さん、あの人はお知り合いで？」

「え？」

「ほら、今歩いてくる口ひげの――」

美香はちょうどすれ違う男を目で追って、

「さあ、知らない人ですけど……。どうして？」

「昨夜、一緒に飲んでましてね、あなたのロッジを教えろと言われましたよ」

「あの人に？——で、教えたんですか？」

「それがねえ……言ったような言わないような……。すっかり酔っちまってたもんで」

運転手が恐縮して頭をかいた。

「そうですか。いいんですよ、べつに」

美香は軽い口調で言って、話を切った。そういえば……。どこか見憶えのある男だ。あの歩き方、身体の揺すり方。どこで見たのだろう？　あのメガネと口ひげ。変装の初歩だ。あれがなくなったら、どんな顔になるだろう？

美香は、チラリと見ただけの今の男の顔をなんとか思い出そうとした。輪郭、髪型、体型、服装……。

「——まさか！」

美香の口から思わず叫びが洩れた。

「何かおっしゃいましたか、お嬢さん？」

「い、いいえ。何でもありません」

美香は慌てて首を振った。

あれは——圭介兄さんじゃないだろうか？

まさか！　でも、似ている。圭介兄さんがこんな所で何をしているのだろう？　もし本当に圭介兄さんだったとしたら、私のロッジをしつこく訊いたということは……。

美香は眉を寄せて考え込んだ。

3

どこか様子がおかしい。——正実は、その男が会場へ入ってきたときから、目をつけていた。正式の招待状を持って入場してきたのには違いないので、そうやたらつかまえて訊問するわけにもいかないが、それにしても気になる男だった。

四十代の半ばだろうか、中肉中背の体つきに、背広、ネクタイの盛装はしているが、どことなく薄汚れた印象を与える男で、のびきって寝ぐせのついた髪、憔悴《しょうすい》した表情は、ちょっと浮浪者じみているといってもいい。胸のリボンがピンクなので、報道関係者のはずだが、それにしてはカメラもないし、メモを取るでもない。しかもダイヤモンド・コレクションの会場へ来て、ダイヤにはいっこうに目もくれず、やたら会場の中をキョロキョロ見回すのだ。

会場はすでにかなりの盛況で、財界の著名人、芸能人の顔もチラホラ見えている。招待客だけでこれである。明日からの一般展示ではどうなることか……。正実は頭が痛かった。自分一人とガードマンたちだけでは、とても全部の客に目を配るというわけにはいかない。

むろんダイヤモンドは防弾ガラスのケースに厳重に納められているのだから、安全には違いないのだが、それでも正実には、今日、何かが起こりそうだという予感があった。もっとも予感というのは、実際は強迫観念というべきもので、たまたまそのときに何かが起こると、人はそれを予感と呼ぶのである。正実がその男になんとなく注意をひかれたのも、その予感のせいであったが、すでに朝から、予感に従って新聞記者を二人、市会議員一人、さらに放送局の女性アナウンサー一人、別室へ連行して身体検査をやり、さんざん苦情を言われた後なので、さすがに仕事熱心な正実も、ちょっと二の足を踏んでいた。

「またやられたら参っちゃうからなあ……」

と呟いて頰の傷を撫でたのは、例の、「徹底的な」身体検査をされた女性アナが、疑いの晴れた歓喜の思いを、鋭い爪で正実の頰に刻み込んだせいなのである。

若いガードマンの一人が正実を見つけて足早にやって来た。

「津川運輸大臣が今お着きです」

「そうか。よし、休憩中の連中を集めてくれ。ニュースカメラマンも入ってくるだろうかららな」

「分かりました」

ガードマンが行ってしまうと、正実は、さっきの男を目で捜した。いくら混雑しているといっても、ラッシュアワーの新宿駅ではない。一人一人が見分けられるのだが、男の姿はなかった。今、話をしている間に出ていったのだろうか。――正実はほっと息をついた。心配の種が一つでも減ってくれれば大助かりだ。

会場の入口がザワザワと騒がしくなった。

「何だろう……」

会場のいちばん奥にいた正実が、人の頭越しに様子を見ようと、つま先立ったとき、入口からどっとカメラマンや、新聞記者がなだれ込んできた。

「おい！」

正実は声を上げて入口へ向かって走り出した。

「入口でチェックしてからだ！　チェックしてから入ってくれ！」

正実の声など、てんで報道陣の耳には入らない様子。胸にリボンのない連中がもうゾロゾロと部屋へ入ってくる。

「外へ出せ！　出すんだ！」

正実が近くにいるガードマンへ声をかける。しかし二人や三人でどうなるものでもなかった。報道陣は入口付近で押し合いへし合いして、カメラを構えている。

「畜生！　どうなってるんだ！」

正実が頭をかきむしっていると、入口の受付で入場者をチェックしているガードマンがやって来た。

「おい！　どうしたんだ！　ちゃんとチェックしてから入れなきゃ駄目じゃないか！」

正実が怒鳴るとガードマンは肩をすくめて、

「そんなこと言っても無理ですよ。こんなにドッとまとまって来られちゃ。こっちは人数も足りないし、止めたって聞くような素直な連中じゃないです」

と、お手上げといった様子。

「いったい何事なんだ？　大臣一人にこの騒ぎかい？」

「それがね、津川大臣が、週刊誌で何かと仲を噂されている女優の牧野《まきの》ユミを同伴して来てるんですよ。それで大騒ぎしてるわけで……」

「何てことだ！　愛人を堂々と連れて来たってのかい」

「こいつはいちおうプライベートな招待ですからね」

「それにしたって……」

正実が腹を立てているのは、大臣が愛人を持っているといった道義的なことではなく、要するに報道関係者がチェックを受けずに入ってきたことなのである。何でも自分が決めたとおりにならないと腹を立てる人間は、多少なりと幼児傾向の抜け切れない者が多い。正実もその点は当たっていると言うべきだろう。

「おい！」

正実はふと気づいて、「その何とかいう女優には招待状が出てるのか？」

「牧野ユミですか？　いいえ」

「じゃ入場させるな」

ガードマンが耳を疑う様子で、

「本気ですか？」

「規則どおりやるんだ」

「しかし——招待状は夫人同伴ということだったと思いますが」

「その何とかユミは大臣の夫人なのか？」

「まさか！　違いますよ」

「じゃ駄目だ！」

「だって——相手は大臣ですよ」

「大臣だろうと乞食だろうと、招待者は入れるが、招待されない奴は入れん！」

「そんな……。とってもできませんよ」

情けない顔のガードマンをハッタとにらんで、

「よし！　おれが言う！」

と正実は断固、報道陣の人垣を突き破って受付へと出た。ちょうど腹の突き出た男が自分より十センチ以上も背の高い女と腕を組んでやって来るところだった。津川大臣の顔は正実も知っていた。あぐらをかいた団子っ鼻、切れ目みたいな細い目、いつも口笛を吹いているようなおチョボ口。だいたいが漫画的なので、かえって風刺漫画家が苦労するという話で、そのくせ、女性関係が派手でよく噂になるので、いつも紙面をそのヤニ下がった顔で飾っている。しかし、こんな小男だとは正実も思っていなかった。一メートル五十もあるまい。それでいて腹がせり出しているので、本当に転がったほうが早そうな男だ。正実は吐き気がした。いちばん嫌いなタイプである。

傍になよなよとウナギみたいに身をくねらせてくっついているのは、牧野ユミ。正実もなんとなく見憶えがある。大胆に胸をえぐったドレス、裾は横がひざ上二十センチ近くまで割れて、チラリチラリと、白い太ももが目に入る。

「招待状を拝見します！」

津川の注意を引くように正実は大声で言った。

「うむ？　何だね？」

尊大な口調で津川が振り向く。

「招待状を拝見します」

と正実はくり返した。津川に従ってきた秘書らしい男が慌てて、

「君！　こちらは——」

と口を出すのを、津川が手で制して、

「まあいい。決まりは決まりだ」

とポケットを探り、招待状を取り出すと、「これでいいかな？」

正実は招待状の宛名を確認し、受付の名簿にチェックすると、

「結構です。お入りください」

と肯いた。津川が悠然と牧野ユミと一緒に歩を進めようとした。報道陣のカメラが回り、ライトが光る。正実は大きく息を吸い込むと、

「そちらの方は？」

と言った。振り向いた津川と牧野ユミがけげんな顔をする。

「そちらの方は、招待状をお持ちですか？」

「私のこと？」

牧野ユミがキョトンとした顔で訊き返す。

「そうです」

「わしの連れだ」

津川がぶっきらぼうに言った。

「招待状がなければ入れません」

報道陣が静かになった。少々呆気に取られているのだ。正実は続けて、

「一般の方の入場は明日からです。明日お越しください」

「おい！　いったい何を言ってるんだ！」

秘書が間に入って怒鳴った。「こちらは津川大臣だぞ！」

「大臣は結構です。しかしそちらの女の方は招待状がありません」

「しかし――」

「これは規則です！　どなたにも規則は守っていただきます」

牧野ユミが不機嫌そうにふくれっ面《つら》になって、

「ねえ、どうなってんのよ？」

と津川をせっつく。

「おい君！」

津川がそっくり返って、「彼女はわしの同伴者だ。同伴は認められとるはずだぞ！」

「同伴は夫人に限られています」

一瞬、シンと静まりかえった。

報道陣は目を輝かせている。こいつは見ものだ！　再びテレビカメラが回り出し、フラッシュをつけたカメラは何かが起こるのを待ち受けている。

「――君は――何者だ！」

津川が怒りに顔を紅潮させて言った。

「この会場の警備責任者です」

「けしからん！　わしに――そんな口をきいて、ただですむと思っとるのか！」

相手が興奮するにつれ、正実のうちに、不思議な喜びが湧き上がってきた。今や正実は強大なメキシコ軍を前に一歩も退《ひ》かぬアラモ砦のデイビー・クロケットの心境だった。

「私は規則を申し上げているだけです」

「いったい何のつもりだ！　貴様をクビにしてやる！　即座に追い出してやるぞ！」

「お好きなように。ともかく今はそちらの女性をお入れするわけには参りません」

正実の口調はあくまでも落ち着き払っていた。

「私、頭に来ちゃった！　帰るわ！」

と牧野ユミがくるりと踵を返して歩き出した。津川が、慌てて、

「おいユミ！　ユミ！」

と呼び止めようとする。——その時だった。正実は自分のほうを見つめている報道陣の人垣の中に、さっきの不審な男の姿を見つけた。男の目は歩き去ろうとする牧野ユミを追っている。

何をしているんだ？　ふと眉をひそめたとき、男が人垣を裂いて飛び出した。手にキラリとナイフが光った。男は津川の傍を抜け、牧野ユミへ向かって突進した。正実が飛び出したのは、もう男が牧野ユミへ追いつく寸前だった。だいたいが反射神経の鋭いほうではないのである。男の足がもつれた。カーペットの境目で、少し盛り上がった所に引っかかったのだ。男がよろけたところへ、正実が飛びかかった。

それから先は混乱。バラバラと駆けつけるガードマン、牧野ユミの悲鳴、我さきに取り囲み、フラッシュをたく報道陣。——呆気ない相手だった。正実が押え込むとあっさりナイフを手離してしまい、抵抗もせず、泣き出してしまったのだ。

「——おい、この男を連れていってくれ！」

立ち上がった正実は、近くのガードマンへ男を渡した。牧野ユミが男の顔を見て、目を見張った。

「まあ、あなた！」

――〈牧野ユミ、襲われる〉〈警備の刑事、一瞬の離れ技《わざ》〉〈牧野ユミに夫が！〉〈緊迫のドラマ！　橘ダイヤ・コレクション会場の全中継！〉

正実の名と顔が全国のテレビに登場するまでに三時間とかからなかった。牧野ユミはにこやかに微笑みながら正実と握手、一緒にカメラにおさまった。一人不機嫌なのは当の〈命の恩人〉の頬にキスした。津川もクビにしてやるとわめいたことなどすっかり忘れて、正実だった。報道陣の質問にひと通り答えると、

「警備に戻りますので……」

と、展示会場へさっさと帰ってしまった。

〈……ただひと言、「仕事がありますので」と言って、去っていった早川正実刑事。すてきですわねエ！　プロの男らしい、クールな魅力に溢れています！〉

アフタヌーン・ショーの女司会者はこう大げさにため息をついた。

間違いない。島野はここで殺されたのだ。美香はロッジの部屋でソファに腰を下ろして

いた。やっとペンキの匂いが薄らいで、あまり気にならなくなった。誰かにロッジの中を覗《のぞ》かれたときに、いかにも学生の休暇らしく見せようと、ペンキ塗りを始めたのだが、こんな面倒なことになろうとは……。壁に残っていたペンキの跡もきれいにしたし、浴槽の排水口に引っかかっていたメモの切れはしも、処分してしまって、やっとひと息ついたところである。

さすがの美香も疲れていた。いろいろなことが、一度に起こりすぎたのだ。島野が自分を追ってきたのは、おそらく偶然であろう。べつに彼女の正体を知ったわけではあるまい。ホテルVIPへ行けば、彼女を見つけられると思っていたのではあるまいか。このロッジを島野が知るはずはない。それでも彼は殺された。ここで。——なぜ？　誰に殺されたのか？　島野は人好きのする男だった。美香も、もちろん恋とかいった感情ではないが、女学生、石田裕子として好感を抱いていた。それだけに島野が殺されたのはやはりショックだったのだ。

おまけに報道では、彼の死体はパトカーの中で発見されたという。誰かが島野をここで殺し、死体をわざわざパトカーの中へ放り込んだ。まったく訳の分からない話であった。

「圭介兄さん……」

まさか！——否定はしてみるものの、その疑惑は何度も頭をもたげてくる。橘の運転手は昨夜《ゆうべ》、圭介にこのロッジを教えたらしい。そして島野は昨夜、ここで殺されている。圭介はなぜか変装してホテルＶＩＰに泊まっているらしい。――妙なことばかりだ。

圭介に会って、本当のことを訊いてみようか？　しかしそうなると、美香がここへ来ている理由も言わなくてはならない。もし圭介が美香の本当の姿を知らなければ、それはやぶへびになる恐れがある。

「どうしよう……」

美香の胸を占めている悩みはそればかりではない。ここへ来た本当の目的――つまり、橘源一郎をうまくたぶらかして、ダイヤを我がものにする計画そのものが、今では美香を悩ませていた。

電話が鳴った。美香は飛び上がらんばかりに驚いた。

「いやね……。落ち着いて！」

自分に言い聞かせる。神経が少し参っているのだ。ゆっくりと受話器を外した。

「はい」

「いたのか。なかなか出ないから留守かと思ったよ」

角田の声だった。美香がここにいるのを知っているのは角田だけのはずなのだから、かけてきたのが角田だとは分かっていたが、美香はふと返事をするのをためらった。今は話したくない、と思った。今だけは、切ってしまおうか……。

「——もしもし。おい、美香、どうしたんだ？」

「何でもないわ。どうしたの？」

「どうした、はないだろう」

角田はやや不機嫌な声になって、「昨日《ゆうべ》はどこに行ってたんだ？」

「え？　昨夜？」

「夜中に何度もかけたんだぞ。いなかったろう」

「ちょっと、出てたのよ」

「出てたって……一晩じゅうか？」

「計画のうちよ」

「すると——」

「橘源一郎の部屋にいたのよ」

「巧く近づいたんだな？　よし、いいぞ」

角田はふと気がかりになったらしく、「——しかし、おい、まさか橘と寝たんじゃあるまいな。そこまではやりすぎるなよ」

「大丈夫よ。話し込んで遅くなっただけ」

「ならいいが……。それはそうと、例の島野って記者が殺された。知ってるか？」

「ええ。さっき聞いたわ」

「どんな様子だ？」

「さっぱり分からないわ。私とは関係ないのよ。心配しないで」

「ああ、分かってる。まさか君がやったとは思わないさ」

「変なこと言わないで！」

美香は思わず鋭い声で言った。

「――おい、どうした？　なんだか変だぞ」

美香は目を閉じて息をついた。

「ごめんなさい。ちょっと疲れてるのよ」

「大丈夫か？　こっちは特別のセールスで出かけなきゃならないんだ」

「私は大丈夫。一人でやれるわ」

「信じてる。――じゃ、頑張れよ」

「ええ」

ゆっくりと受話器を置いて、美香はソファに戻った。――橘源一郎と寝た、となぜ言えなかったのだろう。確かに角田の言うとおり、あれは計画のうちでは「やりすぎ」なのだ。

もっと橘をじらして、美香を手に入れるにはどんな物でも提供するという気にさせなくてはならない。寝ることだって、一度ぐらいは必要かもしれないが、それはずっと先の段階のはずだった。

美香はごく自然に橘に身を任せた。それは彼女の仕事とは無関係なところで、彼女自身の気持ちのままにそうしたのだった。

橘は、美香が想像していたような、好色な成金の老人とはまったく違っていた。絶えず孤独の陰がつきまとう、重い過去をひきずった男だった。美香は橘に魅かれていた。否定しても仕方のないことだ。事実、昨夜、橘に身を任せたことを、少しも後悔していなかった。むろん、肉体的に橘は年寄りで、角田のような強いセックスの持ち主ではないが、美香は満足した。というより、橘を満足させることが嬉しかったと言うべきかもしれない。

ハレムに美女を囲っているなどという流説をうかうか信じていた自分が馬鹿らしかった。橘は貴重な物を抱くように、彼女を抱いた。――そう、美香は橘に心魅かれていたのだ。

それにしても、もう一つの不安――橘が、「どうせ長い命ではない」と言ったのは、どういう意味なのだろう？　美香の心に、いくつもの不安が渦巻いていた。

「今夜、もう一度……」

美香は呟いた。あの橘の言葉を確かめないではいられないのだ。

玄関のブザーが鳴った。美香は緊張した。ここをいったい誰が訪ねてくるのだろう？

「——あら」

ドアを開けた美香は言った。顔も声も表情は殺していた。そうする癖がついているのだ。

「今朝ほどは失礼」

浜本警部が微笑を浮かべて会釈した。

「警察の方ね」

「そうです。ちょっとお邪魔してもよろしいですか？」

「——どうぞ」

当然、浜本がここをすぐ突き止めるのは、美香も予期していたが、これほど早くやって来るとは思わなかった。しかし、そんな不安などみじんも見せず、適度な戸惑いを装いながら、コーヒーを淹《い》れて勧めた。浜本は断わらずに喜んで飲むと、味を大げさに賞めて、たちまち飲みほしてしまった。

「何のご用でしょうか？」

「いや、失礼。肝心のことを申し上げないで。——実は、今朝ほどお話しした新聞記者の件なんですが、あれはあなたのお知り合いではありませんか？」

「いいえ。どうしてそんな……？」

「記者の名を申し上げたとき、びっくりなさっておいでだったように見受けましてね」

人なつこいとさえ言える笑顔を絶やさないが、銀縁のメガネの奥の目は笑っていない。じっと美香の反応をうかがっている。

「お考え違いなさっていますわ。人殺しの話など聞けば誰でも驚きますもの」

「なるほど」

浜本は特に追及せず、話を変えた。「あなたのことを伺わせていただけますか？」

「私のこと？」

「いや、特にどうというわけではありません。念のためです」

美香は微笑んで、

「刑事さんが念のため、とおっしゃるときは怪しまれているんですわね、テレビなんかでは」

「私はテレビの刑事ほど不粋ではありませんよ」

「——名前は早川美香。職業はインテリア・デザイナーです」

こういう相手に身分を偽っては、かえってまずい。美香は住所も正直に述べた。浜本はメモを取って、

「ここへは何のご用で？」

「べつに。ただの気晴らしの旅行ですわ」

「橘さんとは前からのお知り合いですか？」

「いいえ、昨日お会いしたばかりです」

「そうですか」

美香は浜本が肯くのを見て、

「べつに、私はあの人の愛人というわけじゃないんですよ」

「何も私は――」

「でも、そうお考えでしょう？　一種のコールガールのような女だと」

浜本は答えなかった。

「確かに昨夜、あの人の部屋へ泊まりました。でも自然の成り行きでそうなっただけです。私はあの人から何一つ受け取っていません。本当です！」

我知らず声が高くなっているのに気づいて、美香ははっとした。どうしたっていうんだろう。――落ち着かなくては。落ち着いて！

「――お邪魔しました」

浜本が出しぬけに立ち上がった。

「いい部屋ですな。私もひまがあればこんな所に一人で暮らしてみたいものですよ」

先に立って玄関へ出るのを、美香は後からついていった。玄関で浜本は振り返ると、ポケットから一枚の写真を取り出し、美香へ差し出した。

「ところで、この男に見憶えはありませんか？」

写真を手に取って見る。──見たことのない、平凡な中年男だ。

「知りませんわ。この人が何か？」

「いえ、ご存じでなければ結構です」

浜本は写真をポケットへ戻すと、ちょっとためらってから言った。「実のところ、あなたをやはり──その手の女かと思っていました。でもそうではないと分かって、私も嬉しいですよ」

言葉に思いがけない暖かい響きがあった。

「ありがとう」

「では、これで」

浜本が待たせてあったパトカーに乗り込んで去っていくのを、美香はしばらく見送っていた。──ちょっと風変わりな警部だ。人当たりがいいだけに、底知れない何かを感じる。

少し休もう。部屋へ戻ると、小さなベッドに横になった。浜本の来訪はかえって美香にとってはありがたかった。警戒すべき対象があることで、精神の緊張が取り戻せた。何の関係もない写真を持たせて指紋を取るなんて、見えすいた手を使うものだ。何の前科もないのだから、どうということもない。

少し疲れているのだ。休まなくては……。目を閉じると、やがて眠りに落ちた。


フロントには人影がなかった。福地は受話器を上げると、ダイヤルを回した。

「――もしもし、私です。――準備のほうは？――そうですか。――では今夜ですね。――分かりました」

福地は静かに受話器を下ろした。

4

圭介はベッドの上に、買ってきた品物をならべて、息をついた。

「ほかに何かないかな……」

ロープ、手袋、ナイフ、やすり、ペンチ、ライター、懐中電灯……。

「まあいいや。これだけありゃいくら馬鹿でも分かるだろう」

これだけの品を買い揃えるのは骨だった。一軒の店で買っては怪しまれる。といって、こんな所である。そう何軒も店があるわけではない。仕方なく二軒の店へ二度ずつ足を運んだ。一度はメガネとひげをつけ、もう一度は素顔のままで。たぶん気づかれはしなかったろう。

「後で本当にとっつかまったら困るからな」

圭介は品物を麻の袋へしまい込むと、洋服かけの下へ押し込んだ。

圭介のアイデアは単純である。香代子に計画を断念させるには、警戒がうんと厳重になって、とても無理だと思わせればよいのだ。そこで、機先を制して、この侵入用と思われる道具類を、わざと発見させる。当然侵入計画があるものと思って、警備陣が増強されるだろう。少なくとも当分はそうなるものと見て間違いない。いくら香代子がひまだといって、こんな高いホテルにそうそういつまでも泊まっているわけにはいかないだろうから、けっきょくは計画を断念せざるを得まい。これが圭介の目算なのであった。

時計を見ると、そろそろ一時だった。

「そうだ。――あの彼女」

一時にロビーで待ち合わせたんだっけ。浅里岐子か。可愛い娘《こ》だ。あんな娘を恋人に持てたら……。いや、なにも夢とはかぎらないぞ。そうだ！　当たって砕けろだ。

まだ昨夜の快挙――パトカーへ死体を放り込んだ――の余韻が残っていて、えらく威勢がいい。よし、どうせこの〈品物〉を持ち出すのは夜になってからだ。

圭介は急いで鏡の前で髪にクシを入れ、煩わしい口ひげを直して部屋を出た。

一方、岐子のほうはといえば、圭介の「一時にロビーで」などという言葉はケロリと忘れていた。展示室での捕物騒ぎに、いたく自尊心を傷つけられてクサっていたのだ。あのイカレた刑事がすっかり英雄扱いされるので、

「頭に来ちゃうわ！」

とブツクサ言っていた。

ホテルの探偵たる自分が、ああいった不祥事を未然に防げなかったことで、岐子は悔やしさに歯ぎしりした。あの展示に関しては、確かに岐子とは関係なく、警備も別系統だが、やはりこのホテルの中である。自分にも一報あって然《しか》るべきではないか、と無茶な憤慨をしていた。

「どうして妙なのがいるって知らせてくれないのよ！」

と顔なじみのガードマンに八つ当たりした。それはもちろん無理というもので、何も、岐子に正式な警備主任といった肩書きがあるわけではないのだ。それにますますおもしろくないのは、今まで、少しおかしいんじゃないか、と早川刑事を馬鹿にしていたガードマン連中が、今度の事件ですっかり早川を見直してしまったのである。特に相手が大臣だか

らといって規則を曲げずに頑として退かない態度に感心し、加えて、誰よりも早く、牧野ユミを狙った男へ飛びかかって鮮やかにねじ伏せたのに感心した。もっとも実際のところは、むしろ男のほうが自主的に（？）転びそうになったので、正実が押え込んだわけではなかったし、それに男は精神病で何度も入院していた経歴があり、元来弱々しい男だった。暴力的傾向がないので退院を許されていたくらいである。持っていたナイフも、リンゴの皮をむくにも苦労するような、まるで切れない果物ナイフだった。

　しかしそんなことはこの際問題ではなく、早川刑事はガードマンたちに一目置かれる存在になっていたのである。展示会場を覗いた岐子は、ガードマンたちが、昨日とは打って変わってきびきびと、早川刑事の命令に従って動いているのを見て、はなはだおもしろくなかった。ほかにすることもないので、ちょうど刑事がこっちを向いたとき、べー！と舌を出して、呆気に取られている早川刑事へクルリと背を向けてきた。

　行く所もなく、ムシャクシャするので、たまたま一階のロビーへ腰を据えた。誰か怪しい客が入ってくるのを心待ちにしながら。

　それにしても妙だ、と岐子は少し興奮の冷めた頭で考えた。そんな怪しい人間が、どうやって展示会場へ入れたのだろう？　確か、報道関係者のリボンをつけていたはずだ。しかし、この初日の招待客は相当慎重に選ばれているはずだし、リボンも入口の受付にしかないのだから、簡単に手に入れられるはずはない。リボンをつけていたということは、招待状を持っていたということだ。ではいったい誰の招待状なのか？　そうだ、受付の名簿を見れば！——と立ち上がりかけて、岐子はまたガックリと腰を下ろした。あの事件で報道関係者は派手に出入りしている。名簿のチェックなど当てにならないに違いない。

　岐子はあっさり諦めてしまったが、そこはやはり素人、粘りが足りないのである。たとえ無駄になると分かっていても、名簿を見にいけば、はなはだ興味深い発見があったはずなのだ。岐子にしても、当然パトカーにあった死体の事件は知っていたのだし、展示会場の名簿に「島野」という名があり、しかも、そこに来場のチェックがあるのを見れば……。

「やあ、お待ちどおさま」

　岐子はびっくりして顔を上げた。山川永助——いや、早川圭介がにこやかに微笑んで自分を見下ろしている。ああ、そういえば、一時にロビーで、って待ち合わせたっけ。時計を見るとちょうど一時だ。

「待ったかい？」

「い、いいえ——今来たばかりよ」

　と慌てて調子を合わせる。そうだ、こいつを忘れてた。こうなったら、何が何でも怪しい奴をつかまえてあの刑事を見返してやらなきゃ！

「じゃお昼でも上で、どう？」

知らぬが仏の圭介はちょっと気どって誘った。いちばん上のレストラン、夜はべらぼうに高くて足を踏み入れられないが、昼は確か軽食のメニューがあったはずだ、と内心では計算に忙しい。

「ええ、じゃご一緒するわ」

やや演技過剰に圭介の腕に手をかけて、岐子は言った。圭介はすっかりいい気分である。

エレベーターを待ちながら、岐子は、今に尻尾をつかんでやるわ、と思った。早川圭介。早川刑事。――どちらも早川だ。偶然の一致だろうか？　それとも……。

エレベーターの扉が開いた。


「来るでしょうか？」

落ち着かない様子で周囲を見回しながら、晶子が言った。克巳はビールを一口飲んで、

「さあ、どうかな。あまりキョロキョロ見ないほうがいい。目につく」

「す、すみません」

晶子は謝った。

「――夫がもし来たらどうしましょう？」

「どこに座るにせよ、この席はいちばん端だ。彼にはあなたの背しか見えない。だからあなたは私が言ったら、コンパクトを出して鏡で橘の顔を確認しなさい」

「はい」

「それ以外のことをしてはいけない。いいね？」

「でも――」

「彼の近くには必ずボディガードがいる。また昨夜のように見つかればどうなるか分からない」

「分かりましたわ」

ホテルＶＩＰの最上階。広い窓からは、陽光のきらめく湖面が一望できる。湖水へこぎ出したボートが掌に乗りそうで、遠くをモーターボートが白い航跡を一直線に引きながら滑るように走っていく。

克巳にも、橘が果たしてここへ来るのかどうか、確信はなかった。ロイヤル・ルームともなれば、室内で食事ができるはずで、夜はともかく、昼までは部屋を出てこないかもしれない。それに昨夜の事件の後でこのホテルへ顔を出すのは、危険だった。しかし、それでもこうしてやって来たのは、橘が果たして本当にこの女の夫、畑中良雄という男なのかを確かめなければ、克巳自身の仕事が終わらないからであった。――どうやら依頼主の国宮という男にも、裏がありそうだ。

「あなたは――」

と晶子が言った。

「何かな？」

「あなたは、あの人にどういうご用があるんですの？」

「僕は橘源一郎に近づくために雇われたフリーのルポ・ライターでね。こういうとき大新聞社などはかえって思い切ったことができない。不便なものでね。その点僕のような人間は、少々強引なやり方をしたって構わないから調法なわけさ」

「私がお仕事の邪魔を……」

「いや、とんでもない。本当にあれが替え玉なら、会見記なんかよりよほど金になるネタだ」

「――私のボートを転覆させたのは、あのボディガードの一人でしょうか？」

「その可能性は大いにあるね」

「でも、いったい私が何をしたっていうのかしら」

「連中があなたの顔を知っているということは、橘があなたのご主人だという証拠じゃないかな。だから絶対に近づけてはいけないと言われている」

「でも私を殺そうとまでしなくても……」

「それほど向こうにとっては、秘密を守る必要があるんだ。何かよほど重大な理由でね」

「何でしょう？」

「分からない。――あなたから訊いてみるんだな」

克巳は晶子を連れて美容院へ行き、ヘアピースを買い、度のない、薄く色の入ったメガネを買った。こうして見るとまったく別の女のようだ。これなら大丈夫。見破られる心配はあるまい。

克巳は時計を見た。一時だ。もうここへ来て三十分たつ。ゆっくりと食事をしているのだが、そう何時間も粘るというわけにはいかない……。ふと顔を上げると、新聞で見た顔が入口を入ってくるところだった。

「来た」

と静かに言って、「振り向いてはいけない！」

と制する。

「は、はい……」

晶子が青ざめた顔で肯いた。克巳は目の端で、秘書を従えた橘を追った。橘は克巳たちの席から三つテーブルを挟んだ席へ着いて、メニューを広げ始めた。いい具合に克巳たちの席のほうへ向いている。克巳は油断なく、入口のあたりへ視線を走らせたが、ボディガードらしい姿は見えない。廊下にいるのだろう。

「よし、いいかね。コンパクトを出して、顔をよく見るんだ。君の真後ろで、顔をこっちに向けている」

「ええ……」

晶子は震える手でハンドバッグからコンパクトを取り出すと、広げて顔の前へ掲げた。

「落ち着いて。――自然にやるんだ」

克巳が低い声で注意する。晶子は深く呼吸して、気を鎮めるようにいったん目を閉じてから、じっとコンパクトの鏡の前に見入った。微かに鏡を動かす。その手が止まった。

「どうだね？」

「ええ……。主人に違いありません」

晶子は震える声で言って、コンパクトを下げた。

「よし。さあ、落ち着いて」

「ごめんなさい、私――帰ります。ここにいると――自分を抑え切れない……」

「分かった」

克巳は、晶子が泣き崩れそうになっているのを見てとって、素早く席を立った。晶子の腕を取って立たせ、出口へ急ぐ。

「出ていなさい」

と言って、克巳は支払いをすませる。いったん出ていきかけた晶子は振り向いて、橘のほうを見やった。

「見ちゃいけない」

克巳は晶子の腕を取って言った。「今はこらえなさい」

「でも――」

「今夜、連れてきてあげる」

「え？」

「さあ、行こう」

外の廊下に案の定、ボディガードが二人、所在なげにしている。平然とその前を通り抜け、克巳はエレベーターの前に立った。ちょうど昇って来たエレベーターの扉がスルスルと開いて、一組の男女が降りてきた。

「さあ」

克巳は晶子を促してエレベーターへ乗り込んだ。扉が閉まり、箱が降り始めると、晶子がじっと克巳の顔を見つめて、

「本当に、今夜連れてきてくださるの？」

「本当さ。何とかする」

晶子の顔にホッとしたような表情が広がる。

「ただし、僕も君のご主人と話をさせてもらうよ。大ニュースをスクープしてやりたいからね」

そう言って克巳は微笑んだ。


「――どうかしたの？」

岐子は圭介の顔を見た。目を見開き、口を半ば開いて、閉まったエレベーターの扉を見つめている。

「まさか……まさか……」

「何が、まさかなの？」

岐子の声に、やっと気づくと、

「え、え？　何が？」

「いやね。どうしたのよ？」

「い、いや、何でもないんだ。何でも」

「じゃ、入りましょうよ」

「う、うん。――入ろう」

まったく妙な奴だわ、と岐子は思った。昨日、夕食に行こうとしたときは、橘のロールス・ロイスから降りてきた若い女を見て目を丸くして飛んでいってしまうし、今朝は食堂で尻切れトンボにいなくなるし、そしてまた今度は……。

昼食を頼むにも支離滅裂《しりめつれつ》で、「カフェ・オ・レをブラックで」と言ってみたり、「サラダのドレッシングはソースで」と言い出す始末。まったく、仕事だと思わなきゃつき合っちゃいられないわ。

そのとき、ボーイが店内へ声をあげて、

「早川さま――」

と呼んだ。圭介が思わず立ち上がりかける。

「どうしたの？」

「いや、僕の名を――」

「確か〈早川〉って言ったわよ。あなた、山川でしょ」

「え？――ああ。ああ、そうか。――うん、そうなんだ。ちょっと聞き違えて……」

「早川さま。早川香代子さま」

くり返し呼んでから、ボーイは店の中を見回し、カウンターのほうへ姿を消した。

早川？　岐子はぎくりとした。もう一人早川がいる。同じホテルに三人も。早川というのは、決して珍しくはないが、そう多い名前でもない。それが三人も……。何か意味があるのだろうか？

やれやれ……。圭介は冷や汗を拭った。ぼんやりしていて、危うくばれるところだ。しかし、それにしても――まさか克巳までがこのホテルに！

ここへ泊まっているかどうかはともかく、この近くにいることは間違いない。東京から昼を食べにここまで来るはずもないだろう。しかし、いったい何の用で来ているのだろう？

注文したピザが来て、二人はゆっくり食べ始めた。

「あら、あそこに、ほら」

と岐子が言った。

「え？」

「橘さんだわ。例の石油成金よ。なかなか素敵なロマンスグレーじゃない？」

圭介の顔から血の気が引いてきた。克巳が手がけるのは、かなりの大仕事に限られていることは圭介も知っていた。――橘源一郎！　違いない。克巳の標的は橘なのだ！

ということは……母は橘のダイヤを狙い、兄は橘の命を狙い、妹は橘をペテンにかけようとし、弟は橘のダイヤを守ろうとしている。早川家全員が、ここに集まってしまったのだ！

「畜生！　どうなっているんだ！」

思わず口走った。岐子が目を丸くして、

「どうしたの？」

圭介はじっと岐子の顔を見つめた。愛らしい顔だ。圭介は心の傷がいやされるのを感じた。

「ねえ、君、分かるかい？　人生は僕にとって余りにも苛酷《かこく》なんだ。誰も僕の悩みを知る者はいないし、また誰にも話すわけにもいかない。でも人間、一日じゅう悩んで過ごしていたらおかしくなってしまうよ。そうだろう？　心の安らぎが、平和な憩いの時が必要だ。分かってくれるだろう？」

「え、ええ……。よく分かるわ」

「君を見ていると心が安まるんだ。悩みに疲れた胸が、ほっと息をつくんだ。――そうなんだ、君は僕を救ってくれる。恐ろしい孤独の深淵から。人の世のしがらみから……」

「ねえ、あの――」

岐子はためらいながら、「ピザが冷めるわよ。食べたほうがいいんじゃない？」

「ピザ？――ああ、そうか」

ほとんど無意識に、圭介は食べ始めた。「みんな。僕がどんなに苦しんでいるか知らないんだ。みんな勝手なことばかりして、僕一人が一家の罪を背負わなきゃならない。――いや、いいんだ。僕は家族を愛している。ピザも好きだが、本当はハンバーガーのほうがいいんだ。でも一流の店でそんなものを頼むと馬鹿にされる。でも、馬鹿にされたっていい。僕は家族を愛しているんだ。僕には君がついている。ピザにはチーズもついている。コーヒーカップには皿がついている。だから僕は君を愛しているんだ」

ショックから来た一種の錯乱状態とでもいうところである。

岐子はやや引きつったような笑みを浮かべて圭介を見ていた。もしあの刑事とこの男が兄弟か何かなら、きっとこの一家には悪い血が流れてるんだわ、と思った。

それでもきれいにピザを平らげ、コーヒーを飲みほすと、圭介はふらりと立ち上がって、

「おやすみ、愛《いと》しい人。君の夢を見ながら眠るよ」

と言って、出ていってしまった。唖然として見送っていた岐子は、やけになって、猛然と自分のピザにかみついた。――そうだ、ここの勘定！　えい、あの男の部屋につけてやれ！

圭介は、部屋が同じフロアなのに、エレベーターで一階へ降りると、また十二階へ戻って、それから部屋へと歩いていった。

部屋へ入り、ドアを閉めると、やっと少し平静に戻る。しばらくベッドに腰を下ろしていたが、やがて部屋の中を見回し、

「ん?——あれ? 確か、岐子さんと食事していたのにな」

といぶかしげである。「変だな。どうしてここへ……」

何をしゃべったかも憶えていない。

「まあいいや。——あ、そうだ」

買い込んできた道具のことを思い出し、洋服かけのカーテンを開けてみる。そこにはちゃんと麻の袋が……

「ない!」

圭介は目をこらした。何度も目をつぶっては開けた。それでも、ないものはない。消えていた。ロープ、ナイフ、やすりといった道具を入れた袋が、消えてなくなっていたのだ。

5

午前二時。

「出かけよう」

克巳は言った。ドアを開け、廊下を一瞥する。身体を開けて晶子を先に出してから静かにドアを閉め、ロックされているのを確かめる。最近のホテルのドアは閉じると自動的にロックされるので、必ず鍵を持っていなくてはならない。こうしてこっそり出かけるには、はなはだ不便である。

鍵を廊下の絨毯の下へ隠して、二人はエレベーターを使わずに階段を降りた。この時間、フロントには誰もいないはずだが、念のためだ。

誰の目にもつかず、二人はうまくホテルを出た。

「ボートで行こう。直線距離で行ける。いちばん近いはずだ」

「でも、怖いわ」

「大丈夫。湖をぐるっと回ったら時間がかかって仕方ないよ。さあ」

人気のないボート乗り場へ行って、二人は手近なボートに乗り込んだ。静かに湖面へこぎ出すと、低いうねりが滑らかな水面を広がっていく。二、三度オールを小刻みに操って向きを定めると、彼はリズムに乗ってこいでいく。

静かな夜だった。風がかすかに湖面を渡る。二人の泊まっているホテルの明かりが少しずつ遠ざかる。ときおり振り向くと、ホテルＶＩＰの偉容が徐々に近づいてはくるが、まだまだ遠い。

「――大丈夫かしら」

晶子が不安を拭い切れない様子で言った。

「行ってみなくちゃ分からないさ。後はそのときのことだ」

やや間を置いて、克巳は言った。「ご主人に会ったら、何と言うつもりだい？」

「ひっぱたいてやるわ」

そう言って、晶子は寂しげに笑った。

「――愛してるんだろう」

「ええ」

「なぜ、僕に身を任せた？」

「――放っておかれた妻は、寂しいものよ。もちろん、どんな男でもってわけじゃないけれど」

「僕は合格か」

「あなた、いい人だわ」

克巳は黙って微笑んだ。

「もう半分くらい来たかしら？」

「たぶん、ね。ちょうど真ん中ってところじゃないかな」

「どうやって部屋へ行くの？」

「何とか考える。あんな事件の後だ、きっとボディガードも警戒しているだろう」

「でも、分からないわ。――どうして警察沙汰にしないのかしら？」

「そうしたくない理由が、あっちにもあるのさ。それに、ああいう手合いはだいたいがまともじゃない。前科でも洗われて面倒なことになっちゃ困るんだろう」

「お金持ちって、みんなそんな風なのかしら？」

「まともにやってちゃ、金は入らないさ」

「そうね。――そういう世の中なのね」

そうだ、と克巳は思った。そういう世の中なんだ。

「あの音は何？」

晶子がふと顔を上げて言った。耳を澄ますと、遠くにブーンと低い唸りが聞こえる。

「何かしら？……近づいてくるみたいよ」

「モーターボートだ」

「こんな夜中に？」

確かに妙な話だ。克巳はオールを持つ手を休めて、湖面に目をこらした。月明かりがあるので、いくらかは明るい。やがて白い波頭を振り分けて、走ってくるモーターボートの姿が見えた。ぐんぐん近づいてくる。

「こっちへ来るわ！」

「ぶつかるぞ！」

叫び終わると同時に、モーターボートが猛スピードでボートをすれすれにかすめて駆け抜けた。水が盛り上がってボートが一転する。克巳と晶子は水中へ投げ出された。

「大丈夫か！」

克巳は水面へ顔を出すと、晶子を捜した。晶子の顔は見えない。はっと振り向く。モーターボートが急旋回して、また近づいてくる。今度は一直線に、克巳を目指している。ぶつかれば頭は粉々、ひとたまりもない。克巳は息を吸い込んで水へ潜った。間一髪、モーターボートが、たった今まで克巳の頭が出ていた水面を切り裂いていった。衝撃波が克巳の身体を水中できりきり舞いさせる。

はっきりと殺意を持っている。克巳を狙っていたのだ。あるいは克巳と晶子の二人を。晶子の姿は見えない。いずれにしろ、この暗い水中では捜すのは無理だ。——水中で、できるだけ長くこらえて、水面へ浮かび上がった。モーターボートは？　行ってしまったのだろうか？

背後にモーターの響き。振り向く余裕もない。克巳は必死で水中へ潜った。モーターボートの泡の帯が頭上を包むのに、数秒となかった。

克巳は、相手が自分を殺すまで諦めないつもりだと悟った。なんとかしなくては。このままではやられる！

少し離れた水面に、転覆したボートと、オールが漂っているのが見えた。水面へ出ると、克巳はモーターボートが少し距離を置いてゆっくり旋回しているのを見て、底を上へ向けているボートへと全力で泳いだ。モーターボートが獲物を見つけた。猛然と突進してくる。克巳はボートへ辿《たど》り着くと、オールをつかんで、水中へ転じた。

次の瞬間、激しい衝撃が克巳の身体を打った。モーターボートが転覆したボートにぶつかったのだ。ボートが克巳の頭上で裂けている。凄まじいスピードだ。克巳はできるだけモーターボートから離れる方向へ向かって、潜ったまま泳いだ。息の続くかぎり泳いで、水面に出る。モーターボートが克巳を見つけて、まっすぐ走り出した。みるみるスピードが上がる。克巳は早めに水中へ潜った。そしてオールを両手でつかんで、モーターボートが頭上を通るのを待ち受ける。真上へ来たときにオールをまっすぐ突き上げるのだ。巧くタイミングが合えば、スクリューか方向舵《だ》を壊せるかもしれない。しかし、ぶつかった瞬間にオールが激しく振れて、はじき飛ばされる恐れがある。一瞬のタイミングに命がかかっている。モーターボートの航跡が近づいてきた。

正実は暗がりの中で、ふと目を覚ました。――いつも自分の部屋だとばかり思い込んでいるので、周囲の状況に気づくまで時間がかかる。

「ああ、そうか……」

ここはダイヤモンドの展示会場なのだ。衝立《ついたて》の陰で寝るのも、ベッドが高級品なので、そう苦にはならない。母の言うとおり、正実自身、こうまでしなくても、とも思うのだが、性格というのはどうしようもないのだ。

「まだ、やっと一日が終わっただけか」

展示は約二週間の予定だ。先は長い。

「二時か……」

いつもなら、いったん寝入ったら起きることはまずないのだが、やはり神経が昂ぶっているのだろう。パジャマ姿でベッドから出る。パジャマなんかいらないというのに、母が持参してきたのである。

衝立の陰から出て、展示会場を眺め渡す。常夜灯のほの明かりの下で、ガラスのケースが布をかけられて眠っている。窓からは、庭園の水銀灯の青ざめた光も射し込んでいるので、室内はわりあいに明るい。

正実はゆっくりと室内を歩いてみた。なんとなく、自分がここを守っているのだ、と実感されて、身の引き締まる思いがする。無我夢中、というよりも、いったい何をどうすればいいのか見当もつかなかった最初に比べると、正実のうちに、ようやく自信らしいものが芽生えてきていた。それはやはり、今日の事件で、配下のガードマンたちが正実によくついてくるようになったせいだろう。

「部下をもつって、いいもんだなあ」

大企業の管理職が羨むようなことを、正実は呟いた。

窓辺に立って外を見ていると、西洋風の庭園越しに、湖面が一部だけだが、眺められる。

「万事異常なし、か……」

正実が大きくのびをしたとき、部屋のどこかで、ボンという低い音がした。正実は振り向いた。何だろう？　人影はない。爆弾や銃声にしては音が小さすぎる。正実はゆっくりとケースの間を歩いた。

そのうち、ふと妙な臭いが鼻をついた。そして気がつくと、足下にまとわりつくように、白い煙が流れている。正実は足を早めて、ケースの間を覗いていった。シュルシュルという音が耳に届くと、すぐに見つかった。一つのケースの台の下から、白い煙が湧き出るように溢れてくる。

「何事だ！」

一瞬、事態をつかみかねて、棒立ちになりながら、正実は煙を吸い込んでしまった。頭がフワッと軽くなるようで、足もとがおぼつかなくなった。

「しまった！　このガスを吸っちゃいけないんだ！」

できるだけ煙から離れようとして、足がもつれ、正実は転んでしまった。そうなると、白煙がまともに正実を包み込む。

「吸っちゃいけない……吸い込んじゃいけない……」

と呟きながら、もう正実の身体は言うことをきかなくなった。——正実は床へバッタリと伏せるように倒れて、それきり意識を失ってしまったのだ。

美香は息を弾ませながら、ベッドに仰向けになった。汗ばんだ肌がひんやりして、軽く身震いする。

「大丈夫か?」

橘が訊いた。「寒いんじゃないかね?」

「いいえ、大丈夫」

美香は暗がりの向こうに、橘の顔の輪郭を手で探った。

「私は年寄りだ」

橘が言った。「満足できないだろう」

「いいえ、満足しているわ。セックスは強さだけじゃなくってよ。——気持ちでしょう、けっきょくは」

「君も年齢のわりに古いことを言うね」

「冷やかさないで。あなたは満足?」

「私はもちろん」

「それならいいじゃないの」

橘の手がのびてきて、美香の乳房を包んだ。

「本当に君は不思議な娘だ」

「あなただって、不思議だわ。——さあ、教えてちょうだい」

美香は真面目な口調になった。

「何をだね？」

「とぼけても駄目。終わったら教えてくれる約束よ。もう長くない命だっていうのは、どういう意味なのか」

橋はため息をついた。

「どうしても聞きたいのかい？」

「どうしても」

「——分かった。ともかく起きよう」

「ええ」

「シャワーを浴びてきなさい。何か飲むかね？」

「アルコールは眠くなるわ。コーヒーにして」

「分かった。頼んでおこう」

橋はガウンを着ると、部屋の明かりをつけた。

「いやね！」

美香が全裸でバスルームへ駆け込んだ。橋は電話のダイヤルを回した。二十四時間のサービスがある。コーヒーを注文すると、ゆっくりソファへ身を沈めた。

美香は熱いシャワーを浴びて、じっと目を閉じていた。汗ばんだ肌が洗われていく快さ。快感のほてりが、内にまで燃えていた。こんな気持は初めてだ。いつも角田と寝た後では、もの憂い倦怠感だけが残るのに……。

どれぐらいそうしていただろうか。気がつくと、仕切りのビニールのカーテンの向こうに人影が動いた。

「一緒に入るの？」

美香は声をかけた。「気持ちいいわよ。さっぱりするし、いらっしゃいよ」

頭を熱い雨の中へ突っ込んで、大きく息をつく。カーテンの開く気配がした。

「ねえ、とっても──」

急に後ろから抱きすくめられ、口に布が押し当てられた。足が滑って浴槽の中でバランスを失い、美香はよろけた。ツンとくる匂いが鼻をつく。頭がしびれるようだ。麻酔薬だ、と思った。誰だろう？　橘ではない。逆らおうにも、身体を立て直すことができない。その間にも鋭い匂いが頭に広がっていくようで、意識が薄れてくる。いけない、しっかりしなくては、……駄目……。

不意に身体が重くなった。両足で支えていられないほどに。──浴槽の中へ、美香の身体は崩れ落ちた。

圭介はどうしても寝つけず、仕方なくベッドから起き出した。——当たり前の話だ。兄の克巳までがここへ来ていると知ったショックに加えて、せっかく買い込んできた品物がいっさい、袋ごと消えてなくなったのだから。

金が惜しいわけではない。いや、もちろん惜しくないわけではない。決して安くはなかったのだ。

「だいたい、ウチの月給が安すぎるんだよ」

とブツブツ愚痴《ぐち》る。しかし、今、そんなことで文句を言ってみても始まらない。問題は、いったい誰が、何のためにあの袋を持ち去ったのかということだ。

圭介の計画は彼一人の頭の中のもので、誰に相談したわけでも、打ち明けたわけでもない。まあ、もし誰かに相談していたら、もう少しましな案も出ていたに違いないが、それはさておき、誰も圭介の計画を知っていたはずがないのは事実である。

「すると……」

ホテル泥棒か何かだろうか。しかし、スーツケースや、かけておいた上着には手がつけられていない。あんな変な物だけ盗んでいく泥棒がいるだろうか？

「畜生！　さっぱり分からん！」

少し気分が変わったら何か分かるかもしれない。と儚《はかな》い望みを抱いて、圭介は服を着ると部屋を出た。一階のラウンジは確か二十四時間営業のはずだ。

さすがに有閑人種のホテルだけあって、午前二時になろうというのに、ラウンジはけっこうにぎわっている。ああいう連中にとっちゃ、今がいちばん元気のいい時間なんだろうな、と圭介は思った。陽が傾くころに起き出し、朝日とともに眠る……。

「ドラキュラの親類め！」

アルコールにあまり自信のない圭介は、ビールを飲みながら悪態をついた。

「オン・ザ・ロック」

背後のカウンターで声がした。圭介はふと眉をひそめた。どこかで聞いた声だ。

「おい、よしてくれよ……これ以上、家族がここへ集まるなんて……」

思わず呟いて、気がついた。家族はこれ以上いないんだ。メガネと口ひげがある。振り向いても大丈夫だろう。

振り向いて、カウンターの男を見る。背中しか見えない。当たり前だ。これじゃ分からんなと思ったが、あまり近くへ行っては、顔見知りには見破られる恐れもある。そのとき、都合よく、男が横顔を見せた。圭介は思わず声をあげそうになった。こんなところで会うとは、思いもよらぬ男だったたからだ。

早川家の隣人、セールスマンの角田だった。

「いったいどうなってるんだ……」

圭介の頭は混乱の極にあった。美香の行動については知り尽くしているつもりの圭介だったが、美香と角田の関係はまったく知らないのだから、驚くのも当たり前だ。たまたま来合わせるには妙な場所だし、妙な時間だ。それに……角田は、いやに渋い顔をしている。飲み方も、やけ酒という感じで、いつもの、あの愛想のいい、ロウ人形みたいな笑顔はどこへやら、といったところ。

角田が勘定をすませて出ていった。鍵を持っていないところを見ると、ここへ泊まっているのではなさそうだ。圭介はちょっとためらってから、後をつけてみることに決めた。そうしなくても、べつにすることがあるわけではないのだから。

ロビーへ出ると、角田が玄関を出ていくところだった。タクシーにでも乗られたら面倒だ。慌ててフロントへ鍵を預けて角田を追った。

「――いったいどこに行くんだ」

暗い道を角田について歩くのは、あまり楽しいものではなかった。しかし、暗いので尾行を気づかれることもなさそうだし、一本道だから見失いようもないという利点もある。

もっとも、そうでなければ人を尾行するなどという器用な真似が圭介にできるはずもない。

「待てよ……」

この道は——美香のロッジへ行く道ではないか。いや、ホテルＶＩＰへ行き来するには、この道を通るのが普通なのだが、美香のロッジがこの道沿いにあるのだ。

「まさか——」

その、まさかが現実となったのはそれから約十分後のことであった——角田と美香。まるで想像もしていなかった組み合わせである。圭介は呆気に取られて、角田が美香のロッジへ入っていくのを眺めていた。

美香は中にいるのだろうか？　圭介は、そっとロッジの入口へ近寄り、耳を澄ませた。しかし人の話し声はいっこうに聞こえてこない。

「ここじゃ無理かな」

裏のポーチへ回ってみようか、と思ったが、またゴツンとやられて死体とご対面ではやり切れない。しばらくためらったが、まさか二晩続けてそんなこともあるまい、と自らを励まし、足音を忍ばせてロッジの横を回った。

今度は部屋に明かりがついていて、ポーチに光が洩れている。なんとなくホッとする。ガラス戸の端から室内を覗くと、角田がソファに腰をかけている後ろ姿が見える。美香はいないようだ。圭介は昨晩の苦労を思い出して、このままホテルへ帰ろうかと思ったが、同時に、うまく死体を片づけたという自信も湧いてきて、しばし迷った。

しかし美香はいったいどこにいるのだろう？　二晩も続けて、借りてあるこのロッジにいないとは。——圭介としては、美香が橘を引っかけるために接近しているとは分かっていても、橘の所へ泊まっているとは、考えたくないのだ。角田は知っているのだろうか？

いや、それよりもまず、角田と美香はどういうつながりなのか。まさかこんな所まで車を売りに来たわけではあるまい。

あれこれ考えていたって、何も分かるわけじゃない。圭介は決心すると、ガラリとガラス戸を開けた。

「角田さん！」

角田が仰天してソファで飛び上がる——と思ったが、いっこうに動く気配もない。圭介はゾッとした。角田も殺されて——？

圭介はおそるおそる部屋の中へ足を踏み入れた。そろそろとソファへ近づいていくと、妙な音が聞こえてきた。断末魔の呻きにしてはちょっと変だ。思いきってソファの前へ回ってみて——ガックリ肩を落とした。

「何だ……」

角田は、さっきのウイスキーが効いたのか、口を半分開いて眠りこけていた。妙な音は彼のいびきだった。

「起こしてやらなきゃ」

圭介は角田の肩を叩いた。身体を揺すってみた。いっこうに起きない。よほど疲れているのだろう。

「よーし」

圭介はコップに水をくんできて、顔へぶっかけてやろうと思った。バスルームへ入るのは、やはり気が進まないので、台所へ行くことにした。狭い、団地並みのキッチンは明かりがついていない。

「スイッチは……」

戸口に立って圭介はスイッチを手探りした。手が何か柔らかい物に触れた。——腕だ。

次の瞬間、強烈な一撃が圭介の腹へ食い込んだ。圭介は目の前が真っ暗になるのを感じた。いや、もともと目の前は暗かったのだが、要するに気を失ったのである。


午前四時。

交替のガードマンたちは欠伸をかみ殺すやら、眠い目をこするやらしながら、地下の警備員室を出た。

「やれやれ、こんな催し、早く終わってほしいぜ」

一人がぼやいた。

「まあ、いい手当もらってるんだ。文句も言えねえよ」

もっと若い一人はご機嫌である。

「おまえは若いからな。おれは金より身体さ」

「だけど、若いっていやあ、あの刑事も、なかなかやるじゃねえか」

とほかの一人が口を挟む。

「最初は変質者かと思ったけどな」

「まあ、あそこまで徹底すりゃ、変質者だって立派なもんさ」

賞めているのか、けなしているのか……。五人のグループは、二階でエレベーターを降りると、人気のない廊下を展示場へと急いだ。四時ぴったりに行かないと、前のグループが不平を言うからだ。

「おい、何の匂いだ?」

一人が顔をしかめた。

「なんだか、葉巻みたいだ」

「いや、こんな匂いじゃねえよ。――だんだん強くなるな」

会場の入口が見えてきた。その手前の、脇のドアがガードマンたちの部屋だ。ドアが開いたままになっている。

「こいつはガスだ!」

「ガス?」

「普通のガスとは違う。麻酔に使うガスだ。去年、胃の手術をしたときにかがされた憶えがある」

いっせいに足を早めた。

「おい! 大丈夫か!」

声をあげて、先頭の一人が部屋へ飛び込んだ。「こいつは……」

予期された光景だった。一人残らず眠り込んでいる。机に突っ伏し、椅子から床へ転がり落ち、椅子にぐったりともたれて……。五人はしばし立ちすくんだ。

「おい! 会場のほうだ!」

年長の男が我に返った。いっせいに展示会場へなだれ込む。明かりがつくと、まず、部屋の中央にパジャマ姿のまま倒れている早川刑事が目についた。ほかに人影もなく、変わった様子はない。一人がいちばん手近なケースへ歩み寄って、カバーの布を取った。ダイヤは消えていた。

「やられた！」

「全部調べろ！」

「無駄だろうぜ……」

無駄だった。全部のケースが空になっていた。早川刑事は昏々と眠り続けている。一分とたたないうちに、警察へ通報が届いた。


美香は頬を打つ冷たい感触で、我に返った。シャワーのノズルから水が滴り落ちて、顔を打ったのだ。浴槽の中に全裸のまま倒れている自分に気づくまで、しばらくかかった。

「どうしたの……何があったの……」

重い頭を懸命に振った。——そうだ。誰かに薬をしみ込ませた布を口に当てられて、気を失った。どれくらいの間、気を失っていたのだろう？　体が冷え切って、痛い。美香はよろよろと立ち上がると、手をのばして、バスタオルを取り、身体に巻きつけた。

「——橘さん」

そうだ。彼はどうしたろう？　美香はバスルームを出た。思わず口を押えて、喉元まで出かかった悲鳴をこらえる。

女が死んでいた。絨毯の上に、大の字になって仰向けに倒れている。見知らぬ顔だった。

右手に、拳銃が握られていた。服はありふれたワンピースで、胸元が血に染まっている。奇妙なことに、髪だけが、水を浴びたように濡れていた。

「大丈夫か？」

突然声をかけられて、美香は短い悲鳴をあげた。——橘が立っていた。

「無事だったの……」

「ああ」

橘はひどく疲れ切った様子で、ソファへ座り込んだ。

「いったい……何があったの？」

「それより、服を着るんだ」

「ええ、そうね」

美香は急いで服を身につけた。

「この女の人は……」

「私を殺しに来た」

美香が目を見張った。橘は続けて、

「どうやら、私たちがベッドで愛し合っている間に、バスルームへ忍び込んだらしい」

「私を襲って……」

「それから私を撃とうとした。ちょうどそこへドアをノックする音がした。ルームサービスのコーヒーが来たんだ。女がそっちへ気を取られたところに飛びかかって銃を奪おうとした。もみ合っているうちに、引き金を引いたんだ」

橘は言葉を切った。

「それで?」

橘は肩をすくめた。

「それだけさ。身体に押しつけて発射したから、あまり音はしなかった。血も飛ばなかった。ボーイも気づかなかった――コーヒーはそこにあるよ。もう冷めただろうが」

美香はゆっくりソファへ腰を下ろした。

「それだけ……。でも、どうして警察を呼ばないの?」

「警察沙汰になれば、私もただではすまないからね」

「そんなこと! 正当防衛じゃないの!」

「違うんだよ、そういう意味じゃないんだ」

橘は静かに首を振った。「私は、橘源一郎ではないんだよ」

どうやら今度はそれほど長く気絶していたわけではなさそうだ。鈍痛のやや鎮まった腹部を押えて、ゆっくりと立ち上がりながら、圭介は思った。といって、格別の根拠があるわけではない。ただの感じである。

「それにしたって……畜生！」

このさほど短くもない生涯で、殴られて気絶したことなど、昨日まではただの一度もなかった。それが二日続けて、このざまである。誰でもいい、文句を言う相手がほしかった。

――そうだ、相手といえば、角田はまだ眠りこけているのだろうか？

部屋へ戻ると、ソファに角田の姿はなかった。半分がっかりし、半分ほっとした。逃げ出したのか、目が覚めて出ていったのか。いずれにしろ、死体にご対面よりはましだ。

「どうして、こう殴られてばかりいなきゃならないんだ」

映画の探偵だって、殴られるのはたいてい一度だけだ。「顔でも洗おう」

いささか気味悪かったが、バスルームへ入ることにした。台所で殴られたばかりである。まだこっちのほうがましだ。

今度はどこにも死体はなかった。やれやれ、と息をついて、洗面所で顔を洗う。すこし頭がすっきりした。タオルで拭いて、鏡に顔を映してみる。――なんとなく妙だ。何だろう？　いつもと少しも変わらない顔だ。それなのに……変わらない？　そうか。

「付けひげとメガネだ！」

きっと殴られた拍子に落ちたのに違いない。しかし、メガネはともかく、付けひげはそう簡単に取れないはずだが……。

ともかく台所へ戻ると、圭介は明かりをつけた。

「あ……」

とその場に立ちすくむ。二人用の小さなテーブル。その前の椅子に、男が座っていた。知った顔のような、それでいて知らない男だ。眠っている。メガネをかけ、口ひげがあって――。圭介ははっと気づいた。自分のメガネと付けひげではないか！　ひげが少し歪んでいる。それがなければ、男の顔は角田であった。何をしているんだ？

角田はさっきと違って、いびきをかかず、呼吸をしているふうにも見えなかった。ゆっくり近づいてみて、圭介は初めて、角田の上衣の下のワイシャツの胸のあたりが血で染まっているのを見つけた。死んでいるのだ。

圭介はもうあまり驚かなかった。無理もない。こうも目をむくようなことがたて続けに起こっては、少々のことではこたえないのだ。ライオンでも死んでいたら驚くかもしれないが。

「いったい誰がやったんだ！」

やけになって、圭介は頭をかきむしった。金田《きんだ》一耕助《いちこうすけ》と違って、頭をかいても圭介の場合、出てくるのは名推理でなくフケぐらいのものである。新聞記者の島野、そして隣人の角田が殺された。角田にはわざわざ圭介のメガネと口ひげを……いったい犯人はどういうつもりでこんな真似をしたのだろう？——まったく、遊び半分としか思えない。ひまだから、一つ殺人でも、か。ヒッチコックの映画じゃあるまいし！

「おい！　動くな！」

突然、食堂の入口から声がして、圭介は飛び上がった。——警官だ。二人の制服警官が油断なく入口を遮っている。一人が拳銃を抜いて、銃口はピタリと圭介へ向けられていた。

今度は、電話を聞いた警官が、ちゃんとロッジの番号をメモしていたのだ。

第四章　かくも遠き無罪

1

電話が鳴っている。

岐子は寝ぼけまなこで、枕元のデジタル時計を見た。

「四時二十分？」

まさか夕方の四時でもあるまい。「いったいどこのどいつなの、こんな時間に……」

とブツブツ言いながら、ベッドから思いきり手をのばして、受話器を取った。

「はい」

とぶっきらぼうな声を出す。

「お嬢さんですか、福地ですが」

「あら……どうしたの？」

こんな時間なのに、福地の声や話し方はいつもながらに折り目正しい。

「お寝《やす》みのところ、申し訳ありませんが、お知らせしておいたほうがいいと思いまして」

「何かあったの？」

「展示会場が襲われました」

福地の言葉が岐子の脳の中枢神経へ達するのに、しばらくかかった。

「展示っていうと、あの……ダイヤの……」

「そうです。〈富士の間〉です」

「それで、ダイヤは？」

「全部盗まれた様子です」

「全部……」

「流血沙汰は幸いなかったようです。今、警察が来て大騒ぎです」

まるで天気予報でもやっているような落ち着いた口調。——岐子のほうはやっと目が覚め切って、体内を猛スピードで血液が駆け巡り始める。

「今すぐ行くわ！」

と受話器を置きかけて、思い返してひと言、「ありがとう」

風のごとくバスルームへ飛び込み、裸体へいきなり冷たいシャワーを浴びる。若いうちなら最高の目覚ましだ。年を取ると心臓マヒでイチコロの惧《おそ》れがある。

服を着るのももどかしく、それでもいちおう髪にブラシを通してから、部屋を飛び出した。「橘コレクション」を全部？

「いったいあの刑事、何してたのかしら？」

エレベーターで二階へ降りながら、岐子はなじるように言った。

もっとも、これはいささか正実には酷というもので、正実は深い昏睡状態のまま救急車で病院へ運ばれていた。

エレベーターを降りると、もうちゃんとタキシード姿になった福地が廊下に立っていた。

「――どう？」

「ああ、お嬢さん。おはようございます」

「何か分かって？」

「さあ、警察もさっき来たばかりですからね。発見されたのが四時五、六分ごろで……」

「どんな具合だったの？」

「事件を発見したガードマンたちから聞いたことしか知らないんですが……」

福地の説明に聞き入っていたとき、エレベーターが昇って来て、見憶えのある茶のスーツの浜本警部が姿を見せた。福地が素早く認めて会釈した。

「おはようございます」

「君か。現場はこの奥だね」

「さようでございます」

岐子は、ふと、この二人、よく似てるわ、と思った。こんな時間だというのに、髪を振り乱すでもないし、ひげもちゃんと当たっている。相対している二人の間には、何となく、お互いを認め合っているような、一種の共感があるようだった。

「橘氏にはもう知らせてあるのかね?」

「さきほど夏木支配人がお部屋へ伺いました」

「そうか。私も行ってみよう。案内はいらないよ」

「現場をご覧にならないのですか?」

「私の専門は殺人事件だ。盗みのほうは後で報告を聞くよ」

浜本はエレベーターのほうへ戻りかけて、岐子に目を止めると、

「君は?」

「浅里岐子といいます」

「何をしてるんだね?」

岐子が口を開きかけると、福地が先に、

「このホテルの専属の探偵さんです」

と言った。浜本はちょっと驚いたように岐子を見て、

「ほう」

と声を洩らすと、「――ご苦労さま」

と微笑んで見せて、エレベーターのほうへ歩き出した。

「待ってください」

岐子は足早に浜本に追いつくと、「私もご一緒させてもらえませんか?」

「君が?」

「お邪魔はしません。約束します」

岐子は、浜本に子供扱いされて鼻であしらわれるのを覚悟していた。ところが、意外なことに浜本はゆっくり肯くと、

「いいだろう。来なさい」

と承知して、エレベーターの昇りのボタンを押した。岐子は信じられない思いで、浜本について、やってきたエレベーターへ乗り込んだ。

「――どうして橘さんの所へ行かれるんですか?」

エレベーターの中で、岐子は訊いた。

「盗難の現場には、時限装置のついた麻酔ガスのボンベが仕掛けてあってね」

「まあ、それで警備の人が……」

「そんな大きな物を持ち込めば、目につかないはずがない。それに、時限装置が普通のゼンマイ式の目覚まし時計だったことから考えて、おそらくここ二十四時間のうちに仕掛けられたとみていいだろう。そんなチャンスがあったか？——あったんだ」

「あの牧野ユミの傷害未遂事件ですね」

「そのとおり」

エレベーターは十二階に着いた。二人は廊下へ出た。

「あの精神異常の亭主がなぜあの会場へ報道関係者として入れたか。ニュースを聞いたとき、私はそれが妙だと思った」

「私もそう思いました」

「それは立派だ。私は招待者のリストの中で来場したチェックのある報道関係者の名前を眺めてみた。——来るはずのない男が来ていた」

「というと……」

「例のパトカーで死体の見つかった島野という記者さ」

「それじゃ牧野ユミの夫は——」

「島野の招待状で会場へ入ったに違いない。だが島野は頑健な大男だった。牧野に彼が殺せたとは思えない。となると、誰かが島野を殺し、招待状を牧野に持たせてやった」

「でも、何のために――」

と言いかけて、岐子ははっとした。「それじゃ、ダイヤを盗んだ犯人は、まず島野っていう人を殺して、牧野ユミの夫に招待状を渡し、わざとあの騒ぎを起こさせて……」

「その間に麻酔ガスのボンベを仕掛けた。そうとしか思えない。小型のボンベとはいえ、会場とガードマンたちの部屋に、二本持ち込む必要があったんだから、ある程度空白の時間を必要としたわけだ」

岐子は唇をかんだ。牧野ユミの夫がなぜ会場へ入れたか、疑問に思ったとき、名簿を調べてみればよかった！

「したがって、島野記者殺しとダイヤの盗難は結びついているとしか思えない。そこで橘氏に話を聞こうというわけでね」

「橘さんが何か知っていると……」

「島野は橘氏を取材しに来たのだよ」

浜本は足を止めた。「さて、この部屋だったな」

「死んでる」

警官の一人が、角田の体を触って、分かりきったことを言った。

「僕がやったんじゃない」

圭介は、もう一人の警官の拳銃を気にしながら言った。

「たいていの奴はそう言うよ」

「本当なんだ！」

「分かった分かった。さあ、おとなしくしろよ。部屋へ戻れ。ソファへ座るんだ」

圭介は仕方なくソファへ腰を下ろした。

「本署へ連絡して、鑑識をよこしてもらうからな」

死体をあらためた警官がそう言って出て行った。圭介はふと思いついて、

「でも、どうしてここに来たんです？」

「通報があったのさ」

「通報？」

「ここに死体がある、とな」

「そいつが犯人なんだ。僕を殴って気絶させ、角田さんを殺して――」

「被害者を知ってるんだな」

「え――ええ、まあ」

「ゆっくり署で話してもらおう」

圭介は絶体絶命だった。こんなことになったのが分かったら、もちろん事務所はクビだ。それに、警察の調べにどう答えればいいのか。ここへなぜやって来たか、まさか正直に話すわけにはいかない。隠せば当然角田を殺したと疑われるだろう……。

いちばんいい方法は——つかまらないことだ。しかし目の前に銃口があっては、いささか気もくじける。

「おい！　大変だぞ！」

外へ出ていた警官が緊張した面持ちで駆け戻って来た。

「どうした？」

「ホテルＶＩＰが襲われた。例の橘って成金のダイヤモンドが全部やられちゃったらしい」

圭介の顔から血の気がひいた。幸い警官たちのほうは自分たちの話に夢中で、圭介の様子には気づかない。

やったのか！　とうとう……。圭介はガックリと肩を落とした。母さん！　畜生、苦労のかいもなかった！

「それで、鑑識も全部そっちへ出払っちまったらしいんだ。おれにも人手が足らないから来いってんだよ」

「じゃ、こいつはどうする？」

「誰かよこすから、それまで見張っててくれないか。おれはともかくすぐホテルへ行かねえと」

「よし、分かった」

「悪いけど、頼むぜ」

「任せとけって」

圭介はそろそろと顔を上げた。その顔には十年に一度の悲壮な決意が漲《みなぎ》っている。諦めないぞ。まだ間に合う！　そうだ、なんとしても家の平和を守ってみせる！

警官は一人だ。――ともかくなんとかして、この場から逃げ出さなくてはならない。

追いつめられると、人間は本来の力以上のものを発揮することがある。ことここに至って、開き直った圭介は、いつになく心が静まっていくのを感じた。これが悟り、という境地なのかもしれない……。釈迦が聞いたら首をひねっただろうが、ともかく圭介はそう思ったのである。ほとんど考えるまでもなく、言葉が出て来た。

「もう一つの死体はどうするんです？」

警官はしばしポカンとしてから、

「もう一つだって？」

「何だ、電話した奴は、そう言わなかったんですか？」

「ど、どこだ！」

「浴室ですよ」

警官はゴクリと唾を呑んだ。

「あ、案内しろ」

「案内って……そのドアですよ」

「うるさい！　おまえが開けろ！」

「いやだなあ……」

しぶしぶ、という様子で立ち上がり、「あんまり見たくないんですよ、こっちのやつは」

「早くしろ！」

「はいはい」

圭介は浴室へ入った。浴槽を仕切るカーテンが引いたままになっている。後から来た警官がおそるおそる足を浴室へ踏み入れる。

「どこだ……？」

「浴槽の中です」

「カーテンを開けろ」

「開けますよ。でもね……ちょっと、その……ひどいですよ」

「ひどい？」

「ええ。つまり……」

圭介は顔を歪めて、「こう……めった切りに切り裂かれてましてね……首は皮一枚でやっとつながってるだけだし……右手が切り落とされて足の下になってるし……」

警官の顔が蒼白になった。拳銃を持つ手が小刻みに震えている。

「そ、そんなにひどいのか？」

「ええ。お巡りさんなら慣れてるでしょうけど」

「ま、まあな。……しかし……」

「じゃ開けますよ。ほら！」

圭介はカーテンをいっきに引いた。警官が目をつぶった。今だ！ 圭介は素早く警官の後ろへ回って力いっぱい背中を突いた。警官はアッと声をあげて、空の浴槽へ頭から突っ込んだ。浴室を飛び出す。もう振り向こうともしない。走れ！ 一途に、ただ一途に、走るんだ！ 何やら叫び声が後方から聞こえたような気もしたが、まだ暗い道を構わず走り続けた。

自分がどこへ向かっているのか、気がついたときはもう道の半ばまで来ていた。ホテルＶＩＰへ戻っているのだ。よりによって、今警官がひしめき合っている所へ。

岐子は、いい気味だと内心ほくそ笑みながら夏木支配人を見ていた。夏木はもう半分死んだも同然の生気のないトロンとした目つきをして、

「申し訳ございません」

とくり返すばかりだった。

「謝ってもらったところで、ダイヤが戻るわけではないよ」

橘は苛々と手を振って、「後は警察の方々に任せるほかはなかろう」

「は……。まことに何と申し上げてよいか……」

「もう行ってくれないかね。私も少し眠りたい。それから記者連中がこっちへ来ないように注意してくれよ」

「はい！　かしこまりました」

何ともはや、まことに遺憾なことで、とくどくどと言いながら、夏木が出て行くと、橘は浜本のほうへ向いた。

「――あなたのお話はよく分かりました。しかし、やはり島野などという男を知らないの

は事実だし、何も言うことはありません」

「そうですか」

浜本はべつにがっかりしたふうでもなく肯くと、

「昨日お伺いしたときにいらしたお嬢さんは？」

「さあね。ここにはいませんよ」

「そうですか。なかなか魅力的な方ですな」

「彼女がどうかしたのですか」

「いえ、ただ申し上げてみただけで……」

電話が鳴って、橘自身が受話器を取った。

「橘だ。――ああ、ここにいる。警部さん、あんたにだ」

「これはどうも」

浜本が受話器を受け取る。岐子は少し離れて二人の様子を見ていたが、口を出すわけにもいかず、所在なく、ロイヤル・ルームの中を眺め回していた。そのうち、ふと視線が床の絨毯に落ちた。なぜか一部が黒ずんで見えるのだ。――濡れているらしい。水をこぼしたのだろうか。だがあまり前のことではない。

「――橘さん」

電話を終えると、浜本が言った。「本当に昨日のお嬢さんはここにおられないのですね」

「さっきそう言ったはずだ。なぜ訊くんだね？」

「そうなると、少々彼女も厄介なことになります」

「というと？」

「彼女のロッジで男の死体が発見されました」

現場へ行かなければ、と橘の部屋を辞した浜本と岐子は廊下へ出た。なぜか冴えない顔つきのボディガードがうさんくさそうに二人を見送った。岐子は浜本に、橘の部屋の絨毯が濡れていたことを話した。浜本は肯いて、

「橘氏は何か隠している。それに、あの娘は昨夜も彼のお相手をつとめたのに違いないよ」

「じゃ、まだあの部屋に……」

「おそらくね。ベッドで眠ってるんだろう。橘氏としては、あまり公表したくもないことかもしれない」

「彼女のロッジの死体って――」

「あの娘はただ者ではないな。もっとよく調べてみる値打ちがある。君に頼みたいことがある」

「私に？」

岐子は面食らった。

「そう。君はなかなかしっかりした娘さんらしい。それにずっとこのホテルにいるのだから、絶えず出入りする人間を監視できるだろう」

「ええ」

「橘の部屋へ出入りする人間に気をつけていてほしい」

浜本はエレベーターを呼ぶボタンを押して、「だが、無理をしてはいかんよ。なにせ向こうにはイカツイ大男がついているからね。あまり目立たんように、それとなく気を配っていてくれればいいんだ」

「分かりました！」

「それじゃ、私は行く」

エレベーターへ乗り込んで、浜本はニヤリと笑った。

「また連絡するよ、女探偵さん」

「はい」

エレベーターの扉が閉まると、岐子は飛びはねるような足取りで、部屋へ戻って行った。

眠気などどこかへ消し飛んで、体じゅうの血が湧き立っている。いよいよ本当の捜査活動の手伝いができるのだ！

「さあ、頑張らなきゃ！」

口に出して言いながら、部屋の鍵を開けようとしたとき、

「岐子さん」

急に後ろから声をかけられて、思わず飛び上がりそうになった。振り向くと、見知らぬ若い男が立っている。

「誰？」

「僕だよ」

えらく疲れ切っている様子で、肩で息をしている。マラソンでもして来たのだろうか。背広姿で？

「――あ！」

やっと岐子は気がついた。山川――いや、早川圭介ではないか。

「分かってくれたね。メガネとひげはにせものなんだ。実は……いや、ともかく部屋へ入れてくれないか……お願いだ……」

今にも倒れそうな様子。岐子はためらった。まだ夜明け前だというのに、若い男を部屋へ入れるなんて……。うら若い乙女のしてはならないことだわ。

「頼むよ……もうクタクタで……」

圭介は本当によろけて岐子のほうへもたれかかって来た。岐子は慌てて身を退く。まあこんなに疲れ切っていちゃ、中へ入れても、変なことをする元気はないだろう。

「じゃ、入って」

鍵を開け、ドアを引いて、岐子は圭介を促した。

「あ、ありがとう……すまないね……ちょっとの間……」

圭介はフラフラと部屋の中へさまよい込むと、ベッドを見つけてため息をついた。「ちょっと……その……休ませてもらっても……なに、すぐ出て行くから……」

「ええ、いいわよ」

「君は……いい人だね……君は……」

もう半分うわ言で、そのままベッドへドサッと倒れたと思うと、たちまち高いびきで眠り込んでしまった。

「何よ、この人？」

怒るより呆《あき》れてしまって、岐子は圭介を眺めた。

「おい！　起きろよ！」

土方がウーンと唸って目を開いた。

「何だよ。——もう朝かい？」

「のんびりしているひまはねえんだ！　早く起きろ！」

丈吉のほうはもう服を着込んでいる。土方はしぶしぶ起き上がって、目をショボショボさせながら、「何だってんだよ……。おい、まだ八時だぜ」

「誰かに先を越されたぞ」

「何が？」

「やられたんだ！　ダイヤをごっそり持っていかれたんだ！」

土方もやっと目が覚めた。

「やられた？　それじゃ——」

「ああ、どこのどいつがやったか知らねえが、昨夜《ゆうべ》、コレクションが盗まれた。今、ボスから電話があったよ」

「畜生め！　いったい誰だい？」

「知るもんか。それでな、ボスの息子さんが、今病院へ収容されてるらしい」

「やられたのか？」

「麻酔ガスをたっぷり吸って意識不明なんだそうだ」

「えげつないことしやがる！」

「おれたちも病院へ行ってみようぜ」

「大丈夫か？」

「記者連中でごった返してるに決まっててら。目につきゃしないさ」

「そうだな。よし、仕度する」

「早くしろ。——ボスも大変だなあ」

「親ってのは苦労が絶えないのさ」

「分かったようなこと言ってやがる」

——二人が病院に着いたのは、もう九時に近かった。田舎町の病院である。そう大きくもない三階建ての建物が、今や車の海の中に埋没しそうな様子だった。二人はいつものとおり（？）裏口から入って、病室の並ぶ廊下へ出た。

野戦病院だってこんなにひどくあるまいと思うほどのごった返しようである。新聞記者やカメラマンが右往左往しているのは、どうやら、ガスにやられていたガードマンたちが、意識を取り戻したらしい。丈吉が看護婦から訊き出したところでは、まだ早川刑事のほうは意識不明だが、命にかかわるようなことはなさそうだという。

「脳に障害が残らないとよろしいですけど……」

と看護婦は付け加えて、行ってしまった。

二人は暗い思いで顔を見合わせた。

「もし、そんなことになったら——」

と土方が呟くと、丈吉が遮って、

「よせ、縁起でもねえ！」

「しかし、ボスも辛いだろうなあ」

「当たり前だ。親なんだからな」

「畜生、それにしてもひどい奴らだ！」

「まったくだな……。盗っ人の風上にも置けねえ」

盗っ人、などと言うのが古いところである。

「しかしボスはどこにいるんだろう？」

「これじゃさっぱり分からねえな」

「こっちが何か小部屋みたいだぜ。行ってみよう」

細い廊下を行くと、「院長室」と書かれたドアがあった。

「何だ。これじゃだめだ」

二人が戻ろうとしたとき、二人の、一見して刑事と分かる男が足早にやって来て、二人はギクリとした。しかし、刑事たちのほうは丈吉と土方のことなどまったく目に入らない様子で、壁へ身を寄せた二人の前をさっさと通り過ぎて、院長室へ入って行った。

「何だか慌ててたな」

と土方が閉まったドアを見る。丈吉が首をひねって、

「あの顔つきは気に入らねえな」

「どうしてだ？」

「犯人を逮捕しに行くとき、よく刑事《デカ》はああいう顔をしてる」

「本当か？――覗いてみるか」

「そうだな」

二人は院長室のドアへ忍び寄り、土方がそっとノブを回して、ドアを細く開けた。とたんに聞き馴れた香代子の声が聞こえて来た。

「いったい何のお話ですの？」

やや苛立っている声だ。「息子が今重体なんですよ！　後にしていただけませんかしら？」

「それがそうはいかないのです」

刑事の声が言った。「実は今、ホテルのほうから連絡がありまして……」

「何ですの？」

「メイドの一人が、犯行に関係あると見られる品物をある部屋で見つけたと届けて来たのです。ロープ、懐中電灯、ナイフといった物ですが……」

「だったら、その部屋の主をさっさと捕まえたらいいでしょ。なぜいちいち私にそんな話をするんですか」

「早川さん、それが発見されたのは、あ、な、た、の部屋なんですよ」

「何ですって！」

心底びっくりした香代子の声だった。聞いていた丈吉と土方も思わず顔を見合わせた。

しばし静寂があって、それからいつに変らぬ口調に戻って香代子が言った。

「――それで、どうしようとおっしゃるの？　私が息子を人事不省に陥れて宝石を盗んだと考えてるのね？」

「われわれはなんとも考えていません」

刑事の無表情な声が答えた。「ただ、本署から署長がこちらへ向かっていますので、それまであなたから離れるなと命令されただけです」

土方が丈吉の腕をつついた。二人はドアから離れた。

「どうする？」

土方が思いつめた表情で言った。

「どうするったって……」

「ボスが捕まっちまうんだぜ！」

「そう決まったわけじゃないさ」

「しかし——」

「まあ、待てよ。何か妙だぜ。ボスがそんな道具を部屋へ置くはずはねえ。——そうだ。ダイヤを盗んだ奴がボスをはめようとして仕組んでるんだ」

「するとボスのことを知ってる奴ってことになるな」

「同業者だろう。——汚ない野郎め！」

「しかし、いったん捕まったら、本当にやった仕事のこともばれちまうかもしれないぜ」

「じゃ、どうするってんだ？」

「今は刑事二人だけだ。やっつけてボスを助け出そう」

丈吉はびっくりして土方の顔を見た。暴力沙汰の誰より嫌いな土方の言葉に驚いたのである。しかし、土方の表情は真剣そのものだった。自分の身のことなど考えてはいない。香代子を救いたい一心なのだ。

「——おまえの気持ちは分かるけどな」

丈吉は土方の肩に手を置いた。「しかし、そいつはかえってまずいことになる。ボスもおれたちも一生サツに追われるんだぜ。――今は手を出さねえほうがいい。いいか、その代わり、おれたちの手で本当の犯人を挙げてやるんだ。そしてダイヤを取り戻す。そうすりゃボスの息子さんの仇も討てるってわけだ」

「そうだな……。よし、分かった」

土方も肯いた。

「今はここにいちゃやばいぜ。行こう!」

二人は廊下を小走りに抜けて、裏口から外へ出た。新たなパトカーが三台、サイレンを鳴らして駆けつけて来るのが見えた。

2

「国宮社長はただ今会議中でございますが、どちらさまでしょう?」

電話の向こうから、取り澄ました声が聞こえて来ると、克巳は思わず笑みを洩らした。

「沙織君かい? 元気かね?」

「え?――あ、何だ、あなた、この間の――」

「興信所の男さ」

「ちっとも電話してくれないのねえ」

とたんに甘ったれたすね声になる。

「お宅の社長さんの仕事で忙しくってね」

「今どこなの？」

「湖畔のホテルさ」

「まあ、ロマンチックねえ！――あ、分かった。誰か女の人と一緒なのね？」

「とんでもない。だったらこんな風に君へ電話をかけられるはずがないじゃないか」

「それもそうね」

「ところでね、この前、君に頼んでおいたことがあったろう」

「え？――何だっけ？」

克巳はため息をついた。

「ほら、僕の競争相手のことを知らせてくれって……」

「あ、そうだったわねえ。ごめんなさい、すっかり忘れてた。でもねえ……あ、あの、今のところそういう条件でのご連絡はございません。はい」

突然口調が変わったのは、たぶん誰かが部屋へ入って来たのだろう。しばらく「はい」と「いいえ」の独り芝居が続いてから、ふうっと息を吐く音がして、

「今、社長の腰巾着《こしぎんちゃく》が入って来たもんだから」

「ご苦労さん」

と克巳は笑いながら、「で、本当に連絡はなかったの？」

「ええ。――あ、そうだ。一つだけそれらしいのがあったけど」

「女性からじゃないか？」

「あら、どうして知ってるの？」

「千里眼さ。その女、見たことある？」

「あるわ。こと同性に関しては、女の目は鋭いのよ」

「どんな女だった？」

――やはりそうか。克巳は受話器を置いて、ベッドへ寝転んだ。女秘書のカメラ・アイが描き出す女性像は、畑中晶子と名のったあの女そのままだった。

なぜあの女が自分に接近したのか。なぜ橘を自分の夫だと言ったのか。そして今、生きているのかどうか……。

それはまったく一パーセントの確率でしかなかった。暗い水中から突き上げたオールは、モーターボートのスクリューと方向舵の間へ食い込んだ。オールが一瞬のうちに砕け、破片が水中に舞った。巧く逃れた克巳が水面に顔を出すと、モーターボートが狂ったように、右へ左へと突っ走っているのが見えた。やがてモーターボートは岸へ向かって一直線に走ったと思うと、ズンと鈍い響きがして、岸へ激突した様子だった。克巳はしばらく近くの水面や水中に、晶子の姿を捜したが、諦めて、出発して来た岸へと戻った。彼女はついに戻らなかった。

晶子はどうしたのだろう。溺れ死んだのか、それとも無事にホテルＶＩＰのほうへ泳ぎ着いたのか……。

もし、彼女がやはり国宮に依頼を受けた殺し屋で、橘を狙っていたとしたらどうだろう？　克巳に橘を殺させないために、橘は別人だと嘘をつき、近づくための道具に克巳を利用したことも考えられる。するとモーターボートを操縦していたのは晶子の仲間かもしれない。克巳と晶子があんな時間に湖へボートをこぎ出すのを知り得たのは晶子が教えたとしか思えない。

モーターボートは明らかに克巳を狙ってきた。ということは、晶子にとって、標的は橘と克巳と、二つだったのかもしれない。国宮は橘を克巳に殺させ、その後で克巳を晶子に殺させるつもりだったのではないだろうか。殺し屋の口をふさぐために、よく使われる手である。しかし晶子は欲を出した。橘も自分で片づける、と。だから用のなくなった克巳を湖で襲わせた。――これなら筋が通る。

ところで晶子は果たして橘を首尾よくやっつけただろうか？　克巳はチラリと見ただけだったが、橘が簡単に片づけられる相手でないことを看取していた。ボディガードがいるとかいうことではない。橘自身が油断のない、並々ならぬ相手だと思ったのである。ビジネスとはいえ、殺すべき相手に銃口を向けたとき、何も考えずに引き金を引ける相手と、引いてはいけないという心の声と戦いながら引かねばならぬ相手がいる。その点、橘は最もやりにくい相手に入るだろう、と克巳には思えた。

克巳はテレビをつけた。もし橘がやられていたら、ニュースで大騒ぎをしているころだ。

「……ホテルＶＩＰには多数の警察官が配置され……」

ニュースの画面に、ホテルＶＩＰの入口が映った。やったのか、と克巳は緊張した。だが聞いて行くうちに、ダイヤモンド盗難のニュースだと知って、ほっと息をついた。これで少なくとも出し抜かれずにすんだのだ。しかし、警備に当たっていた正実が意識不明で入院中と聞いて、表情は再びこわばった。

「馬鹿め！　ダイヤと心中する気か！」

口では悪態をつくものの、内心は穏やかでない。

「あのクソ真面目な奴も少しはこりたろう」

後で病院へ電話を入れてやろう。そう思った。

岐子は朝食を終えて部屋へ戻った。早川圭介はまだ高いびきで眠り込んでいる。

「いったいいつまで居候を決め込む気なのかしら？」

とため息をつく。――さて、シャワーを浴びようか。さっきはいきなり起こされたので、冷たいシャワーを浴びただけだ。熱いシャワーで身体を流すのが癖になっているので、それをしないと気分がさっぱりしない。

「でも……」

岐子はおそるおそる、圭介の顔を覗き込んだ。よく眠っている。目を覚ますことはないだろう。起こして出て行かせようかとも思ったが、メガネ、付けひげの件などをしゃべらせるせっかくの機会だ。それをみすみす逃すのはあまりにも惜しい。特に、浜本に見込まれて、捜査の手伝いをしている今だ。少しでも手がかりになりそうなものは見逃したくなかった。

「大丈夫だわ、きっと……」

いびきをかいているうちにすましてしまおう。岐子はバスルームへ入ると、手早く裸になって、シャワーの栓をひねった。

圭介は、夢を見ていた。とてつもなく大きな浴槽で溺《おぼ》れかかっているのだ。警官が二人、泳いで近づいて来て、慌てて圭介も泳ぎ始めた。つかまっちゃいけない。逃げるんだ！　一家の運命が、僕の肩にかかってるんだ！　突然、滝の中へ突っ込んでしまった。滝？　いやシャワーだ。巨大なシャワーから滝のように水が降って来る。息ができない。息を吸おうとすると、水を吸い込んでしまい、むせ返る。激しく叩きつけて来る水圧で沈んでしまいそうだ。なんとか抜け出さなくちゃ！　頑張れ！　頑張るんだ！　しかし、気ばかり焦って、身体は徐々に水に潜って行くのだった。助けてくれ！　助けて！

「助け……て……」

寝返りを打った拍子に、圭介の体はベッドから落っこちてしまった。床にドシンとぶつかって、さすがに目が覚めた。

「夢か……」

しばらくぼんやりしていて、ようやく、どうしてあんな夢を見たのか分かった。バスルームでシャワーの音がしている。あのせいだ。

「ん？　シャワー？　誰が使ってるんだ？」

ホテルの部屋というのは、どこも似ている。目が覚めたばかりの圭介は、ここが自分の部屋だと思っていた。

「おれが出しっ放しにしたのかな……」

少々ふらつきながら立ち上がり、バスルームのドアを開けた。

「――失礼」

圭介はドアを閉めた。その間、たっぷり五秒。

「そうか、ここはおれの部屋じゃなかったんだ！」

圭介は頭を振った。今見たのは何だったろう？　浅里岐子だ。そうだ。ここは彼女の部屋なんだから、彼女がシャワーを浴びているのは当然といえる。しかし――しかし、彼女はなぜ裸だったのか。

「馬鹿！　当たり前じゃないか」

彼女は裸だった。そのとき、ドアを開けた。したがって圭介は彼女の裸を見たわけだ。

「うん。見た。見たぞ！」

力強く肯いた。それからゴクリと唾を呑んだ。大変なことになった。自分の居場所はここしかないのに、彼女の裸を覗いてしまうとは！　すべてを思い出した。角田の死体。宝石泥棒。ここを追い出されたら、行く所がないのだ。

「困ったな……まさか……」

頭をかかえたとき、バスルームのドアが開いた。

「岐子さん！　許してくれ！　寝ぼけてしまって、僕は――」

圭介は口をつぐんだ。岐子はほてった体にバスタオルを巻きつけて、凄まじい形相で圭介をにらみつけていた。普段の顔からは、とても想像できない、鬼女の面のごとき形相である。

「この……」

震える声で言うと、右手に持っていた石けんを力いっぱい投げつけた。石けんは見事、圭介の頭に命中、圭介は悲鳴をあげて床へしりもちをついてしまった。

「出てって!」

岐子は叫んだ。それは絶叫と言うのがふさわしい、ヒステリックでオクターヴ高い叫び声だった。「出てってよ! このいやらしい覗き屋!」

圭介は石けんの当たった所を手で押えながら、やっとの思いで床に座り込んだ。

「待ってくれ! 岐子さん、お願いだ! ここにいさせてくれ! わけがあるんだ。一生のお願いだから!」

「とっとと出てって! 行かないとガードマンを呼ぶわよ!」

「岐子さん、わざと覗いたわけじゃないんだ。ついうっかりして――」

「何も聞きたくないわ! 三つ数えるうちに出て行かないと、本当に人を呼ぶわよ!」

「岐子さん!」

「気安く呼ばないで！　一つ！」

「ねえ、わけを聞いてくれ」

「二つ！」

「僕には君だけが頼りなんだ……」

「三つ！」

岐子は、つかつかと電話へ歩み寄り、受話器を上げ、ダイヤルを回した。「——もしもし。ああ、私、岐子。誰か手の空いてる人を一人よこしてくれない？——そう。すぐに。お願いね」

圭介はぐったりと床へ座り込んだ。岐子は冷ややかに見下ろして、

「今なら逃げられるわよ」

「逃げる所がないよ……」

圭介は全身の力が抜けてしまったのを感じた。もうおしまいだ。どうにでもなれ……。自分が憧れていた岐子にこうも冷たくされたのがこたえた。心の支えを失ったのだ。

「何もガードマンなんか呼ばなくても……」

圭介は力ない声で言った。

「出て行かないからよ！」

「いや、そういう意味じゃないんだ」

圭介は弱々しく微笑んだ。「警察を呼べばよかった。下に大勢いるんだろう」

「どうしてよ？」

「僕は今、殺人容疑で追われてるはずだ」

岐子は耳を疑った。

「何ですって？」

「君の手柄になるぜ、殺人犯逮捕に協力、って新聞に出るかもしれない」

岐子は、圭介が狂ったのかと思った。

「――いったい誰を殺したのよ？」

「僕がやったんじゃない。でも、誰もそう信じちゃくれないだろう。死んだのは僕の隣りの家の奴で、しかも死体は僕のメガネと口ひげをつけてた。なかなかユーモアの分かる奴じゃないか、犯人は」

発作的な笑いがこみ上げて来て、圭介は身体を揺すって笑った。そしてそのまま両手に顔を伏せた。笑いがやむと、深いため息が洩れた。

「何もかも……終わった。……僕ら一家は……みんないい奴ばっかりなのに……」

岐子は複雑な表情で圭介を見ていた。――ドアにノックの音。

「お呼びですか」

と声がした。岐子はドアを開けようとして、圭介のほうを振り向いた。圭介は放心したように前方にじっと目を据えている。――ちょっとためらってから、岐子は、チェーンをしたままドアを細く開けた。

「あ、ごめんなさい。もういいの。――何でもなかったのよ。勘違いで、ごめんなさいね」

ドアを閉めると、岐子は、不思議そうな圭介の目に出会った。「わけを聞かせてよ」

「岐子さん！」

「その代わり、服を着る間、向こうを向いててちょうだい。ちょっとでも振り向こうとしたら、今度こそ容赦しないわよ」


意識が戻るとき、映画では、よくボケた画面のピントを徐々に合わせて行く手を使うが、あれは不正確だ。ふと気づいたとき、もうはっきりと目は何かを見ているのである。

「――母さん」

正実は、傍らの香代子に気づいて言った。

「気分はどうだい？」

「ああ……大丈夫だよ」

正実は軽く肯《うなず》いて見せると、「――母さん、ダイヤは？」

「そんなこと気にしなくたっていいよ。ゆっくり休まなきゃ」

「ダイヤは？　やられたんだね？」

起き上がりかねない様子に、香代子もしぶしぶ、

「ああ」

「全部？」

香代子は黙って肯いた。正実は深く息をついた。

「おまえの責任じゃないよ、正実」

「僕は会場の警備責任者なんだよ。僕の責任だ」

「だって、人間、誰だってどうにも防げないことがあるもんだよ」

病室のドアが軽くノックされた。香代子がドアを開けると、

「早川君のお母さんですね？」

「はい」

「警視庁の大森と申します」

「課長！」

正実が起き上がろうとして、もがいた。

「おい！　いいから寝ていろ」

大森課長はベッドの傍へやって来ると、

「大丈夫か？」

「はい。……課長、申し訳ありません」

「今はゆっくり休め。何も心配することはないんだ」

「しかし……」

「なに、あんな有名なダイヤは、処分できやせん。犯人のほうで音を上げるさ」

「私は失敗しました。任務を――」

「誰にも失敗はある。いいな、今は養生することだけを心がけろ」

「……はい」

「警察官というのは命がけの職業だが、それは何も職務のために死ねということではないぞ。生きていなくては、犯人に手錠をかけることもできん。分かったな」

「はい」

「また来る。――堀田が心配していたぞ」

「よろしくおっしゃってください」

香代子に丁寧に挨拶されて病室を出た大森課長は、廊下に立っている茶のスーツ姿の男に目を止めた。

「浜本じゃないか」

「お久しぶりです」

「まったくだ。変わらんな」

「大森さんも」

「おれはもうすっかりなまったよ」

と笑いながら、「コーヒーでもどうだ？」


「おまえがこの宝石盗難を扱ってるのか？」

と大森課長は訊いた。病院を出た目の前の喫茶店である。

「いいえ、私は殺しが専門ですから」

「殺しもたて続けにあったらしいな」

「それに今朝、湖畔でモーターボートが岸に激突しているのが見つかりました。乗っていた男は即死」

「事故じゃないのか？」

「方向舵が壊れていました。それに湖にはボートの破片が……」

「衝突か」

「しかし、昼間なら観光客の目につくはずです。夜もけっこう恋人たちがボートをこぎ出してますからね。よほど遅い時間だったんでしょう」

「そんな時間に衝突とは妙だな」

「それにボートのほうに乗っていた人間はどうしたのか。溺死したか、生きているのか。――しかし、もっとおもしろいことに、モーターボートで死んだ男なんですが……」

「知った顔か？」

「青山《あおやま》ですよ」

「青山？――青山栄一《えいいち》か？」

「そうです。殺し屋の世界では、ちょっと知られた奴ですよ」

「おれも知っている。――女の相棒がいたんじゃないか？」

「ええ、いつも組んで仕事をしています。アキと呼ばれてる女ですが、なかなか美人だってことですよ」

「その女も近くにいるのか」

「まず間違いないでしょう」

「ふむ」

大森は訳が分からんといったように首を振った。「この湖畔が何やらキナくさくなってきたな」

「どうも、今度のダイヤ盗難、続いた殺しには、何か裏がありそうです」

「そうだ。——ちょっと聞きたいんだが、早川刑事のおふくろさんに宝石泥棒の容疑がかかってるってのは本当か？」

「眉つばですな。ロープとか妙な物が見つかったそうですが、そんな物を部屋へ置いときますかね。——どうも気に入らないんです」

「何が？」

「二つの殺しですが、どちらも警察へ通報があったんです。男とも女とも分からん声でね。——何か仕組まれた感じがしますな。もう少し手を出さずにいれば、向こうが動いてくれる。そう思ってるんです」

浜本はゆっくりコーヒーを飲みほした。

「おまえ、東京へ戻る気はないか？」

と大森が訊いた。

「都会はつまらんです」

「なぜだ?」

「事件そのものも、ただ殺伐としているだけで、〈趣き〉がありません。調べるほうも組織が大きすぎて、個人の働く余地がない。——どうにも私に向いているとは思えません」

「犯罪に趣きがあるのか?」

「もちろんです! 考え抜かれた犯罪には、美学があります。天才的な犯人の犯行は、一種の芸術のようなものですよ。私は独創的な犯罪に挑《いど》みたいのです。どんな派手な事件でも、単純なものには興味がありません。もっとも、それほどユニークな殺人などには、最近さっぱりお目にかかりませんが」

「変わった奴《やつ》だ」

と大森が笑った。

3

圭介は、すべてを話し終えた。

家族の秘密も、この一件への関わりも、すべてを、である。そして両手を広げた。

「これで全部だ。君のいいようにしてくれたまえ。警察へ知らせてもいい、止めはしないよ。何もかも本当のことなんだ」

岐子は言うべき言葉がなかった。――こんな――こんな話ってあるだろうか？　母親が泥棒、長男が殺し屋、次男は弁護士で、長女が詐欺師、三男が警官……。こんな家庭が、本当にあるのだろうか？　しかし、岐子は、圭介の話を信じていた。信じざるを得ない説得力が、彼の話にはあったのである。

事実は小説より奇なり。――テレビのＣＭにそんなのがあったっけ？

「信じられないだろうね。当然だよ。なんなら僕を精神病院に入れてくれたっていい。そのほうがこっちも気が楽さ。おふくろが何を盗んだって、兄貴が誰を殺したって、こっちは知らずにすむんだから」

岐子はしばらくの間、じっと圭介の目を見ていた。若い娘心の純粋さというのか、目を見れば、その人の心が分かる、と岐子は信じていたのだ。圭介の目は諦め切った悲しさがあったが、岐子の同情を得ようとするような媚《こ》びが、まったくなかった。この人は本当のことを言っている、と岐子は思った。

岐子はソファから立ち上がって、電話の所へ行き、受話器を上げた。

「――あ、私、岐子。ルームサービスをお願い。モーニングのセットね」

受話器を置くと、呆気に取られた顔の圭介へ微笑みかけて、「お腹、空いてるんでしよ?」と言った。

「――そんなに急いで食べて大丈夫?」

岐子は呆れて言った。

「うん。急に腹が減ってきてね。――安心したせいかな」

「二人前とればよかったかしら」

と笑う。

「怪しまれるよ」

「大丈夫。私、大食漢だから」

「若いんだねえ。少しも太ってないし」

「やめて!」

と真っ赤になった。

「あ、ごめんよ。――そういう意味じゃないんだよ」

岐子は、圭介がオープンサンドの最後の一片を口へ放り込むのを見ながら、

「でも、あなたって家族の人を愛してるのね」

「そりゃそうさ。親父を亡くしてから、みんなで支えあって生きて来たんだ」

「お父さんのこと、憶えてる？」

「いいや……。兄貴はおぼろげに憶えてるらしいけど。もともと仕事での旅行が多くて、あまり家にいない人だったんだ」

「お母さん、苦労なさったのね」

「そう……。あんなこと始めたのも、僕らのためだと思えば、怒るわけにはいかないんだよ」

「そうね。それに、美術品を盗んだって傷つけるわけじゃないし、お金のある所に買い戻させるなんて痛快じゃないの」

「君は探偵なんだろ？」

「私立ですからね、法律には縛られないの」

「ひどい探偵だな」

二人は一緒に笑った。

「それにあなたの家族の方たちって、そりゃ法的には犯罪者なんでしょうけど、その――何ていうか、人間としての良心っていうのかな、その一線は守ってるのね。そこがとても立派だわ」

「立派かどうかは疑問だね」

「でも私――あなたのお母さんなんか、とても好きになりそうよ」

「嬉しいね、そう言ってもらうと」

「お盆を廊下へ出しておきましょ」

岐子は空になった盆を取って、ドアの外へ出すと、一息ついて、

「さて、これからどうするの？」

「さあね。事件がこうも広がって来ると、どうしていいか分からないんだ」

「事件はいくつかあるわけね。二つの殺人。ダイヤの盗難。浜本警部が言っていたように、どうもこれは関連していそうなのよ」

「それが妙だよなあ」

「どういうこと？」

「もし、展示会場へ麻酔ガスを仕掛けるために、島野って記者が殺されたんだとしたら、それは母のやったことじゃないよ。母は暴力を嫌うんだ。ポカリとやって気絶させるぐらいはやっても、人殺しは絶対にしない」

「それじゃ――」

「どうも、僕はダイヤを盗んだのは、母じゃないような気がしてきたよ」

「でも死体が二つともあなたの妹さんのロッジにあったのは……」

「それもおかしい。ともかく妹はあそこにいなかった。誰かが二人を殺し、僕を殴って警察へ通報してる。兄貴のはずはないし、母がそんなことをやらせるはずもない」

岐子はふと思いついて、

「ねえ、ちょっと待って。――島野って人は妹さんの恋人だったんでしょう?」

「女子高校生のね」

「それにしたって、その人の死体が妹さんのロッジで見つかれば、妹さんに容疑がかかるんじゃないの?」

「それはそうだ……」

「そしてもう一人の人。何ていったっけ?」

「角田」

「そう、その人の場合は、現実にあなたに容疑がかかってるわけね」

「うん」

「そしてダイヤモンドが盗まれた。――これで容疑があなたのお母さんにかかったら……」

「やってもいないことで、みんな容疑を受けるわけだ」

「そうだわ! それが犯人の目的じゃないの?」

「というと？」

「鈍いのねえ。犯人はダイヤモンドを盗み出し、そのために人を殺して、その罪をあなた方一家へかぶせようとしてるのよ」

「すると何かい？　僕ら一家がここへ集まったのは、罠にはめられたんだっていうのかい？」

「違う？　あなたは巧く逃げて来たし、妹さんはたまたま橘さんの部屋にいたけれど、そうでなかったら今ごろは留置場だわ」

「それはそうだ……。しかし、どうして僕ら一家を……。それに、なぜ僕らのことを知ってるんだ？」

「あなた以外にも、家族の秘密を知っている人がいるのよ」

圭介は頭をかかえた。岐子の考えは確かに的を射ている。しかし、いったい誰がそんなことをするだろうか？

「そうか、それに、正実の奴だって、ダイヤを盗まれたからには、警備の責任者として、責任を取らなきゃならないだろう」

「クビになるかしら？」

「いや、クビならいいけど……あいつのことだ、自殺でもしかねないぞ」

「まさか!」

「いや、本当さ。——それに兄はきっと橘を殺すように言われて来たんだ。橘ってのはきっとただ者じゃないんだ」

「どうして?」

「兄は組織の裏切者とか、そういった奴しか殺さないんだ。相手が普通の実業家なら、どんなに金を積まれても引き受けないよ」

「じゃ橘さんには何か裏があるのね」

「それも兄への罠だとしたら……。しかし、美香の奴はその橘の所へ二晩も泊まり続けとてる! 畜生! どうしたらいいんだ!」

岐子はしばらく考え込んでいたが、

「ねえ、どうかしら……。私が何とかして妹さんをここへ連れて来たら、話しが少しは分かって来るんじゃない?」

圭介は考え込んだ。

「だって、今のところ、あなたの家族の人の中で近くにいることが分かってるのは妹さんだけでしょ。ともかくできることからやって行きましょうよ」

「岐子さん。君にそんなことをさせちゃすまないよ」

「どうして？」

「危険かもしれない」

「私はホテルの探偵よ。これも仕事のうち」

圭介は岐子の手を取った。岐子は振り払おうともせず、圭介の手に手をあずけていた。

「君は……いい人だ」

「もうちょっと何か言いようがないの？」

と岐子は照れくさそうに笑った。「じゃ、ここにいて動かないでね。メイドさんにも、この部屋には入らないように言っとくわ。退屈でしょうけど、我慢してね」

と立ち上がる。

「じゃ、何か分かったら知らせに来るわ」

「頼むよ。ありがとう」

岐子が部屋を出て行くと、圭介はソファにゆっくりもたれた。――夢のような気分だった。殺人容疑で追われていて幸福というのも妙だが、確かに圭介はこの瞬間、幸福そのものだった。

「いったいどうするの、これから？」

美香は静かに言った。

「何とかなるさ」

「でも、バスルームの死体は——」

「ボディガードたちに、夜になったら始末させるよ。私の言うことなら何でも聞く連中だ。特に昨夜はあの女にしてやられているんだ。喜んで片づけるさ」

「あの女は殺し屋なの？」

「そうだ。前にボディガードの一人がやられただろう。女だとつい気を許す」

「よく助かったわね」

「ルームサービスのおかげさ」

「――ねえ」

「何だね？」

「いつ教えてくれるの？　あなたがいったい誰なのか」

「私は橘源一郎さ」

「でも――」

「そうであって、そうでない」

「からかってるのね」

美香はプイと横を向いた。

「そうじゃない。そのときが来たら教えてあげるよ」

「いつ?」

「――もうすぐだ」

橘は言って、話を変えた。「あの浜本って警部、なかなか抜け目のなさそうな奴だ。君のロッジで死体が見つかったと言っていたが……」

「何のことか分からないわ」

美香は正直に言った。

「いいさ。お互いに隠しておきたいことがあっても、構わないじゃないか」

「ええ」

美香はそっと橘の肩へ頭を載せた……。浜本が、彼女の名前を出さなかったので、隣室で聞いていて、美香はほっとした。橘に対しては、彼女はただ〈ミッキー〉というあだ名の女子大生なのだ。それは実際、美香の大学時代のニックネームだった。橘はそれを聞いて肯いただけだったたし、それ以上、名前も何も訊こうとしなかった。

ドアがノックされて、青年秘書が入ってきた。ソファで身を寄せ合っている二人を見ると、とたんに目をそらし、咳払いをして、

「失礼します！」

「何だね？」

「宝石盗難の件につきまして、保険会社の取締役がご面会したいと――」

「そうか。会わないわけにもいくまい」

橋はちょっとためらって、「レストランに席を作ってくれたまえ。そろそろ昼ごろだろう」

「かしこまりました」

秘書が出て行くと、橋は立ち上がった。

「さて、着替えをしなくては」

「部屋を出ないほうがよくなくて？」

「大丈夫。ボディガードがついているからね」

「でも――」

「心配ないよ。君はここから出ないほうがいい。ここにいれば警察も手を出せない。分かったね？」

「ええ。――そうするわ」

「昼食に何か届けさせよう」

「ここで？　でもバスルームに……」

「食欲が湧かないかね。しかしちょっとの辛抱だ。我慢してくれ」

「分かったわ。早く戻って来てね」

「もちろんだよ」

橘は粋な三つ揃いに着替えると、美香の額に軽くキスして、出て行った。

――廊下で、ボディガードを連れた橘とすれ違った岐子は、そっとその後ろ姿を見送った。食事か。ちょうどいいチャンスだ。岐子は廊下の手近な内線電話を持ち上げた……。

美香は落ち着かない気分で、手近な雑誌や新聞を見た。テレビをつけてみたが、ニュースの時間にはまだ間があった。いくら広い部屋といっても、ビニールの布にくるんだ死体と二人きりというのはいい気分ではない。それにしても、自分のロッジで見つかった死体というのは誰なのだろう？　あの警部がそんな出まかせを言うわけもない。

今度の仕事は、本当にとんでもないことになってしまった。殺人とダイヤ盗難――。考えてみれば、美香にとっては誰かに先を越されてしまったわけだが、美香はそれを少しもくやしくは思わなかった。橘という男性を知ったことのほうが、彼女にとっては、ずっと貴重だったのである。

美香はギクリとした。電話が鳴ったのである。――出てはいけないんだわ。ここには誰もいないんだもの。

だが、電話はいつまでも鳴り続けた。誰かがここにいることを知っているかのように。美香は迷ったすえ、そっと受話器を上げて耳に当てた。

「もしもし」

若い女の声だった。「早川美香さんですね」

美香は受話器を急いで戻した――誰かが私のことを知っている！　電話は鳴った。美香はまるでそれが自分のほうへ飛びかかって来るかのように、後ずさりして、じっと鳴り続ける電話を見つめた。

――岐子は諦めて受話器を置いた。美香がいることは間違いない。何とかして引っ張り出すことはできないだろうか。いきなりドアをノックしても開けてくれそうもない。

「何かいい手がないかな……」

考えあぐんで、廊下をぶらぶらしながら、奥のシーツや毛布を置いてある小部屋の近くまでやって来た岐子は、ふと人の声を耳にした。部屋係のメイドたちが、噂話に油を売っているのだ。

岐子は耳をそばだてた。「警察」という言葉が聞こえたのだ。

「……まだ捕まえちゃいないけど、もうすぐ逮捕されるに決まってるよ」

「でもひどい話だねえ！　実の母親なんだろう？」

「自分の子を重体にさせといて、宝石を盗むなんて、鬼だね！」

「ちょっと信じられないよ、私にゃ」

「じゃ何かい？　私が嘘ついてると……」

「そうじゃないけどさ……」

「間違いないよ！　私がこの目で見たんだ。ロープ、懐中電灯、それに短刀もあったよ」

「ピストルは？」

「もちろんあったさ！　強盗に入るんでなきゃ、誰がそんな仕度をするもんかね」

「でも、それだったら警察はどうしてすぐ捕まえないのさ」

「馬鹿だね、あんたは。それにゃ、ちゃんとわけがあるのさ」

「どういう？」

「陰にもっと大物がいるんだ。そいつをおびき出すのさ」

「なるほどねえ……」

岐子は小部屋の戸口に立って声をかけた。

「ちょっと、今の話だけど……」

「そいつは僕が買った品物だ！」

圭介は声をあげた。岐子は目を丸くして、

「あなたが？」

「そうさ。でも——ピストルはなかったはずだけど」

「ピストルは、そのメイドさんが勝手に付け足したのよ。でも、どうしてそんな物を買ったの？」

圭介は、わざとその品物を発見させて、警戒を厳重にさせ、母が計画を諦めるようにするつもりだったことを岐子に説明した。

「——ところが、君と別れて自分の部屋へ帰ってみると、袋ごと消えてなくなったのさ」

「いったい誰が盗んだのかしら？」

「真犯人さ。母へ罪をおっかぶせるつもりだ。畜生！」

「これで心配したとおりになったわね」

「しかし不思議だなあ。僕があんな物を買ったのが、どうして分ったのだろう？」

圭介は首をひねった。

「誰かがあなたの行動をずっと監視してたのね」

「気をつけていたんだけど……。ま、僕の注意力じゃ大したことはないけどさ」

圭介はいたって正直に言った。自分に対して客観的な目を持っているというのは、長所の一つに数えられていいであろう。

「ちょっと待ってよ」

岐子は言った。分かり切ったことでも、よく確かめるのが大事だ。「ええと、この部屋はあなたの部屋と同じ造りね」

「そうだよ」

「あなた、その袋をどこへ置いといたの？」

「洋服を掛ける所さ。そのカーテンの陰」

「ここ？」

岐子がカーテンを開けた。圭介はソファから飛び上がった。

「その袋！　い、い、その袋だ！」

岐子は呆気に取られて圭介が指さす袋を見た。

「何言ってるの、これは洗濯物を入れておく袋よ」

「え？」

圭介は近寄って、まじまじとその袋を見つめた。確かにあの麻の袋と色や大きさはそっくりだが、ずっと柔らかい布でできていて、よく見ると、「ホテルＶＩＰ」のマークとルームナンバーが入っている。

「何だ、そうか。よく似てたもんだから」

「これに洗濯してほしい物を入れておくと、係の人が持って行って二十四時間で返して来るのよ」

「そうか。金を切りつめようと思って出してないもんだから……。それにしてもよく似てるよ」

圭介は袋を手に取って口を開けてみた。

「やめてよ！」

岐子が真っ赤になって引ったくると、「下着が入ってるのよ！」

「あ、ご、ごめんよ」

圭介も赤くなって、頭をかいた。「つい何の気なしに……」

「本当かしら」

「本当だよ！　信じてくれよ！」

「まあいいわ。——でもそんなに似てるの？」

「うん、見たところそっくりだ」

岐子はふっと眉を寄せて、

「ねえ。……なくなったのは、あなたが昼食に出てる間だったわね」

「そうさ。君とレストランへ行ったときだ」

「もしかすると……そうだわ！」

「何か？」

「ねえ、あなた、その袋を、ここへ置いておいたのね？」

「そうだよ」

岐子の目が輝いていた。

「洗濯物をメイドさんが集めに来るのはね、ちょうどあなたが昼食へ出てたころなのよ。分かる？——たくさんの部屋から、袋をどんどん持ち出して、大きな車に積んで行くの。もし、この、いつも洗濯物入れの袋がある場所にそれとそっくりの袋があったら、きっと何も考えずに、洗濯物だと思って持ち出しちゃったのかもしれないわ」

「それじゃ、袋は盗まれたんじゃなくて……でもおかしいよ。それがどうして母の部屋に……」

「それが問題よ。でも間違って持ち出された可能性は大いにあるわ。——待ってて！　私、その係のメイドさんに当たってみるわ」

岐子は勢い込んで部屋を飛び出した。

「たびたび、お仕事の邪魔をして申し訳ございません」

馬鹿丁寧に克巳は言った。

「は?――あ、なんだ、あなたなの」

電話の向こうで沙織がクスクス笑った。「気どった声出すんだもの」

「社長さん、会議は終わったの?」

「あ、それがね、出かけちゃったのよ」

「出かけた?」

「うん、何だか変なの」

「何が?」

「えらく落ち着かない様子でね。車の用意をさせて急いで出てっちゃったのよ」

「どこへ行ったんだ?」

「よくは知らないの。いつもなら、ちゃんと連絡先を言ってくのに、訊いても返事しないんだもの。――でも、車の用意させるように電話で言ってるのをチラッと聞いちゃったの。『ホテルVIPへ行くんだ』って言ってたわ。――あの、何とかいうダイヤモンドのコレクションが盗まれた所でしょ?」

国宮が来る。克巳は電話を切ると、考え込んだ。殺しを依頼した人間は、殺される相手から極力遠い場所でアリバイを作るものだ。それなのに国宮はここへ来る、という。

何かあるのだ。裏に、何かがある。克巳は時計を見た。午後二時。車で出た国宮がホテルへ着くのは、六時ごろになるだろう。

「気に入らんな」

「この目で確かめてやる」

克巳は窓のカーテンを閉じると、拳銃の手入れを始めた。

4

夜が静かに湖へ降りて来た。

湖畔のホテルやロッジの灯りが、湖面に落ちて揺れている。

警察は報道陣に対し、ダイヤモンド盗難事件について、まだ捜査は見るべき進展のないことを発表せざるを得なかった。

二つの殺人事件についても、容疑者と目される男のモンタージュを作成中であると述べるにとどまった。記者たちは、これじゃ記事にならねえ、とブツブツ言いながら、引き揚げて行った。

「気分はどう？」

香代子は正実の顔を覗き込んだ。

「もう大丈夫。何ともないよ」

正実は肯いて見せた。

「よかったね。まったく一時は一年も眠り続けるんじゃないかと思ったよ。だいたいおまえは寝起きが悪いからね」

「母さん、それはないよ」

正実は笑いながら言った。

「そうそう、その元気だよ」

「僕は……もう駄目だよ。警官失格さ」

「何言ってるんだね。またすぐ働けるさ」

「クビになるかもしれないよ」

「そんなことあるもんか。誰だって、人間、一人の力は限界があるんだよ。英雄じゃないからって悲観しちゃいけない」

正実は、黙って目を伏せた。香代子は立ち上がると、

「じゃ、また明日来るからね。よく眠るんだよ」

「分かってるよ」

「じゃ、おやすみ」

香代子が病室から出て行くと、正実は、じっと天井を眺めた。いくらか頭が重いほかは、もう何ともなかった。

「僕は駄目な奴だ……」

低い呟きが洩れる。――意識を取り戻したときのショックはもう去っていたが、責任者として、このままではすませられないという気持ちは、変わらなかった。せっかく、初めての大役を、こんなふうにしくじるなんて……。

いったい、どんな顔で警視庁へ戻ればいいのだろう？　ガスを吸ってだらしなく眠り込んでしまうなんて！　――もう、警察官としての道は絶たれたと思わなくてはならない。それは正実にとって、すべての終わりだった。

「――死ぬんだ」

正実は低い声で自分に言った。

「あの――」

岐子は、アパートのドアの鍵を開けようとしている娘へ声をかけた。

「え？」

「菅沼康子《すがぬまやすこ》さんね？」

「そうですけど……」

二十歳ぐらいの、よく太った娘だった。太っているといっても、都会的な不健康な肥満体でなく、農家育ちらしい、骨太な逞しい太り方だった。頬が染めたように赤い。

「よかった。昼間からずっと捜してたのよ。私を知ってる？　ホテルにいる浅里岐子だけど」

「ええ、ときどき、お見かけして……」

「ちょっとあなたに訊きたいことがあって。――少し時間、あるかしら？」

菅沼康子は、不安そうな様子で岐子を見ていたが、ドアを開けると、

「どうぞ」

と言って中へ入った。――六畳一間の独り住まいのアパート。簡単な家具があるだけでおよそ飾り気のない部屋だった。

「あなた、各部屋の洗濯物を集める係だったわね」

「はい」

「ちょっと訊きたいんだけど……昨日、あなたが集めた袋の中に、洗濯物でない物の入った袋がなかった？」

娘は慌てて岐子から目をそらして、

「いいえ」

と言った。嘘をつくのに馴れていないのだろう。

「あのね、その袋は、洗濯物の袋とそっくりで、ちょっと見ただけじゃ分からないくらいなの。しかも、いつも洗濯物の袋が置いてある場所に置いてあったっていうから、間違えて当然なのよ。——ねえ、お願い。本当のことを教えてちょうだい。これはとっても大事なことなのよ」

菅沼康子は、しばらくうつむいて、モジモジしていたが、やがてそっと上目遣いに岐子を見て、

「あの……偉い人に……黙っててくれますか？」

「ええ、もちろん！　約束するわ。何もあなたの落ち度だといって責めてるんじゃないの。全然ほかのことで、それが知りたいのよ」

「それじゃ……あの……昨日、集めた袋を地下の洗濯場へ持って行ったんです。そこで気

がついたんです。よく似てたんで、持って来ちゃったらしくて……」

「それでどうしたの？」

「返しに行こうと思ったけど、どの部屋にあったのか、まるで分からないし、返しようがないんです。でも、主任さんに言えばひどく怒られるし……。困っちゃって」

「で、どうしたの？」

「その袋を持って廊下をウロウロしたんです。そしたら、そこへ福地さんがみえて」

「福地さんが？」

「ええ。いつも、とても優しくしてくださるんで、私、思いきって話してみたんです。そうしたら、福地さんが、預かっておいてやると言って……」

「福地さんに渡したの？」

「はい。——きっと失くしたお客さんがフロントへ言って来るだろうから、そうしたら、謝っておいてあげる、って言ってくださって」

「福地さんが持って行ったのね？」

「はい、そうです」

福地が持って行った、その袋が、なぜ、早川香代子の部屋に？　まさか、あの福地が……。

角田が殺された。――島野に続いて。なぜ？　いったいなぜだろう？

美香は青ざめた顔で新聞を置いた。そして逃亡した容疑者の風体は、兄、圭介にそっくりではないか。

「まさか、兄さんが……」

しかし、島野が殺されたときも、圭介はあのロッジにいたらしい。――すると圭介は知っているのだ。美香の裏の生活を。しかし、それにしても、あの二人を殺す動機が圭介にあるとは、美香には思えなかった。

「どうしたね？」

橘が美香の傍へ来て肩を抱いた。

「いいえ。べつに……」

橘はチラリと新聞へ目をやって、

「知っている男かね？」

「いいえ、見たこともないわ」

橘は、ややこわばった美香の顔を見つめて、

「そう。――なら忘れることだ。ここにいて、犯人が捕まるのを待つんだね」

「ええ。――でも、お邪魔じゃない？」

「そんなことはない。いつまでもいてほしいくらいさ」

本当は、いつまでもここにいたい、と美香も思った。だが、橘にはどこか暗い過去がつきまとっているように思える。それが美香には不安だった。

美香は窓辺に立った。

「また、夜になったわね……」

そのとき、電話が鳴って、橘が素早く受話器を取り上げた。待っていた電話なのだろう。

「橘だ。――ああ、来たのは知っていたよ。――分かった、すぐ行く」

「――どこに行くの？」

「なに、このホテルの中さ。ちょっとした知り合いが来てるんでね、会って来るよ」

「気をつけて」

橘は廊下へ出ると、ボディガードの一人を連れて、エレベーターに乗った。十階に降りると、部屋を捜して廊下を歩いて行く。部屋はすぐに分かった。やはり一見して番犬役と分かる大男がドアの前に岩のように足を広げて立っている。

「橘だ」

男は肯くと、ドアを一つ長く、二つ短くノックした。ドアが細く開いて、探るような片目がのぞくと、橘の顔をジロリと眺めて、ドアが開かれた。橘が部屋へ入ると、窓際でドアに背を向けていた男が向き直った。

「いったい何事だね？」

と橘は言って、ソファへ腰を下ろした。

「何事じゃない！　いったいどうなってるんだ？」

苛々と叫んだのは国宮である。

「何を怒ってるんだ？」

橘は戸惑った様子で、「何もかもあんたの計画どおり運んでるじゃないか」

「計画どおりが聞いて呆れる！」

「ダイヤは手に入ったじゃないか」

「そいつなのさ、問題は」

「何が問題なんだ？　あんたはダイヤを手に入れ、私は保険金をもらう。それが条件だったじゃないか」

「ああ、そのとおりだ。だが、ダイヤはこっちの手に入っちゃいないんだ！」

橘が目を丸くして、

「何だって？」

「苦労してあの記者の招待状を手に入れ、イカレた女優の亭主まで引っ張り出して、盗み出す段取りをつけたのに、いざ、おれの雇った連中が忍び込んだとき、ダイヤはもうなかったんだ！」

「——信じられんね」

「それはおれのセリフだ！」

「私に怒鳴っても仕方ないよ。私は計画の詳しい内容など知らされていないんだからな」

「ああ、分かってる。しかし、誰かがおれたちを出し抜いたんだ！」

「それであんたのお出ましってわけか。——ところで私も一つ訊きたいことがあるんだがね」

「何だ？」

「昨晩、私のところへ殺し屋がやって来た」

国宮はちょっと顔を歪めて、

「ふん、金持ちは辛いもんだな」

「あんたがよこしたんじゃないのか」

「どうしておれが——」

「それならいい。しかし間違っても、そんなことは考えんでくれよ」

国宮は渋い顔でソファへ腰を下ろした。

「それより、これからどうするか、だ……」

「手早く片づけますから」

ボディガードがニヤリとして見せた。美香は曖昧に笑顔らしきものを作って肯く。死体を運び出すのを、まるで引越し荷物を運ぶ運送屋みたいな気軽さでやっている。なんとなくひょうきんな男で、美香の緊張をやわらげてくれた。

バスルームでしばしガサゴソ音がして、ボディガードが下に車のついた大型トランクを押しながら出て来た。

「一丁上がりですぜ」

「——重いでしょう？」

何か言わないと悪いような気がして、美香は訊いた。

「いや、何もついていませんからね」

「何も……？」

「重しがね。昔はよく足をコンクリート漬けにした死体を運んだもんでさ。ありゃ重かったですぜ」

美香は、

「そう……でしょうね」

と言って、思わず唾を呑み込んだ。

「じゃ、仲間と二人で下へ運んで来ます。廊下に誰もいなくなるが、大丈夫ですかい？」

「外へ出ませんから」

「そうしてください。すぐ戻ります」

ボディガードは低く口笛を吹きながら、トランクを片手で押して出て行った。あの口笛、どこかで聞いたメロディだわ。美香は思い出そうとした。——ああそうだ。

「天国と地獄」だわ。

橘はどうしたのだろう。——あんな物騒な連中に囲まれていなくては生きていけない。金持ちってみんなそんなものなのだろうか。

きっと彼にしても、暗い複雑な過去を背負っているのに違いないが、それでも彼についていきたい。美香はそう思った。

ドアがノックされた。——彼だわ、とドアへ駆け寄ろうとして、足を止めた。橘なら、ノックなどするはずがない。じっとしていればいいのだ。

「美香！　開けてくれ！　いるんだろう、美香！」

思いもよらぬ声がした。

「圭介兄さん……」

美香はそろそろとドアへ近寄った。たてつづけにノックが響いた。

「早く開けてくれよ！　見つかるとまずい。美香！」

しばらくたってから、美香はドアを開けた。圭介が急いで入ってきて、ドアを閉めた。

「美香……」

「圭介兄さん……」

二人は向き合ったまま、しばらく黙りこくっていた。

「さっきから様子を窺《うかが》ってたんだ。橘が出てったろ。それで見てたら、うまいことに今、ボディガードが二人ともトランク運んで行っちまったから……」

「そう……」

「何だい、あのトランク？　いやに大きかったじゃないか」

圭介は、ロイヤル・ルームの中をぐるりと見回しながら、

「死体でも入っていたのかな」

「ええ、そうなの」

「やっぱり、そうじゃないかと……」

軽く言って、言葉が途切れると、圭介の顔が徐々にひきつったような表情を浮かべ始めた。

「圭介兄さん……」

「おい、美香。――本当に死体なのか？」

「ええ」

「本当の？　生きている死体か？――いや、『生きてる死体』ってのは変だな。つまり、その――生《なま》の死体？」

刺身じゃあるまいし。

「ええ、でも――」

「おい、美香！　おまえ、いったいどうしちまったんだ？」

圭介は妹の肩をつかんだ。「盗難、殺人、死体……。どうしてそんなことに関わり合ってるんだ？　いったい何があったんだ？」

「殺し屋なのよ。女の殺し屋で、彼を殺しに来たのよ。で、逆に死んでしまったの」

「誰が殺した？」

「それは……」

「橘って奴か？　それとも外のボディガードか？　まさか――おまえが？」

「私じゃないわよ！」

「じゃ、橘か？　そうなんだな？」

我知らず声が高くなっている。

「でも──仕方なかったのよ。正当防衛なのよ！」

「それならなぜ警察を呼ばない？　あんな連中にトランクで捨てさせるのは、どうしてなんだ？」

美香も興奮していた。

「事情があるのよ！　あの人には深い事情があるの！　圭介兄さんなんかには分からないわよ！」

「馬鹿！」

圭介は夢中で、妹の頬を平手で打った。美香は息を呑んで頬を押えると、キッと兄貴をにらみ返したが、その目にはすぐに涙が溢れて来た。

「兄さん！」

美香は圭介の胸へ飛び込んだ。「私、怖い……。怖いのよ……。自分がどうなって行くか分からない！」

「美香！　おまえはこんな所にいちゃいけないんだ。人の命が金で取引される世界にいったん足を踏み入れてみろ、二度と出られなくなるか、さっきのようにトランクに詰められて湖にでも捨てられるのがオチさ。——なあ、美香、僕はおまえがいろいろな名前で大勢の男たちを操ってるのは、ずっと以前から知ってたんだ」

「圭介兄さん……」

「でも放っておいた。おまえは人間としてのいちばん大切なことをちゃんと知っているからだ。でも、こんな所にいると、それこそ死体や殺人にも感覚が麻痺して何も感じなくなる。いつの間にか、外にいる連中と同じようになっちまうんだ」

美香は、圭介の手から脱け出ると、よろけるようにソファへ座り込んだ。「美香、おまえの借りてるロッジで、島野って記者と角田さんが殺された。知ってるか？」

「ええ……」

「死体を見つけたのは僕なんだ。島野のときは死体を動かす時間があったんだが、角田さんのときはだめだった」

「私……圭介兄さんがやったのかと思ったわ」

「おい！」

「チラッと思っただけよ。そんなこと、できるわけないものね」

「そうとも、そんな度胸があるわけないさ」

「べつにそういう意味で――」

「いいんだ。臆病者のほうが間違いがないよ」

「兄さん……」

美香が思わず笑った。

「――さあ、行こう！」

「どこへ？」

「おまえはすぐ東京へ帰るんだ。そしてまたどこかへ旅行でもしてろ。後は僕に任せて」

「だめよ。できないわ」

「なぜだ？」

「私……ここにいたいのよ」

美香は顔を伏せた。

「美香！」

「私、あの人を愛してるの」

「あの人？」

「橘さんよ。――本当に愛してるのよ。離れるわけにはいかないわ」

圭介はまじまじと妹を見つめた。――本気なのだ。紛れもない本心だ。

「畜生！」

圭介は呟いてソファへ座り込んだ。

第五章　愛とダイヤモンド

1

人間は死に場所を選ぶ。

正実は、そろそろとベッドに起き上がると、しばらくそのまま動かず、軽い目まいがするのをこらえた。まだ麻酔ガスの作用が尾を引いているのだ。少し胸がむかついたが、しばらくじっとしているうちにおさまってきた。

「よし」

と呟いて、ベッドから降り立つ。ゆっくりと服を着ながら時計を見ると、十時にあと五分というところだった。

「いい時間だ」

やはり死ぬのに朝の九時とか午後三時というのは、なんとなくふさわしくないように正実には思えた。午前九時はサラリーマンの出勤時間だし、午後三時はおやつの時間、と反射的に思い浮かぶ。どう考えても、悲劇的な死とは結びつかないのである。その点、夜十時というのは、テレビでも深刻な大人向きドラマの時間だし、死への旅立ちには格好の時間ではないか。——まあ、いずれにしろこじつけに過ぎないのだが、ともかく正実は身の引きしまる思いで、病室のドアを開けたのである。

ドアのすぐ傍の椅子で、地元警察の刑事が居眠りをしていた。いちおう、正実の護衛役ということなのだが……。

「大した護衛だよ」

と正実は苦笑いした。——ふと思いついて、大口を開けて眠りこけている刑事の上着をそっと開いてみた。ショルダー・ホルスターに収めた拳銃が目に入る。拳銃。——これこそ刑事の死にふさわしい道具だ。〈刑事、電車に飛び込んで自殺〉〈刑事、川へ身投げ〉なんていうよりは〈凄絶！　早川刑事、引責のピストル自殺〉のほうがはるかに様《さま》になる。

正実はそっと刑事のホルスターから拳銃を抜き取った。そっと、といっても、そうやすやすと抜けないようにはなっているが、刑事のほうはよほど疲れていると見えて、まるで目を覚まさない。

「悪いですね……」

と、いちおう言葉をかけてから、拳銃をズボンのベルトへはさんで、上着で隠す。この刑事が、拳銃を盗まれたことで責任を問われるに違いないと思うと、いささか気は重かったが、べつにこの銃で人殺しや強盗をしようというわけではない。自分の死に同情し、きっと許してくれるだろう。ひょっとすると、葬式に香典ぐらい出してくれるかもしれない。

さて手段は決まった。後は場所である。これも、どこでもいいというわけにはいかない。病院の中というのはどうも不向きな感じだし、その辺の道端で死ぬのも節操がない。やはり死とは孤独なもので、静かな所で独りになっていてこそふさわしい。——まあ、なにせ湖畔の町のことだ。独りになる場所には事欠かないが、岸辺などで自殺したら、なんだか失恋のあげくと誤解されそうな気もする……。

ともかく病院を出た正実は、夜の町をゆっくり歩き出した。なにしろ、何でも思いつめる性質《たち》の人間は、死ぬにもかなりウルサイのである。

「この道を行くと、ホテルＶＩＰだな」

暗い道の奥を見やって、正実は、はた、と思いついた。そうだ、あのホテルだ！　それも盗難のあった、あの会場がいい。あの部屋で自ら命を絶てば、責任を取って自殺したこともはっきりするし、場所も静かだし、申し分ない。

「よし！」

意を決して、正実はホテルＶＩＰへの道を歩き出した。そのきびきびした歩調を見て、正実が今から自殺しに行くのだとは誰も思うまい。

少し離れて、正実の後ろから一つの影が動き始めた。

どうも気に入らない。——克巳は、橘のボディガードたちが、大きなトランクを車に積み込むのを、植込みの陰から盗み見ながら、首を振った。どうもただの荷物ではなさそうだ。トランクの大きさ、持ち上げるときの感じからいって、中身は死体だろうと思った。それは別に驚くほどのことではない。問題はその死体が誰かということである。

見当はついていたが、それだけに、認めるのは怖かった。——畑中晶子。本当の名前は知らないが、そう名乗っていた、あの女ではないだろうか。

モーターボートに襲われて、溺死したにしては、死体も、遺留品もあがらない。といって、生きていたなら何かの連絡があるだろう。戻って来ず、何の連絡もないということは……。実際のところ、克巳は、晶子がモーターボートの男と仲間で、晶子自身が克巳を襲わせたのだと思っていた。そうでなければ、ああして待ち伏せていることなどできなかったろう。それにボートが転覆し、水へ投げ出されてすぐに、晶子の姿が見えなくなったのも、あらかじめ計画のうちだったからだろう。

しかし、そう思っても、不思議と晶子への怒りは湧いて来なかった。だましたといって、自分でもそれを怒れる立場ではない。もし晶子がプロの殺し屋ならば、あれぐらいの駆け引きは当然のことだ。——そもそもの発端、彼女のボートが転覆した事件からして、彼女と相棒の狂言だったのに違いない。おそらくは、克巳に橘を殺させまいとしたのだろうが、克巳を罠にかけるところまでは成功したものの……。橘源一郎は生きている。それは言い換えれば、彼女が死んでいるということになるのである。

可哀そうに……と思った。同業者への敬意、共感といったものと、それだけではない、複雑な思いが克巳の胸中を駆け巡った。本来なら出し抜かれて、腹を立てなければならないのだろう。失敗したのを、いい気味だと冷笑するところなのかもしれない。しかし、克巳はとてもそんな気持ちにはなれなかった。部屋代のかわりに、と抱かせた彼女の肉体。それは本物だった。

克巳の愛撫に燃え、絶頂を極めて打ち震えた全裸の彼女は、本物であった。——殺人者は、孤独なのである。晶子が、あんな手間をかけてまで克巳に近づいたのは、ただ克巳の邪魔をするためでなく、男としての克巳に興味を持ったからではないのか。プロの殺人者としてでなく、女として……。

克巳は、危うく殺されかけ、命拾いしながらも晶子が失敗したのが、残念でならなかった。

あのトランク……なんとか中を確かめてやりたい、と思った。

ボディガードたちは、ライトバンにトランクを載せると、運転席の男と、二言三言交わして、ホテルの中へ戻っていく。拳銃を抜いて、克巳は、ボディガードたちの姿が視界から消えるのを待った。車のエンジンがかかり、ゆっくりと滑り出す。ボディガードからはもう見えない、と判断すると、克巳は植込みの陰を飛び出した。走り始めたライトバンへ向かっていっきに駆け寄り、運転席の傍の窓へ、飛びついた。

「車を停めろ！」

克巳の拳銃が運転している男の頭を狙った。男は逆らわず、ライトバンを停めた。克巳は車から二、三歩退がって、

「降りろ」

と命じた。まだ若い男で、顔が真っ青になっていて、おそるおそる車から降りて来る。

「向こうを向け」

男がライトバンの屋根へ両手をついて、克巳へ背を向けた。二歩で近づいて、銃把で一撃すると、男はそのまま崩れ落ちた。

トランクをこじ開けるのは、いたってやさしかった。——彼女は、妙にねじ曲げられた姿勢で、押し込められていた。窮屈でも、苦しくても、もう何も言えないのだ。予期して

いたとはいえ、克巳の胸は、締めつけられるように痛んだ。

橋を殺す。——克巳にとって、それはすでにビジネスではなかった。


「いや！　そんなの、いやよ！」

美香は頑として拒んだ。

「言うとおりにするんだ。いいか、事態はそんなに呑気なものじゃないんだぞ」

圭介は断固たる口調で言い聞かせる。「おまえが借りたロッジで隣人が殺された。当然、警察は彼とおまえの仲を疑うだろう」

「私はずっとここにいたわ！」

「だからますますいけないんだ。おまえ自身が手を下さなくったって、橘があのボディガードにやらせることだってできる」

「そんなこと、してないわよ」

「僕は信じる。しかし警察も信じてくれるとは限らんぞ。おまえと橘が恋愛関係にあるとなれば、共謀して、しつこくつきまとう角田を部下に殺《や》らせたと思うだろう。それに、おまえの二重生活が明るみに出るようなことにでもなれば、警察は大喜びだろうよ」

圭介は、妹が動揺しているのを看《み》て取って、痛いところを突くことにした。

「……おまえがいつまでも、この部屋にいれば、橘は重要な証人を故意に隠した罪に問われることになるかもしれないんだぞ」

「まさか……」

「本当だ。僕だって弁護士の卵だ。それぐらいのことは分かる」

美香が、深くため息をついて、両手に顔を埋める。圭介はその肩に手を置いて、

「おまえがあの橘って男を本気で好きなのなら、僕もべつに反対しようとは思わないよ。おまえは大人だし、自分のしていることは分かる女だ。だけど今は――いや、だからこそ、ここにいちゃいけないんだ。分かるな？」

「ええ……」

「よし、さあ、あのボディガードたちが戻って来ないうちに早く！」

と促したとき、ドアにノックの音がした。一瞬ギクリとする。圭介はドアへ駆け寄って覗き穴から外を見た。――岐子だ！　圭介はドアを開けた。

「あ、ここだったの、やっぱり」

岐子は圭介をにらんで、「どこへ行ったのかと思ったじゃない」

「いいところへ来てくれたよ。おい、美香！」

圭介は美香を引っ張ってくると、「妹なんだ。君の部屋に置いておいてくれないか」

岐子は呆気に取られながら、

「いいわよ……。でも、どうなってるの？　橘さんは？　廊下のおっかない人たちは？」

「今、留守さ。さ、妹を頼むよ」

「ええ。私もちょっと調べて分かったことがあるんだけど……」

「後で聞くよ。今は時間がない。あの連中がいつ戻って来るかもしれないんだ」

「分かったわ。さあ、行きましょう」

「心配することはないよ、美香。この女性は若いけど、優秀な探偵なんだ。この人の部屋にいれば大丈夫」

「圭介兄さんは？」

「僕はここにいる。まさか橘だって僕を警察へ突き出したりはしないだろう」

「でも……」

「僕に任せておくんだ。さあ、早く行って」

美香と岐子が行ってしまうと、圭介は広い室内を見回した。——橘が戻れば、正面切って、男同士の話し合いをするつもりであった。美香が不幸になるのを、兄として見捨ててはおけない。橘のほうから、美香と別れるべきである。そう話をするつもりだった。

圭介はもっかのところ、自分にかかっている殺人容疑のことなど、まるで念頭にない。

岐子のことも、彼女のみずみずしい裸体のことも……。今、圭介はただひたすら妹思いの兄なのである。

しかし、さしあたり、橘より先に、あのトランクを運んで行ったボディガードが戻って来る可能性が大きい。部屋をちょっと覗くぐらいのことはするかもしれない。それで見つかってしまったのでは困る。いったんどこか隠れる場所が必要だ。

ロイヤル・ルームだけのことはあって、壁に造りつけた大きな衣裳戸棚があり、横滑りの扉を開けると、仕立て下ろしという感じの背広や、コート、ジャケットの類いが、ズラリと並んでいる。圭介は思わずゴクリと喉を鳴らして、

「——これ一着でおれの月給なんてふっ飛んじまうんだろうなあ」

とため息をついた。しかしともかく、このしきり戸棚の中なら、悠々隠れていられそうだ。

中へ入って扉を閉めると、足もとのかすかな隙間から洩れる光がわずかに床を浮かび上がらせているだけで、何も見えない。

「どうせなら奥のほうへ……」

と、洋服の吊してある下をかがんで進んで、突き当たりの壁際にもたれて腰を下ろした。

しかし、いったい橘というのは何者なんだろう？　石油成金、ギャング、人殺し、プレ

イボーイ……。けばけばしい表面の奥に、何かがある。あの美香が、あんなにも魅せられてしまったのは、橘が世間一般に知られているだけの男でなかったからであろう。

手が何かに触れた。袋——洗濯物を入れておく、例の袋だ。だが、なんとなく妙な感触だった。底のほうに、何か固い物がある。圭介はしばらくためらってから、袋の口を開けて、手を突っ込んでみた。布きれをかき分けていくと、手触りの違う袋があった。つかんで持ち上げると、ズシリと重い。

「何だろう」

床へ置いて、洩れて来る光の中へ、袋の中の物を出してみる……。「これは……！」

思わず息を呑んだ。それはわずかな光を受けて、まぶしいほどにきらめいた。——ダイ、ヤ、ヤモンドだ！

震える手で、袋を逆さにした。床の絨毯に、光の山ができた。指環、ネックレス、ブレスレット……。

展示会場から盗まれたはずのダイヤモンド群なのだ！

「でも……どうして……ここに？」

圭介は床へ座り込んでしまうと、目の前のダイヤモンドを、まるで幻か何かのように、いつまでも手を触れずに見つめていた。

「——じゃ、私は失礼するよ」

橘はゆっくりと立ち上がった。「構わんだろうね」

「何を急いでるんだ？」

国宮が意味ありげに訊いた。

「急いじゃいないさ。しかし、何か用があるのか？」

「ダイヤを盗んだのがおれたちでないと知っても、大して驚きもしないようだな」

橘は肩をすくめた。

「それはあんたの問題だからな。私は保険金が取れればいい。あんたはダイヤを盗んだ人間を捜して取り戻すんだな」

「ずいぶんと冷たいセリフじゃないかね、橘さん」

「冷たい、とはまた……」

橘は苦笑した。「初めからの約束のはずだ。あんたは宝石。私は保険金」

「保険金——と、宝石じゃないのか」

やや沈黙があった。橘は国宮の配下の男たちが、目立たぬ動きで、自分の椅子の背後を塞ぐのを感じた。

「私があんたを裏切った、と言うんだね。何を根拠に？」

「タイミングがよすぎると思わないかね。麻酔ガスのボンベが爆発してから、おれの部下たちがあの会場へ忍び込むのに、十五分しかなかった。十五分で、あのガスは室内の換気でほぼ消えるはずだったから、連中はそれまで外で待機していた。部屋へ入ったのが、その五分後としても、そのわずかな間に、誰かがダイヤを盗んだとしたら、そいつは、ボンベの作動する時間を知っていたに違いない。しかも盗んだ奴は、ご丁寧に、ケースを閉め、覆いの布までもとどおりにかけている。どうもそんなことのできそうなのは、橘さん、あんたしかいないと思うんだが……」

「冗談も休み休み言いたまえ」

穏やかに、しかしきっぱりした口調で、橘は切り返した。「私がどうしてそっちの計画の詳しい点まで知っているというんだね。私は日本へ戻って来てから、ほとんど他人と接触していない。そんな機会のあるはずがなかろう。それにだ、こっちにも言わせてもらうことがある。――あんたは暴力沙汰にはしないと約束した。だから私も話に乗ったのに、あんたは島野とかいう記者を殺して招待状を奪った。そんなことをあらかじめ知っていたら、私はあんたとは組まなかったろう」

国宮は顔を紅潮させて、橘をにらみつけた。橘は続けて、

「これは私にとっては、命をかけた賭けなのだ。――そんな小細工をすると思うのかね。それより、情報が洩れたのは、あんたのところなのだ。自分でよく調べてみるんだね」

橘は静かに立ち上がって、ドアのほうへ向かった。国宮の配下の屈強な男たちが、橘の前へ立ちはだかる。橘は国宮を振り向いて、

「この連中をどかせたまえ」

と言った。国宮はじっと唇をかんで迷っていたが、やがて諦めたように手を振って、

「通してやれ」

と命じた。壁が左右へ割れ、橘は悠然とドアへ向かった。

「賢明だったよ、あんたは」

ドアのノブに手をかけながら、「妙なことを命じていたら、危なかった」

ドアが開くと、橘のボディガードが立っていた。無表情に、片手を上着のポケットに入れている。

「あんたの番犬は、ちょっと眠っているらしい」

と、橘は軽く会釈してドアを閉めた。

残った国宮は、

「畜生！」

と吐き捨てるように言った。電話が鳴る。

「――国宮だ。――今、どこだ？――何？　それじゃ展示会場に？――そうか。構わん。もし自分で死なないようなら、殺せ！　金は別に出す」

「――分かった。自殺に見せかけるように殺せるだろう。――今度は少し高いぞ。なにしろ警官を殺るんだからな」

内線電話を置くと、その男は廊下を静かに奥の〈富士の間〉へ向かって飛んだ。半分開きかけたドアを押すと、暗い会場の中を見渡す。窓辺に、外を眺める後ろ姿のシルエットがあった。ドアがかすかにきしって、正実が驚いて振り向いた。

「誰だ！」

男は黙って会場の奥へと歩いて行った。窓から射し入る月光が男を捉えると、正実はじっとその顔を凝視した。それからほっと息をついて、

「何だ、驚いた。――あなたでしたか、浜本警部」

2

橘コレクションのダイヤが、橘自身の部屋に……。圭介は悪い夢を見ているような気がした。これはいったいどういうことになっているのか。

橘は自分で自分のコレクションを盗んだのだろうか？　しかし、何のために？

「——そうか。保険金だ」

圭介だって弁護士の卵だ。それぐらいの考えは浮かぶのである。しかし、石油成金の大富豪がどうしてそんな危険を犯さなければならないのか。

兄の克巳が橘を殺そうとしている。橘には裏があるのだ。マスコミが描いている単なる成金とは違うのだ。——なにか複雑な事情がからんでいるに違いない。

圭介は、ふと、こいつはいい物を見つけたぞ、と思った。——といって、なにもダイヤモンドを持ち逃げしようというわけではない。圭介だって、もちろん金はほしい。「池尾法律事務所」は安月給だし、このホテル代も、なけなしの貯金をはたいているのだ。——いや、同じ愚痴を何度も聞かせてはいけない。——ともかく、たとえこのダイヤを持ち出しても、圭介には売り捌く法《すべ》がない。下手《へた》にどこかへ持ち込めば、たちまち宝石泥棒として「御用！」である。圭介が思ったのは、このダイヤを種に、橘に美香と別れさせられるのではないか、ということだった。

宝石泥棒――それも、圭介が三人束になっても敵《かな》わないようなボディガードが何人もついている男を脅迫しようというのだから、無鉄砲の極みであるが、この時点で、圭介はまだその点に考えが及んでいなかった。そしてそのとき、部屋のドアが開いたのである。

「――よく見張っていてくれ」

橘がボディガードに言う声が聞こえた。ドアの閉まる音。

「――戻ったよ。どこにいるんだ？」

橘は声をかけた。洋服戸棚の中では、圭介がせっせとダイヤを袋へ戻している。橘がドアを開けては閉める音が二度、三度と続いた。

「どこなんだ？――ミッキー！」

美香のあだ名だ。圭介ははっと胸を突かれた思いだった。――美香！　おまえのためだ。おれはおまえのためを思って……。

橘がドアを開けて、ボディガードたちに問い質しているのが聞こえて来る。ボディガードたちも困惑しているようだった。しばしのやりとりの後、ドアが閉まって、橘が部屋の中をゆっくり歩き回る気配がした。

よし、今だ。出て行って、このダイヤモンドの入った袋をつきつけてやる。大きく息を吸い込んだ圭介は、スックと立ち上がった。――そこが戸棚の中であることを、圭介はその瞬間、忘れていた。圭介は、ハンガーを掛ける金属のパイプの真下に座っていた。わずか数センチの差ではあったが、パイプの高さは圭介の身長に及ばず、したがって圭介は、いやというほどパイプへ頭をぶっつけた。

「うッ！」

と声をあげ、よろめく。戸棚の戸へ思わずもたれかかると、ガタガタと音を立てて、戸がレールから外れ、圭介は戸へ折り重なるように室内に転がり出た。

頭の痛みをこらえ、ようやく体を起こし、顔を上げると、唖然として圭介を見つめている橘の顔があった。物音を聞いたボディガードがドアから飛び込んで来た。

「何です、こいつは！」

橘は、圭介の手にした布の袋を見た。

「おおかたホテル泥棒だろう」

「いつの間に入り込みやがった」

ボディガードの逞しい腕が圭介の手をぐいとねじ上げた。袋が床へ落ちる。橘は素早く拾い上げて、

「中を見たのか」

「ぼ、僕は――」

圭介は言いかけて、腕をねじられる痛さにアッと悲鳴をあげた。

「どうします？」

橘はため息をついて、

「見られてしまったのなら、やむを得ん」

「巧く始末しますよ」

圭介の顔から血の気がひいた。

「待ってくれ！　僕は泥棒じゃない！」

「さっさと来な。ここで眠らせてやろうか？」

「話があるんだ！　僕は――」

ボディガードの鉄の塊りのような握りこぶしが圭介の腹へ食い込んで、圭介は苦悶の呻きとともに気を失った。――すっかり、殴られて気絶する癖がついてしまったらしい。

「連れて行け」

橘は、ボディガードたちが圭介を引きずって出て行くと、ダイヤの入った袋をテーブルに置いた。そして、受話器を取り上げ、内線をダイヤルした。

「――ああ、私だよ。今誰かが忍び込んで、例の物を狙おうとした。――いや、大丈夫だ。しかし早いほうがいい。――分かった。待っている」

と受話器を置きかけて、「――え？――そうだな。会うのが楽しみだよ」

と微笑んだ。そしてゆっくりと受話器を戻した……。


「どうしよう……」

岐子は閉じたエレベーターの前に立って迷った。階数表示は「9……8……7……」と移って、「B2」で停まった。駐車場である。大変だ！　車でどこかへ連れて行くつもりらしい。

橘の部屋の様子を見よう。そう思ってそっと近づいた岐子は二人のボディガードに両腕を取られてグッタリとした圭介の姿を目にして、慌てて手近なドアへ身体を寄せた。ドアは廊下から三十センチほど引っ込んでいるので、ちょっとした凹みなのである。

どうやら気絶していたようだ。駐車場から、どこかへ車で連れ出されたら、もう後を追うこともできない。岐子はボタンを押してエレベーターを呼んだ。ガードマンか警察へ知らせるにしても時間がない。都合よく昇って来る箱がある。――けれど自分一人で行って、どうしよう？　まさか空手を振《ふる》って屈強のボディガードたちを叩きのめすなどという芸当もできない。地下一階にはガードマンの詰所もあるが、エレベーターからはかなり離れているのだ。

エレベーターの扉が開いて、中から三十七、八の精悍な感じの男が降りてきた。よく鍛えたらしい体つきをしている。まったく、無意識の行動といってもよかった。岐子はその男性の腕を取った。

「お願いです！」

「何です？」

「ある人の命が危ないんです！　一緒に来てください！　私一人じゃどうしようもないんです！」

男は驚きをあまり顔に表わさず、

「警察へ知らせたらいかがですか？」

「間に合いません！　駐車場から連れ出されるらしいんです！」

岐子は男が手を振り払って行ってしまうかと思った。——が、男はひと言、

「分かりました」

と肯くと、岐子を促してエレベーターへ戻り、「B2」を押した。

「——ありがとう」

岐子は言った。男は事務的な口調で、

「連れて行ったのは何人です？」

「二人。でも大男です。橘さんのボディガードですから」

男の目が光った。岐子は気づかなかったが……。

妙なことになったもんだ。――克巳は、扉の上の階数表示をじりじりしながら見上げている若い娘を見やって、思った。娘の訴えに何やら切迫したものがあったし、なかなか可愛い娘だったので、こうしてついて来たが――橘のボディガードが誰かを地下室へ連れて行ったとは。

「連れて行かれたのは？」

娘が一瞬ためらって、

「私の――恋人です」

「なるほど」

エレベーターが地下二階へ着いた。駐車場を示す矢印がコンクリートの廊下の壁についている。

それを辿って、広々とした駐車場へと出る。

「どこに行ったのかしら……」

「静かに」

克巳は耳を澄ました。地下の駐車場では、物音や人声は大きく反響する。——男の声がする。一人ではない。

「靴を脱いで」

と克巳は低い声で言った。

「え？」

と岐子が思わず聞き返す。

「低い声で。——靴の音はよく響きます」

「は、はい」

「ついてらっしゃい」

靴をその場に脱ぎ捨てて、二人は、太い柱の陰と、駐車してある大型の高級車の間を、身をかがめながら進んで行った。

「——まだか。早くしろ」

男の声がする。

「もう少しだ」

答える声は、黒塗りのフォードの後ろのほうから返って来た。克巳たちは、三台手前の車の陰に身を寄せて、そっと覗き込んだ。気を失っているらしい男がコンクリートの床に寝かされて、その上へかがみ込んだ大柄の男が、何やらゴムホースのような物をいじっている。克巳からは、倒れている男の顔は陰になって、よく見えなかった。

「……何をしているのかしら？」

岐子が囁いた。

「エンジンの排気をホースで気絶している男の口へ送り込むんですよ」

「それじゃ……」

「中毒死ですね。十分とかからない」

岐子が血の気の失せた顔で、

「なんとかしなくちゃ！」

「まあ、待ちなさい。あんな連中が相手では、飛び出して行ってもどうしようもない」

「だって、あの人が――」

「なに、簡単ですよ」

克巳は車の陰を離れると、太いコンクリートの柱の下へと駆け込んだ。途中で、ちゃんと火災報知器の場所を見ておいたのである。ポケットからライターを取り出し、点火して、炎を火災報知器の下へかざす。数秒の後、けたたましいベルの音が、地下の駐車場に響きわたった。

連中は慌てふためいているに違いない。ともかくすぐこの場から逃げ出すだろう。問題は倒れた男をどうするか、だ。放っておくか、手早く殺して逃げるか。またかついで行くひまはあるまい。克巳は、何もそんな男を助ける義理はなかったが、橘のボディガードに畑中晶子の仕返しをしてやりたかった。非常ベルが鳴り出すと、克巳は岐子のいる車の陰へ駆け戻った。案の定、二人の男は何やら言い争っている。倒れた男をどうするか、もめているのだ。

一人が駐車場の出口へ向けて駆け出した。残った一人が上着からナイフを取り出す。

「殺される！」

岐子が思わず叫んだ。克巳は、この娘の前で拳銃を抜きたくなかったが、放っておくわけにもいかない。ボディガードがかがみ込んで、犠牲者の喉をナイフで切り裂こうとする寸前、克巳の拳銃から飛び出した銃弾がナイフを持つ手を貫いた。銃声が非常ベルに混じって響きわたった。ボディガードの男も、傷ついた手をかばって、一目散に、先に出た一人の後を追った。

克巳は岐子を見た。岐子が、目を見開いて、克巳の手の拳銃を見ている。

「僕はあなたの恋人を助けた」

克巳は拳銃を収めて、「黙っていてくれますね」

「はい！」

岐子は肯いた。怯《おび》えて無理に承知しているわけではないのだ。それは克巳にもよく分かった。

「それじゃ、僕も消えます」

「忘れません――ご親切は」

克巳はちょっと微笑んで、エレベーターのほうへと急いだ。駆けつけてくる数人の足音が響いてきた。

「親切か――」

克巳は、まさか自分の弟の命を救ったのだとは、知る由もなく、エレベーターに乗り込むと、一階へ昇って行った。

岐子は、不思議な男の姿が視界から消えると、倒れている圭介のほうへと駆け寄った。

「圭介さん！　しっかりして！」

岐子が揺さぶると、圭介はウーンと唸って目を開いた。

「よかった！――大丈夫なの？」

「ええ?……ここは……何だい、あの音?　やかましいなあ」

「何言ってるのよ」

岐子は思わず笑い出しそうになった。


「もう大丈夫なのかね?」

浜本は正実と並んで窓辺に立った。

「ええ、おかげさまで」

「まだ入院していなくてはいけないんじゃないのか」

「なに、もう何ともありません」

それに、と正実は思った。どうせ死ぬのだ。入院費用の分だけ無駄になる。

「こんな所で、何をしているんだね?」

「はあ……。なんとなく来てみたくなって」

正実は曖昧に言った。

「今度の件は災難だったな」

「いいえ……。私の無能のせいです」

「そんなことはない。誰も君を責めはしないよ」

「私はここの警備責任者でした。盗難に遭ったのは、任務の失敗にほかなりません」

「それはそうかもしれないが……君だって、危うく命を落とすことになったんだ。みんな同情しているよ。あまり気に病むことはない」

正実は重々しい口調で、

「私はいっそ死んでいればよかったんです」

「馬鹿なことを！」

浜本は怒ったような口調で、「死んでどうなるというんだね？」

正実は答えなかった。浜本はやや間をおいて、

「君は、死ぬつもりでここへ来たのか？」

正実はギクリとした。

「やはりそうか」

浜本は続けて、「君のその強い責任感には敬服するが、やはり死ぬことには賛成できんね」

「止めないでください！　とてもおめおめと東京へは戻れません」

――浜本は心の中で冷ややかに笑った。止めるもんか。さっさと死ぬがいい。

「気持ちは分かるが、君、死ぬまでのことはなかろう」

浜本もベテランの警官である。相手を見る目には自信があった。こいつは単純で、意固地な奴だ。この手の男には、反対するに限る。ますます決心を固くするに違いない。

「いえ、恥をさらして一生を終えるより、潔く死にたいんです」

「しかしだね、たとえ——たとえ、だよ、この件で君が責任を取らされ、警官をやめなければならなくなったとしても——」

「やはり、そう思われますか？」

と正実が遮った。

「何を思うって？」

「つまり——やはり私はクビになるのでしょうか？」

「さあそれは……私には何とも……」

「それなら、なおさらのことです。生きていて、クビにされるよりは、まだ名誉ある死を選びます」

名誉ある死、だと？　フン、名誉が笑わせる。——警官が命を楯に凶悪犯と闘うのを、世間の連中は、テレビドラマか何かと同じようにしか見ちゃいないんだ。子供が誘拐された、若い娘が殺されたとなりゃ、マスコミも大騒ぎ。だが警官が死んでも誰も気にも留めやしない。

名誉ある死だと？　そんなものがあるもんか。ただあるのは、無意味な死だけだ。――となりゃ、生きているほうがいい。そして生きているからには金だ。そうとも……。

「浜本さんが私の立場だったら、どうなさいます？」

正実の言葉に、浜本は一瞬ギクリとした。

「私だったら？――そうだな。私なら――やはり自殺するだろう」

「そうでしょう！」

「しかし、私はもうベテランとして通っている。名も知られている。――だからこそだよ。君はまだ若い。失敗があって当然だ。君は死ぬことはないよ」

「いいえ、責任の重みは、新米もベテランも同じことです」

正実は頑として言い張った。「浜本さんが、私の立場なら、同じようにされるとうかがって安心しました。――自殺は一種の逃避かもしれないという、一抹の懸念があったものですから……。でも、これでふっ切れました」

「そういうふうに取られては困るんだが……」

いいぞ、もう少しで奴は自殺する。浜本は内心ほくそ笑んだ。

3

ドアが開いて、橘の姿を見ると、美香はもうたまらなくなってしまった。

「ああ、あなた！」

と胸へ飛び込む。

「君……。戻ってきてくれたのか！」

「ええ、戻ってきたわ！　ごめんなさい。もうあなたから離れない！　決して！」

「――さあ、おいで」

橘はドアを閉め、美香をソファへ導いた。橘の心は重かった。今ごろはさっきの男が死んでいるだろう。――殺したくなかった。しかし、やむを得ない。生きるためだ。

「本当にごめんなさい。私……」

「いいんだ。何も言わないでくれ」

橘は美香の頬を撫でた。「君が出て行っても、私にそれを止める権利はない。――しかし、寂しかった」

「あなたが好きです……」

二人の唇が強く押しつけられた。美香は激しく吹き上げて来る激情に身を委ねた。

「抱いて！……今すぐに！」

寝室へ行くゆとりもなかった。二人はただ急ぐ若者同士のように、ソファの上で、性急に愛し合った。美香はそれでも満足だった。今までに感じたことのない、目のくらむような快感を極めた……。

「——話そう」

「え？」

「私が何者なのか」

「——もう、誰だっていいの。あなたがたとえマフィアの親分だって」

「私はそんなに大物じゃない」

と橘は笑った。

二人は服を直して、ソファへ腰を下ろした。

「——橘源一郎という人間は、もともと存在しないのだよ」

「というと……偽名なの？」

「いや、それともちょっと違う。そうだな、むしろ企業の名といったほうが近い」

「え？」

美香は戸惑った。

「つまり、会社の名さ。○○社、○○製作所、といった類いの名があるだろう。それがたまたま、橘源一郎という名前だったわけだ」

「――分からないわ」

「つまりね、〈橘源一郎〉というのは、日本の財界人や実業家たちが出資して作った秘密の企業なのだよ。――中東で石油を獲得し、莫大な利益を上げる。しかし、出資者たちは、その利益はあくまでも知られたくない。国外での秘密財産にしておきたい。そこで連中は、橘という、謎の石油王をこしらえ上げた。そして橘がその莫大な利益の主という形にしてマスコミへそのニュースを流したんだ。マスコミがいくら調べても正体がつかめないのは当然さ。もともと存在しない人間なんだから。しかし、まったく存在しないのでは怪しまれ、やがて、その裏に気づく者も出てくる。そこで私が雇われたわけだ。――私は事情あって日本へ帰れない身でね、中東でいろいろと危ない仕事をやって来た。――そうは見えないだろうが、もう六十を越えているのだよ」

「あなたは若いわ」

「命をはって生きてきたからだろう。――それはともかく、私は橘源一郎として現地の運営に当たり、巧くやって来た。といって大してすることもないんだ。石油は勝手に出て来るんだからね。それに、現地へやって来る日本のマスコミに、いかにももっともらしい噂を流すことが仕事だった。――私は指示のとおりに動く操り人形だったが、悪い役回りではなかったよ。ところで、私がダイヤモンドを集めていたのも、もちろん出資者の指示だった。というより、利益は最終的にすべてダイヤに換えられることになっていたんだ。価値の変動も少ないし、分配も秘かに行なえる。――ところが、最近、石油のほうが危なくなって来た」

「危ないって？」

「油田が現地の民族運動のおかげで、国家へ強制的に取り上げられそうになったわけさ。慌てたのは出資者たちだ。これまでの利益まで取り上げられては大変と、ダイヤをすべて持って帰国するように指示が来たんだ」

「それで帰って来たのね」

「本当ならこんな架空の人間が入国するなんて、とても不可能だが、なにしろ出資者は大物揃いだからね、そこは巧く手を回して話を通してしまった」

「そしてダイヤを持って帰って来た」

「そう。盗ませるためにね」

「何ですって？」

「分からないかね？　こんな有名なダイヤ・コレクションを、どうやって出資者へ分配する？　もし橘源一郎の秘密が知れれば、国税庁や外務省あたりは黙っていない。それに現地ではかなりあくどいことをしているからね」

「それじゃ、いったん盗み出して……」

「そう。自分たちの物を自分たちで盗むなんて妙な話だが、それなら、自由に分配できるというわけだ」

「じゃ、盗まれることは分かっていたの？」

「むろんさ。そして私にはもう用はない。初めの約束では、連中がダイヤを盗み、私はその保険金を受け取って、姿を消すことになっていた。しかし、私もそれを信じるほど甘くはないよ。連中にとって、私はダイナマイトより危険な存在だ。口を塞ぎにかかるに違いないと思った。——案の定だ」

「あの女の殺し屋……」

「そうだ。盗むほうを請け負っているのは、国宮という男なんだが、同時に私を消す仕事も請け負っているらしい」

「卑怯だわ」

「なに、どっちもどっちさ。——君に『もう先は長くない』と言った意味が分かったかね。

殺されるかもしれないし、もし生きのびても、もう橘源一郎は存在しなくなるわけだよ」

美香は息をついた。あまりに思いがけない話だ。一時に理解するのは不可能だった。何か遠い国の話を聞いているようだ……。

「あなたの……本当の名前は何なの？」

「私かね。私は――」

ドアが開いた。ボディガードの一人が息を弾ませて飛び込んできた。

「どうした？」

「逃げられました！　実は――」

「待て！」

橘は美香をソファに残して、ボディガードを脇へ連れて行った。

「――何者だ？　その撃った奴は？」

「分かりません」

「そうか。――分かった。もうしばらく頑張ってくれ。明日になったら、居を移そう」

「分かりました」

心配顔で待つ美香に、橘は優しく笑いかけた。

「何かあったの？」

「ちょっとしたいざこざさ。——君はここにいないほうがいい」

「いやよ！」

「いや、明日になればホテルを移る。安全な所へ行けるんだ。今夜だけ、ほかの部屋へ泊まっていてくれ」

「でも——」

「秘書も一緒にやるから、フロントで一部屋借りてくれないか。今夜だけだ。——頼むよ」

「——分かったわ。今夜だけね」

「いい子だ」

「私は女よ。子供じゃないわ」

そう言って、美香は橘へ接吻した。

橘の秘書に伴われて、美香は部屋を出た。——圭介や、あの岐子という娘には本当にすまないと思ったが、自分の心は、もうどうすることもできなかった。どこまでもついて行く。あの人に。——そう考えながら、気がついた。あの人の本当の名を聞かなかったわ……。

「どういうことになっているんだ？」

電話の向こうの声は冷ややかだった。

「い、いや、それが……」

国宮は額の汗を拭った。「ちょっとした手違いで……」

「手違いだと？　誰に向かって話しとるか分かってるのか？」

「も、もちろんです」

「ダイヤモンドは今、どこにあるんだ？」

「そ、それが……」

「今夜じゅうにこっちへ着くはずだったぞ。約束を守れんようではこっちも考えがある」

「待ってください！　明日は必ず」

「明日、何時だ？」

「あ……あの……夜までには……」

しばらく沈黙があった。

「よかろう」

やっと相手が言った。「それが守れなければ、自分で自分の始末をつけろよ」

「は、はい」

電話は切れた。

「畜生！」

国宮は悪態をついて、それからソファへ崩れるように座り込んだ。明日までにダイヤが取り戻せなければ、それこそ文字どおりの終わり——死がやって来る。

「どこのどいつだ！　ダイヤを持って行きやがったのは」

国宮はふっと眉を寄せた。

「——待てよ。もしかすると……」

慌てて立ち上がると、ドアを開けて部下を呼んだ。

「いいか、このホテルにいる奴で、あんな芸当のできるのは一人しかいねえ。早川香代子の奴だ！　行って引っ張って来い！」

「——僕は子供のころ、ひどく臆病だったんです。今でもそうですけれど。だからこそ警官になりたかったんです。弱い者を守る。いわれのない暴力から弱者を守る。それには警官になるしかない、と思ったんです。家族は猛反対でしたよ。でも反対を押し切って、僕は警官になりました。一度だって後悔していません。本当ですよ」

「そりゃ偉いな」

浜本は苛々しながら言った。自殺するなら早くすればいいのに、長々と昔話を始めてしまって、いっこうに終わる気配がないのである。といって、「早く死んだらどうだ?」と訊くわけにもいかないし、「ちょっと忙しいから失礼」とも言えない。

「まあ、こんなことになっちゃって……僕は警官にはやはり向いていないのかもしれませんねえ」

正実はしみじみと言った。

「そうかね……」

「でも向いてるかどうかっていうのは、結果論だと思うんです。違いますか?」

「うん……」

「結果として、成果をあげたから、向いていたと分かるんで、たとえば何の成果のない人でも、向いている人はいるかもしれない。そうでしょう?」

「ああ……まあね」

「運、不運ってのがあると思うんです。たまたま大事件にぶつかった人、一度もぶつからずに、一生を終わる人……。一方は名をあげ、一方は無名のままで終わる。でもどちらも精いっぱいやったのなら、警官として立派だと思うんです。違いますか?」

「それはそうだね……」

「僕も一生懸命やるにはやった。でも、けっきょくは失敗でした。兄が言ったんです。この任務はおまえには荷が重すぎる、って。——本当に兄の言ったとおりでした……」

そろそろかな？　浜本は、正実が言葉を切って、じっと窓の外を眺めているのを見て、思った。正実が振り向いた。

「そういえば、僕が刑事になりたてのころでしたけど……」

やれやれ、畜生め！


「どこへ行ったのかしら？」

岐子は部屋の真ん中で肩をすくめた。「ここにいるように言ったのに」

圭介は首を振りながら、

「帰ったんだ」

「え？」

「戻ったんだよ、あいつの所へ」

「まさか！」

「いや、本当さ。美香は橘を本気で愛してるんだ」

「でも……」

「電話を借りるよ」

と受話器を上げ、ダイヤルを回す。

「どこへかけるの？」

「橘の部屋さ」

「本気なの？」

「もちろん。――ああ、橘さんですね」

「君は？」

電話の向こうで、落ち着き払った声がする。人殺しめ！

「さっきお邪魔した者です」

「――君は何者だね？」

「ねえ、どんな人間かも分からずに殺そうとするなんて、ひどいじゃありませんか」

「何の用だね？」

「僕は――ミッキーの兄なんです」

「何だって？」

「妹はそこにいますか？」

「いいや。――今はいない」

「本当ですか？」

「本当だ。君は——彼女の兄さんなのか、確かに？」

「い、い、生まれつきの兄妹ですよ」

「それは——悪いことをした」

「どうも。ご丁寧に」

「君があの袋を持っていたものだから……」

「ああ、あの件も含めて、ちょっとお話ししたいんですが、今から伺って構いませんか」

「もちろん。待っているよ」

受話器を置くと、岐子が呆気に取られて、

「あなた、正気なの？　せっかく命拾いしたのに——また殺されに行くつもり？」

「なに、もうあんなことはないさ。虎穴に入らずんば、だ。ちょっと行ってくるよ」

「やめて！　行くなら、ガードマンか警察の人と——」

「そんな連中に聞かれちゃまずい話なんだよ。大丈夫。もう何度も死にそこなってるんだ。一度ぐらい同じことさ」

「馬鹿！　死んだって知らないわよ」

「心配してくれるのは嬉しいけどね、こうしなきゃならないんだよ」

「それで勇敢な人間のつもりなの！　ただの馬鹿よ！　勇敢でも何でもありゃしないわ」

「僕は勇敢じゃないよ」

圭介は苦笑した。「今だって本当はびくびくものさ。でも、こうするほかに、妹を傷つけずに助けてやれないんだ。そうだろう？　兄妹なんだ」

岐子は諦めたように息をついた。

「——ねえ」

「何だい？」

「私がキスしてあげたら、少しは勇気が出る？」

「うん、きっとね」

岐子は唇をそっと圭介のそれへ押し当てた。そのまま二人は固く抱き合い、長い長い接吻になった。

「——勇気が出たよ」

「生きて戻ってきてよ」

「当たり前さ。まだ今月の給料、もらってないんだ」

「もっといい賞品あげるわ」

「何だい？」

「もし——元気に戻ってきたら、私をあげる」

「おい……」

「本気よ。——あなたが好きなの」

圭介は夢ではないかと、そっと右足で左足を踏んでみた。

「痛い！　何するのよ！」

「あ、ご、ごめんよ。自分の足を踏むつもりで……、でも夢じゃないんだ！」

「当たり前でしょ」

「帰ってくるぞ、ちゃんと。そしたら本当に……」

「本当に、本当よ」

「ああ！　大好きだよ」

もう一度、二人は唇を重ねた。そして圭介は勇躍、部屋を飛び出し——足がもつれて、廊下へ転がり出た。

「大丈夫？」

「ああ、ちょっと——急ぎすぎてね」

勢いよく歩いていく圭介の後ろ姿を、岐子は不安げに見送った。

4

浜本はもういい加減うんざりしていた。

「――まったく妙なもんですねえ、人生なんて」

正実はえらく哲学づいてきた。

「ああ」

「人生なんて儚《はかな》い。死ねばそれで終わり。しかも人間なんて、いとも簡単に死んじまいますからねえ」

やっと死ぬ話が出てきた。

「車にはねられる。工事現場の下を歩いて上から何か落っこってくる。たまたま乗り合わせた電車が事故に遭う……。本当に、なんとか生きのびてるのが不思議なくらいで……」

そうだ。だから早く死ね！

「そういえば僕の知ってる人で――」

こいつ！　人をからかってるのか！　浜本は、思わず手を上着の下へ入れた。

「あ、そうだ。あまり時間を取らせちゃいけませんね。すみません、長話になって。でも聞いていただけて胸がすっと軽くなりました」

浜本も胸が軽くなった。

「い、いや、なに……構わないよ」

「それにしても妙だな」

「何がだね？」

「いえね。ああやって何もかも、自分の中にある物を全部吐き出してしまったら……死にたくなくなりました」

「な、なんだって？」

「やっぱり死ぬのは卑怯です！　そうだ。僕は生きて、この手で犯人をつかまえます！　浜本さん、ありがとうございました。あなたのおかげです。——じゃ僕、病院へ戻ります……」

浜本は呆然として、正実が出口のほうへ歩いていくのを見ていたが、やっと我に返って、

「おい、待て！」

「何です？」

「出ていかれちゃ困るんだ」

「どうしてです？」

浜本は拳銃を抜いた。

「君にはここで死んでもらう」

今度は正実が呆気に取られる番だった。

「何の……冗談ですか？」

「冗談じゃないぞ！　まったく苛々する奴だな」

「それじゃ本当に僕を……」

「そうさ。これが最初ってわけじゃない。島野って記者も、君の家の隣人の角田という男も、私がやった」

「いったいどうして……お金ですか？」

「それもある」

浜本は肯いて、「しかし、むしろ退屈しのぎというか、ひまつぶしといったところだな」

「ひまつぶし？」

「そうとも。私は嫌《いや》になるほどの殺人事件を扱ってきた。そのたびに見せつけられるのは、人間の愚劣さばかりだ。すぐに犯人が割れる。すぐに逮捕される。すぐに白状する……。たまには私と対等に闘える犯人に出会いたかったが、儚《はかな》い望みだった」

「だからって人殺しを……」

「文芸批評家が小説を書きたくなるのに似ているな。読みたくなるような傑作がさっぱり出てこないと、自分で書いたほうが早いという気になる。私も自分で人を殺してみたくなったのさ。殺人がそんなに難しいものなのか、そんなに良心の呵責《かしやく》に苦しめられるものか、自分で体験しようと思ったんだ。——しかし、いともやさしかったね。良心の声など、ため息一つ聞こえなかったよ」

やっと恐怖が実感されて、正実の顔が青ざめた。

「そ、そんな所から撃ったら、自殺に見えませんよ」

「構わんよ。誰も私を疑ったりはしないさ。私は鬼警部で、署長や県警本部長の信頼も厚い。私が殺したなどと思うもんか。この場を見てでもいないかぎり、考えもしないよ」

「まさに、そのとおりだな」

突然、入口から声がした。浜本が飛びさがった。

「誰だ!」

「私だ。浜本、銃を捨てろ」

入口のドアが静かに開いて、拳銃を構えた大森の姿が現われた。

「課長!」

正実が目を丸くした。

「おまえが病院を抜け出したと聞いてな、ほうぼう捜し回っていたんだ。このホテルの受付で、どうもおまえらしいのが入っていったと聞いて来たんだ。ちょうどいいところだったな。浜本、銃を早く捨てるんだ！」

正実もはっと気づいて、ベルトに差した銃を抜いて構えた。——浜本は二つの銃口を交互に見やって、軽く笑った。

「こんなことで、つまずくとは、な……」

「待て！」

と大森が叫んだのは、浜本が自分の拳銃の銃口をこめかみに押し当てたからだった。銃は正常に作動し、浜本の頭を弾丸が貫いた。

「何？　部屋にいない？」

国宮は受話器へ怒鳴りつけた。「捜すんだ！　香代子がきっとダイヤを持っている。いいか、香代子が見つからなかったら、子供たちの誰かでもいい、後で香代子をおどせるからな。——そうだ。ただし、今のところは生かして連れてこい。後で始末するからな。——ともかく商売敵だ。生かしちゃおけん」

国宮は受話器を叩きつけるように置いた。

「畜生……どいつもこいつも、役に立たねえ……」

「おれを捜しているのか?」

突然入口のほうで声がして、国宮はぎょっとした。

「おまえは……」

克巳が入口のドアにもたれて、国宮を見ていた。

「おれも早川家の一党だぞ。——橘を殺せなどと言って、罠だったんだな」

「違うんだ! ——それは——」

「悪あがきはよせ。話してもらおうか。どうして、お袋や弟や妹にまで、手を出すんだ」

国宮はそろそろと立ち上がりかけた。——克巳の手に、いつの間にか、消音器のついた拳銃が現われた。まるで手品のようだ。国宮がまたソファへ体を沈める。

「教えてもらおう。商売敵とはどういう意味だ?」

「貴様、何も知らんのか」

「何をだ?」

「貴様のお袋はな、美術品専門の泥棒なんだ。おれが目をつけた品をいつも横盗《ど》りしやがる。きっと橘のダイヤも貴様のお袋が盗んだんだ」

「続けろ」

克巳の声は無表情だった。

「それから貴様の妹は詐欺師なんだ。いくつも名前を持ってて、男から男へと渡り歩いている。——知らなかったのか？」

「続けろ」

「ちょうどいい機会だ。貴様のお袋を痛めつけてやろうと思った。貴様は巧く引っかかってきた。弟二人と妹も。早川一家が全員、今このホテルに集まっているんだ。おれはある男を買収して、おまえら全員を、抹殺するか、殺人容疑で逮捕させようとしたが、なかなか巧くいかん。しかしな、今ごろは、下の弟が、二階の展示会場で冷たくなっているぞ」

克巳は黙って、引き金を引いた。


「妹と別れてください」

圭介は言った。「あなた方の世界は、妹を不幸にするだけだ！」

橘はじっと圭介を見つめた。

「いいご兄妹だ。——羨ましい」

圭介は、最初のうち、またあの逞しいボディガードにいきなりやっつけられるのではないかと心配だったが、話しているうちに徐々に安心感と勇気が湧いてきた。

「妹は本気であなたを愛しているらしいけど、だからこそ別れてくれるのが本当じゃないだろうか？」

「私も、君の妹さんを愛している」

橘は言った。「老いらくの恋というのか、まったく恥ずかしいかぎりだが……本気で愛しているのだ。これは分かってほしい。私は確かに、あまりまともとも言えないが、それでも人間として許せないようなことはしていないつもりだ」

「僕は妹のことしか頭にないんだ。はっきり言って、あなたの孤独や人生にはまったく興味がない。あなたを愛して、妹が幸せになることはあり得ない。それだけははっきりしている」

そのとき、ドアがノックされた。

「来客らしい。すまないが待っていてくれるかね？」

「いいですとも」

橘は圭介を寝室へ入れてドアを閉めた。来客か。こんな時間に何の用だろう、と圭介は思った。そっと覗いてやれ。橘が入口のドアを開けるのと同時に、圭介も寝室との境のドアを細く開けた。

「やあ、入ってくれ」

橘がわきへ退いて、客を中へ入れた。圭介は思わずアッ！　と声をあげるところだった。部屋へ入ってきたのは——母、香代子だった。

「——久しぶりだね、香代子」

「お互い、年齢《とし》を取ったわ、あなた」

「素晴らしいわね！」

香代子はテーブルにダイヤを広げて、感嘆の声をあげた。「よくこれだけのものを短時間でケースから盗んだわね」

「しかもちゃんともとどおりにケースを閉め、布までかけている。几帳面な性格なのさ、彼は」

「何といったっけ？」

「福地と、ここでは名乗っている。コネを利用して送り込むのに手間がかかったが、充分それ以上のことがあったよ」

「ダイヤのほうは私に任せてちょうだい。足がつかないようにするから大丈夫」

「頼むよ」

「保険金はもらえそう？」

「おそらくね。すぐにとはいかないだろうが……」

「国宮のほうは大丈夫？」

「慌てふためいてるよ。しかし、警察へ届けるわけにもいかんだろうし……」

香代子はダイヤをゆっくり袋へ戻しながら、

「――いまさら話したくもないことかもしれないけれど……なぜ今まで姿を消していたの？」

橘――早川哲郎は、微笑した。

「私は卑怯者だったからだよ」

「卑怯者？」

「船が沈んだとき、私はまだ船員が中に残っているのを忘れて、逃げ出してしまった。船長として、許されないことだよ。けっきょく、通りかかった漁船に救われたんだが――責任を放棄した船長として弾劾されるよりは、死んで英雄になっているほうがいいと思ったんだ。まさか田村が自分の犯行の責任逃れに、あんなでたらめの供述をしているなんて思いもしなかったよ。――大変な苦労だったろう。申し訳ない」

「いいえ。もうすんだことです」

「数年たって、私は田村に中東の港で出会って、初めて話を聞いた。私はカッとなって、彼を水へ叩き込んだ」

「殺したの？」

「その気はなかったが、けっきょくそういうことになった。それを見ていた日本人がいてね、以後、私は彼に弱みをにぎられて、命令を聞くようになった。それが、前に話した、出資者の一人なのさ」

「――昨日あなたから連絡をもらったときは、死ぬほど驚いたわ。帰国の新聞の写真なんかで、似た人だとは思っていたけど、まさか――」

「こっちだって、おまえが泥棒稼業と知ったときには驚いたよ」

「お互いさまね」

「本当だ」

二人は一緒に笑った。

「でも大変なことをやったわけね」

と香代子が言った。「その偉い人たちのお金なんでしょ」

「向こうだってこっちを殺す気なんだ。文句を言えた義理じゃないさ」

「それもそうね。――これからどうするつもり？」

早川哲郎は肩をすくめて、

「さしあたり、明日ホテルを移る。ボディガードの連中はみんな信頼できる奴ばかりだからな。保険金が入ったら、またなんとかルートを辿《たど》って中東へ戻ろうかと思っているんだ」

「中東へ？」

「知人も多いし、それに日本にいたらいくつ命があっても足りないよ」

「――ねえ、あなた」

「うむ？」

「どうして命がけで盗んだダイヤを私に任せるの？」

「罪ほろぼしさ、せめてもの。……昨日このホテルでおまえを見たとき、神の導きだと思ったんだ。今となっては、おまえや子供たちがどこで何をしているのか、知りようもないと諦めていたんだからな……」

「神の導きじゃなくて、ダイヤモンドの導きだったわけよ」

「まったくだ」

早川哲郎は軽く笑った。「――みんな、元気か？」

「ええ」

「おまえのおかげだ」

「一度会って行けばいいのに」

「いや……。メロドラマはごめんだ」

「ちょうど写真があるわ。今年のお正月に写したのが」

「見せてくれ」

「これよ」

香代子がバッグから取り出した写真を、早川哲郎は長い間眺めていた。

「──どう？ もう分からないでしょう？」

「ああ……。この娘が……美香なのか？」

「ええ。すっかり大人っぽくなって」

「これが克巳、圭介──」

「一番下は正実という名にしたわ。この写真、持っていく？」

やや間を置いて、

「そうだな。──もらおうか」

「それがいいわ」

「子供たちには、橘が私だったということは黙っていてくれ」

「──あなたがそうしてほしいなら」

「頼む」

香代子はダイヤの袋を気軽に手にすると、

「それじゃ、買い手がついたら連絡するわ」

「いや、もういい」

「どうして？　半分ずつの約束よ」

「全部おまえが取ってくれ。子供たちの分もだ」

「駄目よ。あなた一人じゃないわ。あなたについて来ている人もいるんだから——。連絡するわ」

「分かった」

「今度はゆっくり話したいわね」

「ああ。——そうしよう」

「ぜひね」

「大丈夫か。そのまま持って」

「平気平気。こうして持ってるほうが、誰も怪しまないわ」

「こういう仕事にかけては、おまえのほうがよほど上らしいな」

「それじゃ」

「ああ……」

——圭介の耳に、ドアの閉まる音が聞こえた。

何一つ信じたくない気持ちだった。今の会話は、夢の中で——でなければ、つけっ放しのテレビのドラマの中のセリフだ……。そうに決まっている。

圭介は、寝室から出た。——早川哲郎は、石像のように、部屋の中央に立ち尽くしている。ゆっくりと頭をめぐらせて、圭介を見た。

「——圭介、だね」

圭介は黙って肯いた。

「笑ってくれ。『人間として許せないことは何一つしていない』だって！——お笑い草だ」

早川哲郎は急に老け込んだように見えた。

「——圭介」

「はい」

「手紙を二通書く。一通はお母さんへ、一つは——橘源一郎から美香へだ。出してくれないか」

「いいですよ」

「私は不治の病いで、もう先が長くない。だから、自分で命を絶つ、と書く」

「——お父さん」

早川哲郎の唇にかすかに笑みが浮いた。

「久しぶりに聞いた言葉だよ。——二通の手紙が必ずべつべつに届くようにしてくれ」

「分かりました」

「そして——約束してくれ。おまえの知っている秘密を、決して誰にも話さない、と」

「約束します」

「ありがとう。ではすぐ手紙を書く。待っていてくれ」

「はい」

圭介はソファに腰を下ろし、書き物机へ向かっている父親の背中をじっと見ていた。

もう夜中だ、とふと思った。


克巳は黙って引き金を引いた。鈍い音がして、国宮の身体が飛びはねるように、ソファの上で踊って、それきり動かなくなった。

国宮の言葉を充分に呑み込む時間はない。克巳は国宮の部屋を飛び出すと、エレベーターを待つのももどかしく、階段を飛ぶような勢いで駆け降りていった。二階まで、周囲の視界は急流のように流れ去っていく。

「正実……死ぬなよ！」

祈るように、呟きが洩れた。二階の廊下を突っ走る。——角を曲ったとたん、正面奥の展示会場前の人だかりが目に入って、立ち止まった。警官、カメラマン、新聞記者……。正実がやられたのだろうか？　一瞬、ヒヤリとした。だが——

「邪魔しないでください！　どいてどいて！」

聞き憶えのある、かん高い声が、混雑を縫って聞こえてくる。

「無事だったのか！……」

思わず安堵の息をついた。

見ているうちに、やたら張り切って報道陣の交通整理を終わった正実が、やっと克巳に気づいて、

「兄さん！　兄さんじゃないか」

と、駆け寄ってくる。

「いったい、何やってるの、こんなとこで？」

「何やってるもないもんだ。おまえが大丈夫かと思って……」

「それでわざわざここまで？」

「おまえが麻酔ガスでやられたって聞いてな、急いで来たんだ。もういいのか？」

「うん！　このとおりさ」

正実はぐっと腕に力こぶを作ってみせたが、どうにも格好がつかず、克巳は思わず吹き出した。

「おまえが無事なら、それでいいんだ」

「ありがとう兄さん！　嬉しいよ。本当に」

克巳は、まだ仕事がある、と戻っていく正実の後ろ姿を見ているうちに、なぜとはなく、思った。——ウチの家族は世界一だ！

母が泥棒で、妹は詐欺師だと、国宮は言った。その言葉は克巳にとってショックでなかったとは言えない。しかし、不思議に、そんなことは大したことじゃないという気がしてきた。——泥棒だろうが、母は母。妹は妹。それを貫いているのが、早川家生来の人間味というか、暖かさ……。


岐子は、ベッドに腰かけて、じっと待っていた。——もうずいぶんたつ。大丈夫だろうか？　今ごろまた荷物のように運ばれて……。そう思うと、居ても立ってもいられない気持ちだったが、圭介の言ったとおり、じっと待つのが一番なのだと自分に言い聞かせる。

本当に、いつの間に、あの頼りない、ちょっと抜けたところのある男に恋してしまったのか。岐子は、自分ではあまり母性本能の強いほうではないつもりだったのだが、こうなってみると、そうでもないのかもしれないと思ったりする。

生きて帰ってきたら、私をあげる、なんてとんでもないこと、言っちゃったものだ。でも、取り消そうとも思わない。それぐらいのことが、何だろう。あの人が無事に帰ってくるのなら……。

何度目かに、ベッドを立って窓際に歩いていき、暗い戸外を眺めているとき、ドアを叩く音がした。

「はい！」

飛んでいって開けると、圭介が立っていた。

「帰ってきたのね！」

思わず声をあげて、圭介に抱きつく。

数歩退ってみて、岐子は不安になった。圭介の、憔悴《しょうすい》し切った表情に驚いたのである。

「――どうしたの？」

圭介は黙って部屋へ入ってくると、ソファに身体を落とした。疲れ切っている様子だった。

「何かあったの？」

圭介が、岐子の右手を両手でそっと包んで、不思議に哀しげな眼差しで岐子の目をじっと見据えた。

「何も訊かないでくれ。——お願いだ」

「いいわよ。でも大丈夫なの？」

「ああ。大丈夫だ」

圭介はそう言うと、ポケットから二通の手紙を出し、テーブルの上に置いた……。

5

明けて午後一時。

午前中に、ホテルＶＩＰは、さながら修羅場の様相を呈した。続出する死体。浜本警部の自殺について、当局はまだ沈黙していたが、臆測と噂を抑えることは、とてもできなかった。そして橘源一郎のピストル自殺が、この狂騒曲のフィナーレを飾った……。

橘の謎の死は、ホテルＶＩＰの一階から——正確には地下二階から十二階までを、さながら、突風のごとく吹き抜けた。夏木支配人は、もはや廃人同様のていたらくで、実質的にホテルを動かしているのは、相も変わらず冷静な、福地であった。

「お呼びでございますか」

福地が入口で足を止め、言った。

「どうぞ、入ってちょうだい、福地さん。お忙しいのに、すみませんね」

香代子は丁寧に手で空いたソファを示した。

「時間は取らせませんわ」

「いえ、お客様のご用を承るのが、私どもホテルマンの仕事でございますから……」

「これをお渡ししようと思っただけなんですの」

香代子は重そうな布袋を目の前のテーブルに置いた。

「何でございましょう？」

「橘さんのダイヤモンドです。——あの人が死んでは、もう盗難の保険金は入りません。これはあなたと、ボディガードの方々のものです」

福地は、ちょっと目を瞬《またた》くと、

「私どもはこれをあなたへ差し上げることで了解したのです。それは変わらないと存じますが」

「でも、それでは、あなたはタダ働きになってしまいますよ」

「報いのない仕事というものはございません。——橘様は、本当に人間として立派な方でした。私としては、あの方の下で働かせていただいたことで、充分に報われたと存じております」

香代子はじっと福地の目を見つめた。

「——ではこれはいただいておいてよろしいのですね」

「はい。お客さまの物でございます」

「ありがとう」

「いいえ、とんでもございません」

福地は立ち上がって、「では仕事がございますので、失礼いたします」

とドアのほうへ行きかけるのを、香代子が呼び止めた。「一つ伺っていい？」

「何でございましょう？」

「あれだけの宝石ケースを、どうやってあんなに短時間であけられたの？」

「鍵がございまして」

「鍵が？」

「橘様が、ダイヤが安全かどうか確かめるとおっしゃって、鍵を全部点検されたのでございます。そのときに全部型を取りまして……。簡単でございますよ」

香代子はゆっくり肯いた。

「なるほどね……。福地さん」

「はい」

「いつかご一緒に仕事をしたいものね」

福地の顔に、初めて個人的な笑みが浮かんだ。

「実は私もそう思っておりました」

と、行きかけて、今度は福地のほうが振り返ると、

「そうそう。一つお詫びすることがございました」

「何かしら?」

「こちらのお部屋に、何やら妙な物を隠したことで」

「あなただったの?」

「はい。警察を混乱させるつもりで……」

「でも、なぜ私の部屋へ?」

「お客様がいかにも怪しく見えたものですから」

——福地が行ってしまうと、香代子は、しばらく、じっと封を切った手紙を見つめていたが、やがて、ほんのりと暖かい微笑が、その顔に広がった。

「何ですって?」

「ボス、本気ですか?」

丈吉と土方が同時に叫んだ。

「本気だよ。——ちょっと理由があってね。あんたたちには、金にならない仕事で悪いけど、ぜひやってほしいんだ」

丈吉と土方は顔を見合わせた。

「——分かりました」

丈吉が肯いた。「ボスのご命令なら、何だってやりますよ」

「ありがとう」

丈吉は、黙っている土方をつついて、

「おい、おまえはどうなんだ?」

土方がふくれっ面《つら》になった。

「うるせえな、どうやれば手早く片づくか考えてるんじゃねえか!」

香代子は二人の気持ちに感謝した。もちろん口には出さなかったが……。

「いつやる?」

と丈吉が言った。「おれは今夜でもいい」

「早いほうがいいな。今夜忍び込もうぜ」


「やあ！　これは——」

正実が目を丸くした。

十二階のレストランの一角、大きなテーブルを囲んでいるのは、香代子、克巳、圭介、美香の四人だった。

「どうしたの、みんな？」

「みんな、おまえが心配で駆けつけて来たのさ」

と香代子が言った。「ご苦労だったね。さ、一緒に食事をしようよ」

「よくやったな、正実」

克巳が言った。「おまえはきっと立派な刑事になれる」

「ありがとう……」

「さあ、労をねぎらう夕食会だ。みんな大いに食べておくれ！」

正実は感激のあまり涙ぐんでいた。元来が涙もろいのである。

克巳はゆっくりとワイングラスを傾けた。家族の秘密。そんなものはもう忘れてしまおう。どこで何をしていようと、おれたちは一つだ……。

美香は、ワインの静かな表面に、じっと橘の俤《おもかげ》を映していた。——もう先の長くない命。そう聞いたとき、どうして察してあげられなかったのだろう。でも、それでよかったのかもしれない。あの人も苦しむことなく死んだ。私にはあの人の思い出がある。それだけでいい。それだけで……。

圭介は、本当に不思議な安らぎを感じていた。——みんな死んでしまった。浜本も、国宮も、そして〈橘源一郎〉も。

真相は、誰にも知られることなく時に埋もれていくに違いない。これでいいんだ。それにしても大変な数日間だった。よく殴られたよ、まったく!

「ダイヤが見つからないのが残念だよ」

と正実がステーキを頰ばりながら言った。

「物を食べながら、しゃべっちゃいけないよ、正実」

香代子は注意して、「——なに、そのうち、どこかから出てくるかもしれないよ。人生なんてそんなものさ」

今夜、丈吉と土方の二人が、展示会場へ忍び込んで、ダイヤをもとどおりに返すことになっている。明日の朝は、また大騒ぎだろう……。

「あら、圭介兄さん、ほら——」

と美香が目をやったほうを見ると、浅里岐子がやって来るところだった。圭介の胸が高鳴った。

「——やあ」

「みなさんお揃いね」

「そうなんだ。紹介するよ……」

岐子は、克巳と目を合わせて、はっとした。

「母に、兄の克巳、弟の正実、妹は知ってるね……。こちら浅里岐子さん」

克巳が屈託のない笑顔になって、

「一緒に食事しましょうよ」

「それがいいよ。もう一つ席を作ってもらって……」

ボーイが呼ばれ、席が作られると、岐子はきちんとかしこまって座り、

「よろしくお願いします」

と挨拶した。

「固苦しいことは抜きだよ」

香代子が言った。「それが早川家のいいところでね!」

解説

天祢涼《あまねりょう》
（ミステリー作家）

「無理！」

本解説を書くに当たって『ひまつぶしの殺人』を読み終えた筆者（天祢涼）は、二つのことについてそう思った。説明する前に、作品の内容を紹介したい。

早川《はやかわ》一家は、父親は既に亡く、母と四人の子どもで暮らす五人家族である。少し立派なマンションに住んでいることを除けば、いたって平凡。目を引くことと言えば、次男の圭《けい》介《すけ》が、医学部に入学したのに弁護士になったという変わった経歴を持っていることくらい
……と思いきや、一家にはとんでもない秘密があった。

圭介は医学部一年生のとき、ふとしたことから長兄の克巳《かつみ》が人を殺す現場を目撃してし

まう。それも、極めてビジネスライクに。実は克巳は、プロの殺し屋だったのだ！　兄と腹を割って話し合うべきか、母に相談すべきか思い悩んでいた圭介だったが、あろうことか母は美術品を盗む泥棒であることが判明！

こんなことは誰にも相談できない……。開き直るしかなくなった圭介は、いつか来るかもしれない母や兄を弁護する日に備えて法学部に移籍、弁護士になったのだった。

これだけでも充分に波瀾万丈な圭介の人生だが、弁護士になって数年後、女子大を卒業した妹の美香《みか》が詐欺師をしていることを知ってしまう！「こんな一家ってあるだろうか？」と頭を抱える圭介にとどめを刺すように、末弟の正実《まさみ》は警官になってしまった！

いやはや、「！」マークがいくつあっても足りない家族である。しかも家族全員の正体を知っているのは、圭介だけなのだ。圭介は「よけいな取越し苦労はしないこと」にしたらしいが、そうでもしないとノイローゼになるのではないか。

それでも一応は平穏な日々を送っていた早川一家だったが、謎の石油王が帰国したことで暗雲が立ちこめる。石油王が持つダイヤを盗もうとする母、誘惑して貢がせようとする美香。上司からダイヤの警備を命じられた正実。そして、石油王の殺害を依頼された克巳。一家はそれぞれの目的を持ち、石油王が宿泊する湖畔のホテルに集結する。もちろん、家族の平穏を願う圭介も。しかし圭介の奮闘も虚しく、事件が起こってしまう……。

早川一家シリーズの一作目である本作『ひまつぶしの殺人』は、一九七八年、カッパ・ノベルスから刊行された。以降、二作目『やり過ごした殺人』が一九八七年、三作目『とりあえずの殺人』が二〇〇〇年に刊行。以降、続刊はない（二〇二一年七月現在）。そのため、三毛猫ホームズや三姉妹探偵団といった赤川《あかがわ》作品の人気シリーズと較べると、知名度の面で劣ることは否めない。

しかし、この一家の特異すぎる家族構成は、読む者に強烈な印象を与える。少なくとも三〇年は記憶に残ること請け合いである。三〇年前、小学六年生のときに読んで以来、ずっとこの一家のことを覚えていた筆者が言うのだから間違いない。

そう、筆者は『ひまつぶしの殺人』を少年時代に一度読んでいるのだ。小学五年生のとき『三毛猫ホームズの狂死曲《ラプソディー》』を手に取ったのを皮切りに赤川作品は何冊も読んできたが、早川一家の面々はあまりに個性的で、ずっと忘れられずにいた。この解説の依頼をいただいたとき一方的に運命を感じ、狂喜乱舞したことは言うまでもない。

多感な時期に読み耽《ふけ》ったため、赤川作品には大小さまざまな影響を受けてきた。子どものころ、三毛猫ホームズの真似をして「シャム猫ポアロ」という小説を書いたこともある

(未完)。プロの小説家としてデビューした後も影響は続いた。

その一つが、描写である。

家族のために八面六臂《はちめんろっぴ》の活躍(?)を見せ、早川家の中で最も出番が多い圭介だが、外見に関する描写はほとんどない。しかし「どんな男かわからない」ということはまったくなく、読み進めていくうちに姿形が自然と頭に浮かんでくる。

これは圭介が、一目で怪しまれるような下手すぎる変装をしたり、警察を出し抜いたことでやけに気が大きくなったり、二日続けて××(ネタバレ防止のため伏せ字)したりとさまざまな一面を見せてくれることで、読者が感情移入するからではないだろうか。こういうことをする男は一体どんな顔をしているのか、どういう背恰好なのか、想像せずにはいられなくなるのだ。しかし外見を特徴づける描写がないことで、読んだ人の数だけ「早川圭介」が生まれることになる。

小説とはもともとそういう性質を持ったメディアだとは思うが、赤川作品では特にこれが顕著であると感じる。

最低限の外見描写で、読者の想像力を最大限に刺激する――この「赤川節」とも言うべき筆致は昔から筆者の憧れで、デビュー後、物にしようと試行錯誤した時期もあった。自分の作風には向いていないと判断して方向転換したが、それでよかったのかもしれない。

なにしろ登場人物に、読者の想像力を刺激する言動を取らせ続けなければならないのだ。しかも、どんな容姿がイメージされるかはコントロールできない。『ひまつぶしの殺人』を再読して自分が憧れていたもののおそろしさを目の当たりにし、真似するのは「無理」と思った次第である。

一つ目の「無理」は小説家として思ったことだが、二つ目は読者として。ジャンル上、本作はユーモアミステリーに分類されるだろう。しかし時折、どきりとする文章が挿入されている。例をあげる。

「水が低いほうへ流れるように、お金も貧しい者のほうへと流れていくべきだってことさ」

「現実はその逆だな」（11〜12ページ）

何でも自分が決めたとおりにならないと腹を立てる人間は、多少なりと幼児傾向の抜け切れない者が多い。（194ページ）

「お金持ちって、みんなそんな風なのかしら？」

「まともにやってちゃ、金は入らないさ」

「そうね。――そういう世の中なのね」

そうだ、と克巳は思った。そういう世の中なんだ。（229ページ）

自分に対して客観的な目を持っているというのは、長所の一つに数えられていいであろう。（309ページ）

「いいんだ。臆病者のほうが間違いがないよ」（329ページ）

いかがだろうか。社会や人間に対する冷静な眼差しに、はっとさせられないだろうか。圭介たちが織りなす騒動を読んで笑っているところにさらりと提示されるので、まるで、いつの間にか刃を突き刺されているかのようである。

この感覚が心地いい。

筆者が本作を三〇年経っても覚えていたのは、早川一家の設定だけが理由ではない。子どもながらに、前述の文章が心の深いところに突き刺さっていたからだと思う。実際、再読している最中に思い出した文章がいくつもある。自分が赤川作品に最も魅力を感じるのは、もしかしたらこの点かもしれない。

これを自覚した以上、俄然、ほかの作品も読み返したくなってきた。この衝動を抑えるのは「無理」だ。

『万有引力の殺意』が小学生のときに読んで以来やけに記憶に残っているのは、『ひまつぶしの殺人』とはまた違う形で心に刺さる文章や展開があったからに違いない。『プロメテウスの乙女』は設定からしてシリアスで身構えて読んだが、そのガードを易々と突き破って心を刺してきた気がする。

もちろん、いまも新刊が刊行されている杉原爽香《すぎはらさやか》シリーズも読み続けていきたい。

一九七八年十一月　カッパノベルス（光文社）刊
一九八四年十二月　光文社文庫刊

光文社文庫

長編推理小説
ひまつぶしの殺人《さつじん》　新装版
著　者　赤《あか》川《がわ》次《じ》郎《ろう》

2021年11月20日　初版1刷発行
2022年7月5日　2刷発行

発行者　鈴木広和
印　刷　堀内印刷
製　本　榎本製本

発行所　株式会社　光文社
〒112-8011　東京都文京区音羽1-16-6
電話　(03)5395-8149　編集部
8116　書籍販売部
8125　業務部

ISBN978-4-334-79270-1　Printed in Japan

組版　萩原印刷

赤川次郎ファン・クラブ

三毛猫ホームズと仲間たち

入会のご案内

会員特典

★会誌「三毛猫ホームズの事件簿」（年４回発行）
会誌の内容は、会員だけが読めるショートショート（肉筆原稿を掲載）、赤川先生の近況報告、先生への質問コーナーなど盛りだくさん。

★ファンの集いを開催
毎年夏、ファンの集いを開催。賞品が当たるクイズ・コーナー、サイン会など、先生と直接お話しできる数少ない機会です。

★「赤川次郎全作品リスト」
600冊を超える著作を検索できる目録を毎年５月に更新。ファン必携のリストです。

ご入会希望の方は、必ず封書で、〒、住所、氏名を明記の上、84円切手１枚を同封し、下記までお送りください。（個人情報は、規定により本来の目的以外に使用せず大切に扱わせていただきます）

〒112-8011
東京都文京区音羽 1-16-6
(株)光文社　文庫編集部内
「赤川次郎Ｆ・Ｃに入りたい」係